성모

성모 聖母

아키요시 리카코 장편소설

이연승 옮김

한스미디어

聖
母

1

눈이 뜨였다.

시계를 보니 10시 반이 지났다.

"늦었어!"

호나미는 몸을 벌떡 일으켰다. 어린이집에서 늦어도 10시 전까지는 와달라고 했다. 왜 알람시계가 울리지 않은 걸까.

10시부터 조회를 시작합니다. 규칙적인 생활과 원활한 공동체 활동을 위해 반드시 제시간에 등교해주십시오. 생활 리듬이 흐트러지지 않게 휴일에도 일찍 일어납시다.

올 4월 가오루를 고토미 어린이집에 입학시킬 때 받은 안내서 첫 장에 굵은 글씨로 적혀 있었다. 등교 시간이 다른 곳보다 그나마 늦은 어린이집을 골랐다. 어린이집에 따라서는 8시 45분까지 등교를 엄수해야 하는 곳도 있다. 밤늦게까지 일하고 번번이 늦잠 자는 호나미로서는 자신의 편의성을 고려해 조금 멀어도 등교 시간이 여유로운 어린이집으로 정한 것이다.

　나이가 지긋한 원장 선생님이 노령의 불도그처럼 볼을 흔들며 화내는 모습이 금세 떠올랐다. 그러지 않아도 잦은 지각 때문에 주의받은 지 얼마 되지 않았다. 자전거를 타고 가면 편하지만 가오루가 무서워해서 걸어갈 수밖에 없다. 제시간에 집을 나가도 가다가 가오루가 칭얼거리며 멈춰 서거나, 다른 곳에 들르거나, 심지어는 어린이집 바로 앞에서 들어가기를 거부할 때도 있다. 그럴 때 꾸짖으면 더더욱 말을 듣지 않아서 잘 어르고, 간식을 줘서 달래고, 만화 캐릭터 장난감을 건네며 타일러야 한다. 그러나 이런저런 궁리를 해도 아직 세 살 어린아이라 원하는 대로 움직여주지 않는다. 간신히 어린이집에 도착했을 때는 이미 10시가 지나 있는 경우가 달에 한두 번은 꼭 생겼다.

　'지금 당장 가오루를 깨워 옷을 갈아입히고 밥을 먹이고, 아, 그전에 어린이집에 전화부터…….'

　호나미는 머리맡에 둔 스마트폰을 집어 연락처를 누르려다가 손가락이 멈췄다.

　오늘은 일요일이다.

　그렇다. 그래서 알람시계를 맞추지 않은 것이다.

　어린이집은 오늘 휴일이다.

　스마트폰을 쥔 호나미의 손에서 스르르 힘이 빠졌다. 호나미는 피곤한 몸을 이끌고 천천히 이불 속에 다시 몸을 뉘었다. 어제도 밤늦게까지 깨어 있었다. 아무리 일요일이라고 해도 이런 시간까지 늦잠 자다니. 하지만 일이 몰리면 매일 수면 시간이 세 시간에 불과할 때도 있다. 잘 수 있을 때 자두는 게 일을 오래 이어가는 기술이라고 스스로에게 변명했다.

그건 그렇고, 가오루도 이런 시간까지 잠들어 있다니. 보통 휴일에는 늦게 일어나고 싶어도 아이가 먼저 일어나는 통에 마음 놓고 늦잠 잘 수 없다. 다만 어젯밤에는 밤늦게까지 엄마가 옆에 없었고 아침에는 잔기침 때문에 여러 번 잠을 깨서 제대로 못 잤을 것이다.

호나미는 옆에서 잠들어 있는 가오루를 봤다. 몸이 이불 밖에 나온 채로 숨소리를 쌔근거리고 있다. 호나미는 피식 웃고 양손으로 가오루의 옆구리를 밀어 이불 속에 넣었다. 가오루 너머로 남편 야스히코의 모습은 없다. 자동차 판매소 영업사원인 야스히코는 휴일이 가장 바쁘다.

가오루의 기침은 날씨가 조금만 춥거나 건조하면 심해진다. 천식 진단을 받은 건 아니지만 의사는 향후 천식으로 번질 가능성이 있다고 했다. 가장 좋은 치료약은 무리하지 않고 자주 휴식을 취하는 거라고 했다. 어린이집에서 생활 리듬을 깨뜨리면 안 된다고 했지만 오늘은 가오루가 스스로 일어날 때까지 재우기로 했다.

포근한 이불 속에서 가오루의 몸을 껴안는다.

양팔에 힘을 넣으면 그대로 아스러져버릴 것 같은 작고 연약한 몸. 얇은 눈꺼풀 위로 혈관 몇 가닥이 파랗게 비친다. 혈색 좋은 볼. 얼굴에 난 잔털. 살짝 열린 입술 사이로 자그마한 이가 보인다. 호나미에게는 모든 게 사랑스러웠다. 가슴이 아릴 만큼.

호나미는 현재 마흔여섯 살. 세 살인 가오루가 세상에 태어난 건 마흔세 살 때다. 설마 그런 나이에 가오루를 품에 안게 될 줄은 꿈에도 몰랐다.

호나미는 어릴 때부터 생리 불순이었다. 열한 살 때 초경 이후 다음 출혈을 본 게 1년 후. 그다음은 2년이 지나서였다. 큰일이라고는 생각하지 못했다. 생리통 때문에 찌푸린 얼굴로 오는 반 친구들을 보며 나는 복 받았다고 기뻐하기도 했다.

그러나 고등학생이 되어 성에 관한 지식이 쌓이면서 좋지 않은 일일 수 있다고 걱정하게 됐다. 용기 내어 어머니에게 털어놓고 함께 산부인과에 갔다. 일부러 여의사가 있는 병원을 골랐지만 그럼에도 진찰대 위에 올라갈 때는 마음이 편치 않았다.

초음파 영상 진단과 혈액 검사 등을 거친 결과, 다낭성 난소 증후군으로 진단받았다. 건강한 난소 안에는 난세포가 많고, 보통 그중 매월 하나의 난세포를 품은 난포가 숙성하고 파열해 배란에 이른다. 그러나 다낭성 난소 증후군 환자의 몸에서는 난포가 여러 개 만들어지고 일정 크기까지 자라지만 배란되지 않고 체내에 머무른다. 호나미도 초음파 영상을 봤는데 난소가 있는 곳에 둥근 것이 일렬로 나란히 있었다. 진주 목걸이처럼 생겼다고 생각했는데 실제로도 '네클리스 사인'으로 불린다고 했다.

호르몬제를 복용하고 주사를 맞는 치료는 현기증과 구토를 동반했다. 그래도 어떻게든 힘내서 치료를 이어갔지만 그대로 둬도 생명을 위협받지는 않는다는 점, 대학 입시 공부에 지장이 있다는 점에서 치료를 중간에 그만두고 말았다. 대학생이 되고서도 교환 학생으로 유학을 가거나 영어 자격증을 따는 데 바빠 몇 년을 더 방치했다.

대학 시절부터 사귄 야스히코와 결혼을 마음먹었을 때 병을 내버려둔 탓에 아기가 생기지 않을 수 있다고 솔직히 이야기했다. 야스히코는 처음에는 놀랐지만 나름대로 조사해봤는지 "그래도 아직 가능성은 있대"라고 말해주었다.

그러나 역시 오랫동안 임신하지 못했다. 호르몬제를 복용해도 원활하게 배란이 이어지지 않았고, 인공 수정도 잘 되지 않았다.

"체외 수정을 해봅시다. 한 살이라도 젊을 때 해야 성공률이 높습니다."

의사의 권유로 체외 수정을 하기로 했다. 이제야 임신할 수 있겠다며 가슴을 쓸어내렸다. 하지만 일은 생각대로 굴러가지 않았다.

여러 번 체외 수정을 시도했지만 출산에 이르지 못했다.

흔히들 불임 치료는 끝이 보이지 않는 터널이라고 하지만, 호나미에게는 바닥이 보이지 않는 늪과 같았다. 터널은 아무리 앞이 보이지 않아도 언젠가 빠져나갈 수 있다는 희망이 있다. 하지만 고도의 불임 치료를 여러 번 반복해도 한 번도 성공에 이르지 못한 호나미에게는 아무리 나아가도 빛이 들지 않는 땅속에 파고드는 것처럼 느껴졌다.

출구가 없을뿐더러 바닥에 발이 닿지도 않는다. 한 발 더 떼면 그대로 다시 푹 빠질 뿐이다. 수많은 호르몬제를 복용하며 부작용 때문에 고통을 겪고, 평생 아이가 생기지 않을 수 있다는 걱정에 시달리고, 체외 수정을 할 때마다 십만 엔 단위의 돈이 허공에 흩뿌려졌다. 몇 번이나 이제는 그만하자고 생각했다. 하지만 어쩌면 다음번에는 바닥에 발이 닿지 않을까. 아니, 그 다음번에야말로 닿지 않을까. 지금 그만둬버리면 지금껏 투자한 돈과 시간이 물거품으로 돌아간다. 무조건 임신해야 한다. 그런 고민을 안고 매일을 보냈다. 불임 치료는 신체적, 정신적, 그리고 경제적으로도 고통을 주었다.

"이렇게 돈이 많이 들 줄이야. 이대로면 집을 사기는커녕 한 푼도 못 모으겠네."

야스히코가 한숨 섞어 말했다. 호나미는 시댁에 불임 치료 사실을 털어놓지 않았지만 남편이 푸념을 늘어놓은 듯했다. 시어머니는 전화를 걸어와 "씨는 좋은데 밭이 문제구나"하고 비수 같은 말을 늘어놓았다.

이제는 한계야.

다음 치료를 마지막으로 끝내자.

그렇게 마음먹고 임한 마지막 체외 수정에서 딸을 임신했고, 낳을 수 있었다.

세상 단 하나뿐인 내 딸.

기적으로 받아들일 수밖에 없었다.

그날 이후 야스히코는 집안일을 도왔고, 자상해졌다.

그전까지 불만만 토로하던 시어머니도 태도가 백팔십도 바뀌었다. 야스히코는 외아들이니 첫 손녀인 셈이다. 호나미가 입덧이 심할 때는 상경해서 보살펴주었다. 부푼 호나미의 배를 볼 때마다 얼굴 가득 웃음꽃이 피었다.

불임 치료를 이어갈 때는 살벌했던 집안 분위기도, 친정과의 사이도, 딸 덕분에 모두 회복됐다. 딸의 탄생은 단번에 호나미의 삶을 바꿨다.

불임으로 괴로워하던 혹독한 과거.

그러므로 가오루의 존재는 보물이다. 40대가 되어 가오루를 얻은 건 엄청난 기적이었다.

작고 귀여운 눈. 통통한 입술. 둥그스름한 손가락. 희미하게 위아래로 들썩이는 얇은 가슴. 목숨을 바치는 한이 있더라도 이 아이만은 반드시 지킬 것이다.

호나미는 가오루의 보드라운 볼에 가볍게 입을 맞추고 조심조심 이불에서 나갔다. 캐릭터 잠옷을 입은 가오루의 가냘픈 어깨에 이불을 덮어주고 잠자는 얼굴을 지그시 바라보다가 간신히 몸을 일으켰다.

부엌에 가서 커피를 타기 위해 테팔 전기 주전자에 물을 부었다. 카페인을 흡수해 나른한 몸을 각성시켜 업무에 돌입해야 한다. 물을 가득 채운 주전자를 세팅하고 전원을 켜자 작은 주황색 램프가 반짝였다. 내 기분도 이런 식으로 즉시 전환할 수 있다면 얼마나 좋을까. 호나미는 문득 그렇게 생각했다.

전기 주전자의 물이 끓자 백 엔 숍에서 산 플라스틱 드리퍼를 머그잔 위에 얹고 안에 종이 필터를 끼웠다. 커피메이커도 있지만 청소가 성가시고 가오루가 막 태어났을 무렵 분유 포트를 둘 공간이 필요해 치워버렸다. 그날 이후 필터를 써서 일일이 내려 마시고 있다.

커피를 좋아하는 야스히코도 불만은 없다. 가오루가 분유를 졸업해 분유 포트가 필요 없어졌어도 커피메이커를 꺼내자고 하지 않았다. 남편은 집안일을 돕는다. 만약 커피메이커를 꺼내면 그것을 씻는 것은 자연히 그의 일이 된다. 그렇다면 커피메이커에 따로 부엌 공간을 내주지 않고도 물을 끓이는 약간의 수고만 들이면 드리퍼로 내리는 게 편하다고 스스로 납득하고 있는 것이다. 호나미는 이해심 있는 가족을 둔 것에 감사했다.

커피 가루를 필터에 넣었다. 원두는 친구가 인도네시아에서 사다 준 코피루왁이라는 원두다. 사향고양이의 배설물에서 소화되지 않고 남은 커피콩을 채취해 볶은 것이라고 한다. 고양이 궁둥이에서 나온 것을 감사히 마시는 날이 올 줄은 몰랐지만, 실로 맛이 좋았다. 사향고양이의 소화 효소와 장내 세포가 커피콩을 발효해 평범한 발효법으로는 만들지 못하는 복잡한 향기와 풍미를 끌어낸다고 한다.

딸을 임신했을 때 아니, 불임 치료를 할 때부터 호나미는 커피를 끊었다. 출산하고서도 2년은 모유를 주느라 카페인 섭취를 삼갔다. 하지만 지금은 그런 제약에서 해방돼 아침부터 당당히 커피를 여러 잔 마실 수 있다. 역시 커피를 마셔야 비로소 하루가 시작되는 기분이다. 카페인이 잠기운을 없애고 집중력을 높여준다. 집중력이 요구되는 호나미의 직업에는 더욱 없어서는 안 될 존재다.

호나미는 뜨거운 물을 붓고 커피가 떨어지는 소리를 들으며 토스트를 구웠다. 조리 공간이 좁아서 토스터는 사지 않고 오븐레인지의 토스터 기능을 이용한다. 식빵을 네모진 검정 접시에 올려 오븐에 집어넣고 시작 버튼을 누른다. 완성될 때까지 냉장고에서 버터와 잼을 꺼내놓고 타이머가 끝나기 직전 취소 버튼을 눌러 오븐레인지를 끈다. 이렇게 하지 않으면 종료음이 요란하게 울려서 가오루가 잠에서 깨버린다.

어린이집이 쉬는 일요일은 온종일 가오루를 돌봐야 한다. 그러니 가오루가 일어나기 전 아침 시간은 하루 중 유일하게 일에 집중할 수 있는 귀중한 시간이다.

호나미는 부엌에 서서 버터와 잼을 바른 토스트를 입안 가득 넣었다. 그러고 보니 임신 초기 폭식 기미가 있을 때도 이렇게 부엌에 선 채 냉장고 안에 있는 음식을 손에 집히는 대로 먹었다. 그때가 왠지 아련하게 느껴졌다. 토스트를 다 먹고 손에 묻은 빵 부스러기를 물로 씻은 다음 머그컵을 들고 작업실로 들어갔다.

호나미와 함께 그윽한 커피 향이 거실을 가로질렀다.

노트북을 열어 슬립 모드에서 복귀시켰다. 1년 전 바꾼 노트북은 순식간에 기분 좋은 가동음을 울리며 눈을 번쩍 뜬 것처럼 화면에 그림을 띄웠다.

노트북은 언제든 쓸 수 있도록 웬만해서는 전원을 끄지 않는다. 모니터를 닫아 슬립 모드로 두고 언제든 열면 다시 시작할 수 있게 하는 것이다. 따라서 오늘도 노트북을 열어 비밀번호를 입력하자 곧장 워드 파일이 어제 중단한 부분부터 표시됐다. 전원을 한 번 끄면 워드 파일이 있는 폴더를 일일이 찾아 파일을 두 번 클릭해 열리기까지 몇 초를 기다려야 하는 데다 중단한 부분을 찾는 데도 시간이 든다. 어린아이가 있는 집에서 제한된 시간에 작업시간을 조금이라도 늘리기 위한 호나미 나름의 묘책이었다.

음, 어제 어떻게 끝났더라.

몇 줄을 거슬러 올라가 다시 읽는다. 호나미는 시간 날 때마다 번역 아르바이트를 하고 있다. 대학 졸업 후 다니던 대형 제약회사가 외국 기업과의 메일, 국제 회의 보고서, 사원 매뉴얼 등의 일·영, 영·일 번역을 호나미에게 의뢰해온다. 외국에서 고객이 찾아올 때 등 아주 가끔 통역 일이 들어올 때도 있다. 제약회사에서 받는 의뢰 외에도 다른 아르바이트를 구하기 위해 인터넷 구직 사이트에 등록했지만 무료 서비스라 그런지 좀처럼 효과가 없다. 유학경험 1년, 토익 점수 900점, 영어 검정 1급. 요즘 같은 시대에 호나미 수준으로 번역할 수 있는 사람은 널렸을 것이다. 따라서 제약

회사의 일은 호나미에게 귀중한 수입원이었다.

커피를 홀짝이며 휠 패드를 조작해 페이지를 올렸다가 내렸다가 한다.

아아, 그래.

어제는 약제 전문 용어를 몰라서 좀처럼 진도를 빼지 못했다. 토요일 낮이라면 회사에 물어보기라도 하겠지만 어제 오후에는 어린이집 학부모 친목 모임에 나갔다. 정리를 마치고 돌아와 가오루에게 저녁밥을 먹이고 씻긴 다음 재운 시각이 9시. 그때부터 밤을 새울 각오로 책상 앞에 앉았지만 머릿속이 산만해 집중되지 않았다.

회사에 물어볼 수 있는 건 내일 월요일 9시 이후다. 한 문장을 그냥 넘어가면 다음 문장을 어떻게 이을지가 불분명해진다. 어제 안에 마치지 못한 게 타격이 컸다. 그래도 어떻게든 진도는 나갈 수 있도록 클라이언트로부터 받은 국제 회의 자료 원본을 펼쳤다.

번역은 참으로 따분한 작업이다. 한 문장을 번역하는 데 자료 조사와 검색으로 하루 이틀이 그냥 가는 경우도 적지 않다. 인터넷으로 검색하면 나오는 것도 있지만 도서관에 가봐야 할 때도 있다. 시급으로 계산하면 맥도널드에서 일하는 고등학생보다 낮을 것이다. 하지만 세 살 아이의 육아를 우선해야 하는 몸이다. 재택근무가 가능한 직업은 얼마 없다.

음, MTM이 Medication therapy management의 약자였나…….

호나미는 온라인 사전을 열어 입력한 단어를 확인하고 페이지를 다시 닫았다.

바로 그때 미리 열어둔 포털 사이트 화면이 눈에 들어왔다. 휠 패드를 누르려던 호나미의 손가락이 멈췄다.

도쿄 아이이데 시에서 유치원 아동이 시신으로 발견. 엽기 살인마의 소행인가.

꺼림칙한 뉴스 기사 제목에 가슴이 덜컥했다.

아아, 정말 불길한 사건이야.

읽고 싶지 않지만 정보는 필요하다. 호나미는 떨리는 손가락을 움직여 기사 제목을 클릭했다.

—15일 새벽 5시 30분경, 아이이데 시 아이이데 강변 근처에 쓰러져 있는 남자아이를 개와 함께 산책하던 주부가 발견
—경시청은 아이이데 경찰서에 특별 수사본부를 설치
—부모가 시신을 확인. 4세 남자아이로 판명

딱해라. 가엾게도…….

그러나 다음 순간 호나미는 몸을 움찔했다.

남의 일이 아닌 것이다.

순식간에 가슴이 메고 호흡이 가빠진다.

아이이데 강변이라면 여기서 걸어서 30분은 걸린다. 물이 더러워 휴식 장소로 쓰이는 곳은 아니다. 목격자가 있을 리 없다.

아아, 정말 싫어.

범인은 붙잡힐까?

세상 하나뿐인 딸을 잃는 상황은 상상하고 싶지도 않다.

기사에 나온 남자아이 이름은 호나미에게 낯설었다. 그러나 아이데 시에서 사건이 일어난 만큼 시내에 사는 아이를 노렸다고 생각하는 게 자연스러울 것이다.

부랴부랴 거실로 달려가 TV를 켰다. 소리가 커서 서둘러 볼륨을 낮췄다. 뉴스에서도 사건을 크게 다루고 있다. 낯익은 곳에 리포터와 카메라맨이 몰려 있었다.

"아이 시신은 지금 보이는 강변 다리 옆에 방치돼 있었습니다."

리포터가 강변 풀숲을 가리키며 말했다. 다른 채널에서는 오만상을 지은 진행자가 "범인은 지역 지리를 잘 아는 자일 수 있습니다. 어쩌면 이 근방에 숨어 있을지도 모릅니다"라며 무책임하게 발언하고 있다.

지역 지리를 잘 알다니! 이 근방에 있다니!

호나미는 버럭 소리치고 싶은 마음을 억누르며 팔로 양어깨를 감쌌다.

뉴스에서 현장을 본 것만으로 침울해졌다. 무슨 일이 있어도 딸을 내 손으로 지킬 것이다.

호나미는 한숨을 내쉬고 TV를 껐다. 작업실로 돌아가 책상 앞에 앉았지만 일이 손에 잡히지 않았다.

"……엄마?"

울음 섞인 앳된 목소리가 들린다.

돌아보니 가오루가 문 옆에 서 있었다. 머리에 까치집이 져 있고 잠옷 단추가 풀려 어깨가 드러나 있다. 벌써 세 살인데 눈을 떴을 때 엄마가 보이지 않으면 곧장 울음을 터뜨린다. 아직 잠이 덜 깼으리라. 호나미는 노트북을 닫고 가오루를 달래러 일어섰다.

"미안, 엄마는 일."

호나미는 상냥하게 가오루를 껴안고 볼에 입을 맞췄다.

눈에 넣어도 안 아플 사랑스러운 아이.

이 아이를, 딸을, 지킬 것이다. 그러기 위해 무슨 일이든 한다. 어머니는 딸을 지키기 위해서는 못 할 일이 없다. 사건이 우리 집에까지 영향을 끼치게 내버려 두지 않는다. 두 눈 부릅뜨고 딸을 감시하고, 철저히 안전을 지킬 것이다.

기적적으로 얻은 아이니까.

가오루의 몸이 호나미의 가슴에 따스하게 맞닿았다.

자신의 피를 나눈 어린아이를, 호나미는 포근히 감싸 안았다.

2

아이이데 시 유아 살해 사건 수사본부

깜빡거리는 형광등이 아이이데 경찰서 강당 입구 옆에 큼지막하게 붙은 종이를 비추고 있다. 사카구치는 종이를 보며 양복 가슴 주머니에서 담뱃갑을 꺼냈다.

오늘 아침 이곳 아이이데 시에서 네 살 남자아이의 시신이 발견됐다. 초동 수사와 병행해 아이이데 경찰서에 수사본부가 설치됐다. 그리고 저녁 무렵 수사원 증원이 결정돼 사카구치에게도 지시가 내려와 서둘러 아이이데 경찰서에 달려온 참이다.

도쿄 서부에 있는 아이이데 시는 인구 약 18만 명이 모여 사는 도시다. 전철을 타면 도심까지 40분 안에 갈 수 있어 통학, 통근에 편한 베드타운으로 인기가 있다. 멋들어진 단독 주택과 아파트가 많고 대형 쇼핑몰도 있어 젊은 부부와 고령자가 살기 좋은 동네로 입소문이 나 있다. 도심보다 땅값도 저렴해 정원이 딸린 단독 주택이 많고 드넓은 공원도 있다. 곳곳에서 아이들이 뛰어놀고 길고양이들이 활보한다. 그야말로 한가롭고 온화한 분위기의 도시다. 도내에서는 범죄 발생률이 낮은 안전한 지역으로 인식되고 있다.

물론 그럼에도 흉흉한 범죄가 일어나기는 한다. 강도, 폭행, 살인, 방화, 강간 등. 그러나 어린아이가 유괴돼 살해된 사건은 아이이데 시에서 지금껏 없었다. 오늘 아침 아이의 시신이 발견되었고, 이에 도시 전체가 팽팽한 긴장감에 휩싸여 있다.

이제 곧 저녁 8시. 슬슬 첫 번째 수사 회의가 열릴 시간이다.

사카구치는 담뱃갑을 손가락으로 툭툭 두드려 담배 한 대를 꺼냈다.

"금연입니다."

뒤에서 누군가가 말을 걸었다.

돌아보니 검은 바지 정장을 입은 키 큰 여성이 서 있었다.

"음, 누구더라……?"

"다니자키입니다. 다니자키 유카리. 선배님과 같은 4계에 소속해 있습니다."

"아, 그래. 다니자키 군."

전에는 수사2과에서 사기 사건 등을 담당했다고 들었다. 젊고 미인인 데다 머리도 똑똑하다는 평판이 이따금 1과에도 들렸다. 그런 그녀가 1과에 옮겨온 게 1년 전쯤. 소속은 같지만 슬슬 50대를 바라보는 사카구치와는 연배가 다르다. 담당 사건이 겹치는 일도 없어 지금껏 대화를 나눠본 적이 거의 없었다.

다니자키가 다시 담배를 가리켰다.

"알아. 불은 안 붙일 거야. 그냥 입이 심심해서."

"껌이라도 드릴까요?"

"요즘은 어딜 가든 금연이라 흡연자는 발붙일 곳이 없군."

"시대가 시대니까요."

다니자키는 그렇게 말하며 껌을 내밀었다. 사카구치는 순순히 담배를 다시 주머니에 넣었다.

"자네도 불려왔나?"

"네. 조금 전 도착했습니다."

사카구치는 다니자키의 손에서 껌을 집었다.

"요즘 같은 시절에 태블릿이 아닌 일반 껌이라니."

"고깃집에서 받은 게 남아 있었습니다."

"뭐야, 그렇군."

사카구치는 은박지를 벗겨 껌을 입에 넣었다. 박하 맛이 입안에 퍼졌다.

"멘톨인가. 껌이 아니라 담배라면 임포텐츠야, 임포텐츠."

히죽대는 사카구치를 보며 다니자키가 "성희롱입니다" 하고 잘라 말했다.

"그래? 요새는 이런 말도 함부로 하면 안 되나? 정말 갑갑하기 짝이 없군."

"한마디 더 덧붙이자면 뜬소문입니다."

"뭐?"

"멘톨 담배를 피우면 발기부전이 된다는 거요. 발기의 메커니즘은 성적 자극으로 대뇌가 흥분하면 그게 척추를 타고 발기 중추를 거쳐 페니스의 해면체 신경에 도달하며 일어나는데, 멘톨이 발기 중추에 영향을 미쳐 기능이 저하될 수 있다고 퍼진 게 헛소문의 발단 중 하나라고 합니다. 근데 의학적으로 근거는 없습니다. 완전한 속설이죠."

다니자키가 논리정연하게 단언했다. 사카구치는 잠시 멍하니 듣고 있다가 이윽고 너털웃음을 터뜨렸다.

"재미있군, 자네."

"하지만 멘톨이 발기부전에 직접 연관은 없어도 담배 자체는 원인이 될 수도 있다고 합니다."

"그렇군. 백해무익이라는 건가."

"네. 특히 사카구치 선배님은 줄담배를 피우시니."

"뭐 그렇지."

"근데 어떻습니까?"

"어떻냐니?"

"선배는 임포텐츠인가요? 담배의 영향을 실감하고 계십니까? 듣자 하니 아내분께서 집을 나갔다고 들었는데, 혹시 그것 때문에?"

아연실색한 사카구치는 순식간에 얼굴이 달아올랐다.

"그, 그게 무슨……. 그런 건 어디서 들었어!"

다니자키는 싱긋 웃었다.

"그것 보세요. 성희롱이란 거, 직접 당해보니 정말 불쾌하시죠? 아무튼 이 문제는 여기서 매듭짓고 슬슬 들어가는 게 어떨까요?"

선배를 혼자 두고 씩씩하게 강당으로 걸어 들어가는 다니자키의 뒷모습을 사카구치는 멍하니 바라봤다. 그 후 쓴웃음 짓고 희끗희끗한 머리를 긁적이다가 뒤를 따랐다.

수사본부에 형사가 하나둘 모이기 시작하자 이윽고 첫 번째 수사 회의가 열렸다. 강당 안은 관할 경찰서 형사와 수사1과 형사들로 북적였다.

"그럼 사건의 개요부터 설명한다."

수사1과 계장 사토다가 강당 전방 스크린 앞에 서서 마이크를 쥐었다.

"아이의 이름은 야구치 유키오. 4세. 부친 야구치 마사토시 씨와 모친 아키요 씨 사이에서 태어난 장남으로 아이이데 시립 산토끼 유치원에 다녔다.

시신은 아이이데 강변에 있는 아이이데 다리 옆에서 발견됐으며 평소 인적이 드문 구역이다. 금일 15일 오전 5시 30분경 부근을 산책 중이던 개가 짖어 수상쩍게 여긴 주인이 풀숲 안에서 뭔가를 덮은 골판지 상자를 치우자 지면에 깔린 골판지 상자 위에 놓인 시신이 발견됐다.

아이는 어제 오후 5시경 모친과 함께 시내 슈퍼에 쇼핑을 하러 갔다. 모친이 계산대에서 계산하면서 잠시 한눈을 판 사이에 사라졌다고 한다. 점포 이름은 선즈 마트 아이이데 점. 간토를 본거지로 여러 가맹점을 둔 중견 체인이다. 피해자 아이 집에서는 도보로 십여 분 거리에 있다. 점포는 지상 2층 건물로 지하 1층이 주차장이다.

점원과 함께 점포 내부, 직원 구역, 주차장을 둘러본 후 경찰서에 신고했다. 당시 아이가 입고 있던 옷과 특징 등을 바탕으로 아아이데 서에서 수색했지만 찾지 못했다. 음, 선즈 마트를 탐문 수사한 게⋯⋯."

그러자 강당 가운데에 앉아 있던 형사가 일어섰다.

"선즈 마트에서 당일 근무한 점원과 손님을 상대로 조사했지만 그 시간대 점포에는 비슷한 연령대의 아이도 있어서 피해 아동을 마지막으로 언제 봤는지 단정 짓는 목격 증언은 얻지 못했습니다.

　CCTV에는 오후 4시 32분에 모친과 함께 점포에 들어오는 아이의 모습, 그리고 5시 3분에 계산대 부근에서 정면 출입구를 통해 혼자 나가는 아이의 모습이 찍혀 있었습니다. 쇼핑하는 동안에도 찍힌 영상이 있지만 근처에 딱히 수상한 인물은 보이지 않았습니다. 고로 자신의 의지로 밖에 나갔고, 그곳에서 다른 누군가에게 끌려간 것으로 보입니다. 모친이 뒤따라 나간 시간은 아이가 슈퍼 밖에 나가고 3분이 지난 오후 5시 6분입니다."

　"그때는 이미 사라지고 없었다?"

　"그렇습니다."

　고작 2, 3분 만에 일어난 일이다. 모친은 얼마나 가슴이 찢어질까. 그렇게 생각하자 사카구치의 가슴에도 쓰디쓴 게 차올랐다.

　"슈퍼 밖 CCTV는?"

　사토다가 물었다.

　"없습니다. 밖에 나가고 행방이 묘연해지기 전까지 시간이 짧다는 점에서 차로 유괴됐을 가능성이 높은 것으로 추정합니다."

　"슈퍼 부근 CCTV는?"

　그러자 다른 젊은 형사가 "네" 하고 일어섰다.

　"슈퍼에서 반경 5킬로미터 안에 편의점이 두 곳, 코인 주차장이 세 곳 있어 현재 CCTV 영상들을 수배해둔 상황입니다. 또 개인이 카메라를 달아둔 집도 찾고 있습니다."

　"그럼 다음으로 피해자에 대해. 감식반, 부탁하네."

남성 감식반원이 일어섰다.

전방 스크린에 사진이 나타나자 강당 안이 순식간에 찬물을 끼얹은 듯 조용해졌다.

사진 속 시신은 알몸 상태였다. 골판지 상자 위에서 작고 가냘픈 몸이 위를 향한 자세로 누워 있다. 눈을 감고 있고, 핏기가 없어 온몸이 창백하다. 잠을 자는 것처럼 보이기도 하는데, 하반신으로 시선을 옮기자 대번에 위화감이 들었다. 성기 부근이 둥그렇게 벌게져 있다. 얼마 지나지 않아 사카구치는 그곳에 원래 있어야 할 것이 없다는 것을 깨달았다.

"그럼 설명을."

사토다가 재촉하자 감식반원이 입을 열었다.

"네. 보시다시피 시신의 성기가 잘려나갔습니다. 흉기 종류는 현재 분석 중입니다만 상처 모양으로 보건대 꽤나 예리한 날을 지닌 것으로 추정합니다. 또 항문 점막에 찰과상이 있고 생활반응이 없다는 점에서 사후 성폭행이 가해진 것으로 보입니다. 항문 내부와 체내에서 범인의 것으로 추정되는 체액은 검출되지 않았고 글리세린, 프로필렌글리콜 등 윤활제로 쓰이는 약제가 검출됐다는 점에서 성폭행 당시 범인이 콘돔을 사용했을 가능성이 높습니다."

속이 뒤집히는 사건이다. 옆자리를 힐끗 보니 다니자키가 입을 꾹 다물고 화면을 응시하고 있다.

"사망 추정 시각은 오후 7시에서 8시 사이, 사인은 경추 압박.

생활반응이 없는 것으로 보아 시신 훼손은 사후에 이뤄졌습니다. 훼손 외에 다른 외상이 없고 따로 저항한 흔적도 보이지 않습니다. 혈흔마저 없는 것을 보면 범인은 시신 훼손 후 몸 표면뿐 아니라 손발톱 사이까지 붓 같은 것을 써서 꼼꼼히 닦아낸 모양새입니다. 또 전신의 피부 표면에서 약품이 검출됐는데, 성분을 조사해보니 희석한 표백제였습니다."

"표백제?"

사토다가 이맛살을 찌푸렸다.

"네. 일반 가정에서 흔히 쓰는 산소계 표백제입니다. 시신을 청소한 후 표백제로 한 번 더 닦은 것으로 추정합니다."

시신을 훼손하고 청소한 후 표백제로 한 번 더 닦았다? 사카구치는 말없이 아이 시신을 닦는 범인의 모습이 떠올라 등골이 오싹해졌다.

"단서가 될 만한 건?"

사토다의 물음에 사카구치는 귀를 세우고 자세를 가다듬었다.

"그게 말이죠. 시신에 단서가 될 만한 체모나 섬유 같은 건 하나도 붙어 있지 않았습니다. 또 체액, 정액, 땀 등은 아마 표백제로 씻어낸 것으로 추정합니다. 남아 있던 것이라고는 현장 주변에 있던 흙과 잡초뿐입니다. 또 시신 위를 덮은 골판지 상자와 바닥에 깔린 상자는 현장에서 주운 것으로 보입니다. 상자에 스민 진흙 성분이 일치했습니다.

주변에 혈흔이 없다는 점에서 다른 곳에서 목을 졸라 아이를 살해하고 시신을 훼손한 뒤 그곳으로 옮긴 것으로 추정합니다. 또 잘려나간 성기는 발견되지 않았습니다. 이상."

으스스한 사건이다.

시신에는 보통 힌트가 남아 있다. 범인의 체모나 체액, 피부 조직, 입고 있던 옷의 섬유 등. 그러나 이번 사건의 범인은 어지간히 주도면밀한 인물로 보인다. 아이의 옷과 속옷을 벗기고 시신을 청소한 후 표백제로 한 번 더 공들여 닦아내고서야 시신을 유기했다. 그래서 그런지 잘려 나간 성기의 흔적이 더욱 생생하게 보였다.

"……목격 정보는?"

사토다가 둘러보며 묻자 형사 한 명이 일어섰다.

"최초 발견자 여성 외에 그 주변을 지나던 사람이 있었는지 이웃 주민들을 상대로 조사해봤지만 현시점까지 나오지 않은 상황입니다."

"내일부터는 수사원이 증원되니 강가를 중심으로 수사 범위를 한층 넓힐 거야."

사토다가 말하자 형사들이 고개를 끄덕였다.

"다음으로 부모에 대해."

사토다의 지시에 부모 조사를 담당한 형사가 일어섰다.

"부친은 32세, 에도가와 구에 있는 건설 사무소에서 근무하는 회사원입니다. 주로 주택과 점포 리모델링을 한다더군요. 연 수입은 430만 엔. 모친은 29세로 전업주부. 아이가 사라진 뒤부터 현재까지 수상한 전화나 편지는 오지 않았다고 합니다."

"담당자를 배분할 테니 그 두 사람의 교우 관계와 금전 문제가 있었는지 등도 조사하도록. 특히 부친의 여성 관계를 중심으로 원한 범죄 가능성을 철저히 훑도록 해. 부친과 모친의 알리바이는?"

요즘은 아이가 사건이 휘말리면 가장 먼저 부모가 의심을 산다. 갈수록 시대가 흉흉해지고 있다.

조금 전 일어선 형사가 대답했다.

"모친은 경찰에 신고하고 가나가와에 사는 친정어머니를 불러 집에서 대기했다고 합니다. 같은 유치원에 다니는 원아의 모친들에게 연락해 구역을 나눠 아이를 찾게 했습니다. 안절부절못하며 극히 혼란한 모습을 보여 줄곧 옆에 누가 함께 있었다고 합니다. 부친은 토요일이지만 회사에 출근했고, 소식을 들은 즉시 회사를 나와 오후 7시에 귀가했습니다. 그 뒤 모친과 연락을 취하며 아들을 찾았습니다. 공원 등 아이가 자주 가던 곳을 돌았다고 합니다."

"혼자서 말인가?"

"네."

"귀가하기 전까지는 계속 회사에 있었나?"

"외근이라 거래처를 돌았다고 합니다."

사건 개요를 얼추 전해 들은 형사들의 얼굴에 일제히 긴장감이 감돌았다.

물론 부친이 범인일 가능성은 있다.

그러나 성폭행을 가하기 위해 왜 굳이 아이를 죽였을까?

동기는 대체 뭘까?

집요하게 씻어낸 시신. 잘려나간 성기. 그리고 시신 유기 현장 주변에 있던 것만을 이용해 시신을 감추고, 범행 현장의 단서는 일절 남기지 않은 주도면밀함.

범인상이 좀처럼 떠오르지 않는다.

"수사가 막 시작돼 당분간 힘들겠지만 한시라도 빨리 용의자가 나오기를 바란다! 알겠나!"

사토다가 양손으로 책상을 내려치며 기합을 넣는 것을 마지막으로 수사 회의가 끝났다. 사토다의 얼굴도 긴장한 탓인지 창백하게 보였다.

수사본부가 세워진 지 채 하루도 되지 않았다. 아직 정보랄 만한 게 없을 것이다. 그러나 말로 표현하기 어려운 불안감이 사카구치의 가슴을 파고들었다.

보통 사건이 아니다.

많은 이들이 애를 먹을 것이고, 수사는 장기화할 것이다.

오랜 경험으로부터 사카구치는 그렇게 예감했다.

곧 겨울인데도 끈적한 식은땀이 등을 타고 흘러내렸다.

3

아이이데 제1고등학교 검도장에서는 죽도가 부딪히는 소리, 우렁찬 기합 소리, 그리고 바닥을 밟는 발소리가 밖에까지 들렸다.

일요일에는 지도 교사가 오지 않는다. 자율 연습이 기본이고 상급생이 하급생을 가르치게 돼 있다. 그러므로 지각은 용납되지 않는다. 특히 한 달 뒤에 있는 대회 예선에 대비한 특별 훈련이 막바지에 이르렀다. 마코토는 총총걸음으로 교정을 가로질러 검도장 옆 가건물 부실에 들어가서 도복으로 갈아입었다. 호구 세트를 안고 검도장에 발을 들이자 곧장 불호령이 떨어졌다.

"마코토! 늦었잖아!"

2학년 주장 와타누키가 천장을 찌를 기세로 죽도를 높이 들고 소리쳤다. 쩌렁쩌렁한 목소리에 덩치는 산만 하다. 주특기는 상단 자세로 머리 치기. 새빨간 갑을 입어서 헤이세이의 아카도 스즈노스케[1954년 연재를 시작한 검도 만화 『겁쟁이 스즈노스케』 속 주인공]라고 불린다.

"미안."

마코토는 공격 연습을 하는 부원들에게 방해되지 않도록 공간을 찾아 준비 운동을 시작했다. 중학생이 되어 부활동으로 시작한 검도지만 실은 그다지 관심이 있어 동아리에 가입한 건 아니다. 문화계가 아닌 체육계 동아리에 들어가고 싶었지만 야구는 좋아하지 않았고 육상은 왠지 멋없어 보였다. 그러면 선택지가 유도, 검도, 댄스 정도로 좁혀지는데 댄스는 가장 먼저 제외. 유도는 다른 사람과 몸을 밀착하는 게 싫어서 제외. 그러고 보니 결국 검도밖에 남지 않은 것이다.

중학생 때는 잠시 손을 놓기도 했지만 그래도 고등학교에서 다시 동아리에 든 뒤로는 나름대로 즐겁게 해왔다. 예전 실력이 남아 있는지 2단에도 합격했고 조만간 3단을 노리고 있다.

몸을 풀고 있자 와타누키가 성큼성큼 다가왔다.

"지금껏 뭐 했어. 얼른 가서 후배들을 가르쳐. 안 그래도 3학년들이 은퇴해서 손이 부족한 상황인데."

"알았어, 알았어. 아르바이트가 늦게 끝나서."

3학년은 인터하이―예선에서 패배했지만―를 마지막으로 은퇴했다. 그리고 2학년 와타누키가 새 주장으로 뽑혔고, 마코토가 부주장이 됐다. 그러나 마코토는 스스로 부주장을 할 그릇이 못 된다고 생각하고 있다. 애초에 부원 수가 많지 않아서 우연히 차례가 돌아왔을 뿐이다. 전만큼 부활동에 열중하는 것도 아니고, 부원들의 사기를 북돋워 염원하는 인터하이 출전, 전국 대회 베스트3 입상 등을 꿈꾸지도 않는다. 그저 개인 경기와 단체 경기가 동시에 이뤄지는 검도에 재미를 느끼고 정신을 통일해 집중력을 높여 공격하는 전술 스타일이 성격에 맞아 그럭저럭 이어가는 데 지나지 않았다.

"준비 운동 마치면 가서 후배 연습을 받아줘."

"오케이."

와타누키가 다시 돌아갔다.

마코토는 죽도 휘두르기 백 번을 마치고 갑을 두른 다음 보호 수건을 머리에 감고 호면을 썼다. 손에 호완도 낀다. 그러나 후배들의 죽도 움직임이 서툴러 팔과 어깨 등 보호되지 않는 곳을 맞을 때도 많다. 그 탓에 마코토의 팔과 어깨에는 멍이 끊이지 않았다.

"이봐, 뭘 꾸물거리고 있어? 주저 말고 덤벼."

마코토가 함께 조를 짠 후배에게 기합을 넣자 후배는 소리 지르며 달려와 머리를 쳤다.

"얕아! 좀 더 들어와야 해!"

상호 연습이라면 지도하는 상급자도 상대에게 반격할 수 있지만 공격 연습에서는 그저 가만히 맞고 있어야 한다. 그러나 그만큼 냉정하게 상대의 약점을 관찰할 수 있다. 마코토가 지적하면 다음 일격은 조금 나아진다. 한 번 더 지적하면 더욱 나아진다. 이렇게 후배가 실력을 갈고닦아 발전하는 모습을 보는 건 역시 흐뭇한 일이다. 그래서 마코토는 후배의 공격 연습을 받아주는 게 좋았다.

마지막으로 모두 함께 정좌하고 묵상한 후 인사를 나누는 것으로 연습이 끝난다. 연습 종료 후에는 매번 학년 별로 번갈아 검도장을 걸레질한다. 오늘은 2학년이 당번이라 마코토는 1학년들을 먼저 보내고 창고에서 양동이와 걸레를 들고 검도장 밖 수돗가로 향했다.

늦가을이라 바람이 찼다. 호구 아래로 땀투성이가 된 몸이 기분 좋게 식었다. 검도를 하는 사람에게 여름 훈련은 고생이다. 아무리 더워도 호구를 벗을 수 없고 호면과 호완, 도복에서는 매일 지독한 땀내가 난다. 곰팡이도 핀다. 겨울은 또 겨울대로 맨발로 검도장 바닥을 밟는 게 얼음장을 밟는 것처럼 차갑지만, 몸을 움직이면 점차 체온이 오른다. 그래서 마코토는 추운 계절에 연습하는 게 더 좋았다.

걸레를 적시고 양동이에 물을 받아 검도장으로 돌아가자 2학년 몇 명이 걸레를 들고 곧장 바닥에 손을 대더니 달리기 시작했다.

"오오, 마코토. 땡큐."

와타누키도 걸레를 받아들었다.

"오늘 힘들었지? 청소 마치면 샤워하고 얼른 가자."

"아, 근데 오늘 난 검도 교실 날이라서."

"아아, 맞네. 그럼 공민관인가."

"응."

와타누키와 마코토는 나란히 서서 걸레질을 했다.

"근데 참 꾸준하네. 봉사활동이지?"

"2단 실력으로 어떻게 돈을 받겠어. 뭐 원정비나 실비 정도는 나오지만."

검도장은 바닥 면적이 넓다. 시합장이 두 개는 들어갈 넓이다. 걸레질은 하반신을 단련하는 데도 안성맞춤이었다.

"난 못해. 학교랑 학원, 부활동으로 매일매일 바빠서."

"근데 막상 해보면 꽤 재밌어."

"넌 뭐 어린애들을 좋아하니까."

"어. 특히 친해지면 귀여워."

"근데 요즘 초등학생들은 시끄럽지 않나? 난 그런 거 질색이야."

"유치원생도 있어."

"뭐? 정말? 유치원생이 검도는 너무 이르지 않나?"

"체력을 키우는 게 주목적인 것 같아. 죽도 휘두르기는 엄청 열심히 해. 폼은 엉망이지만."

마코토가 킥킥거리자 와타누키는 어이없어하며 말했다.

"이야. 정말 귀여워서 어쩔 줄 모르는 것 같네."

두 사람은 걸레질을 마치고 몸을 일으켰다.

"휴, 아무튼 난 다녀올게. 미안. 시간이 없어서 이것 좀 대신 빨아줘."

마코토는 걸레를 와타누키에게 넘기고 부실로 돌아가 옷을 갈아입은 다음 호구 세트를 짊어지고 밖에 나갔다. 공민관은 걸어서 15분 거리다. 마코토의 호구 가방은 멀리 나갈 때 편한 바퀴 달린 타입이지만 이 정도 거리는 체력 단련 삼아 짊어지고 간다.

"저, 죄송해요."

교문을 나설 때 뒤에서 누가 마코토를 불렀다. 고작 4시가 조금 지났을 뿐인데 해가 짧아지고 구름이 옅게 깔린 탓에 하늘이 어두침침하다. 문득에 비친 교복은 아이이데 제1고등학교 교복

이 아니었다. 마코토는 상대 얼굴을 힐끗 봤다. 인기가 많을 타입이다.

"어?"

"저, 버스에서 항상 지켜봤어요. 아, 전 나나우미 고등학교에 다니는데요. 그러니까, 그게……."

상대는 얼굴을 빨갛게 물들이고 교복 소매를 만지작거렸다.

"그래서? 금방 끝날 이야기? 아니면 길어질 것 같아?"

딱히 공격적으로 반응할 생각은 없었다. 그저 금방 끝날 이야기라면 호구 가방을 짊어진 채, 길어질 이야기라면 땅에 내려놓으려고 물었을 뿐이다. 그러나 상대는 마음에 상처를 입었는지 울상을 지었다.

"죄, 죄송해요. 그러니까…… 그, 그쪽을 계속 동경해왔…… 아니, 좋아…… 해요."

한층 얼굴이 붉어지고 말이 드문드문 끊기는 것도 모자라 눈가에는 눈물까지 그렁그렁하다. 아아, 이래서 여자는 성가시다니까. 마코토는 속으로 혀를 쯧 찼다. 마코토는 외모가 출중한 편이라 비단 제1고등학교뿐 아니라 타교 학생들에게도 이런 식으로 고백받은 적이 많다. 그때마다 거절하고 미움을 사는 데도 이골이 나 있었다.

"근데 우리 말을 섞은 적은 없지?"

"아, 네. 하지만, 전부터 쭉 마음에 들어서……."

마코토는 한숨을 푹 내쉬고 대답하지 않았다.

"저, 혹시 괜찮다면 친구부터 시작하면 안 될까요? 이거, 제 메일 주소랑 SNS 아이디예요. 연락 기다릴게요."

상대는 눈물을 글썽거리며 여자가 좋아할 법한 편지 봉투를 내밀었다. 그러고는 기대를 품은 눈빛으로 지그시 마코토를 바라봤다.

"필요 없어."

마코토는 딱 잘라 대답하고 봉투를 다시 돌려줬다.

"⋯⋯네?"

"어차피 연락할 일 없어. 그러니 필요 없어."

"아, 하지만⋯⋯."

"너한테 관심 없으니까."

마코토는 말을 마치고 뚜벅뚜벅 걸어갔다. 등 뒤에서 아직 미련이 남은 듯 이쪽을 바라보는 기운이 느껴진다. 재수 없어. 말을 섞은 적도 없는데 어떻게 좋아할 수 있다는 거야. 바보도 아니고.

고백받을 때마다 마코토는 마음이 싸늘히 식었다. 그런 마코토를 너무하다거나 차갑다고 비판하는 사람도 있다. 친구들은 '일단 만나보고 조금씩 서로의 내면을 알아 가면 되잖아'라고 하지만 마코토는 오히려 그쪽이 더 너무하다고 생각했다. 만약 만나보고 나서도 호감이 생기지 않는다면? 기대만 잔뜩 품게 하고 이별을 고하는 게 더 잔인하지 않은가. 그리고 애초에 마코토는 혼자 있는 것을 좋아했다. 타인과 살이 맞닿는 건 오싹하게 느껴질 정도였다.

내 내면에 대해 아는 사람은 아무도 없으면서.

마코토는 호구 가방을 반대쪽 어깨에 다시 짊어지고 공민관으로 향하는 어두운 길을 정처 없이 걸었다.

"아, 선생님이다!"

공민관 안에 들어가자 도복을 입은 아이들이 쪼르르 모여들었다.

아이이데 시 공민관은 낡았지만 검도와 댄스, 소림사 무술 교습에 쓰이는 다목적 홀과 유도, 합기도 교습에 쓰이는 다다미방, 코러스와 취주악에 쓰이는 음악실 등 제법 충실한 설비를 갖췄다. 요금이 저렴해서 매일 다양한 수업이 열린다.

어린이 검도 교실이 공민관을 쓰는 시간은 일요일과 수요일 오후 4시 반부터 6시 반. 기본적으로 두 시간 수업이지만 유치원생과 초등학교 저학년은 일찍 돌아가도 된다.

다니는 아이는 모두 합쳐 10명 정도로 적다. 어린이 검도 교실에 아이를 보내는 학부모는 철저한 훈련을 통해 아이를 대회에 출전시키려는 사람과, 검도 실력보다는 다른 친구들과 함께 즐기며 무도의 예의범절 등을 배우기를 원하는 사람으로 반반씩 나뉜다. 전자 그룹은 검도 6단의 전직 체육 교사 하시모토가 가르치고, 마코토는 후자 그룹을 담당한다.

따라서 마코토는 웬만하면 아이들에게 화를 내거나 닦달하지 않는다. 위험한 행동을 하면 단단히 혼을 내지만 아이들을 유단

자로 키워야 한다는 압박이 없어서 무리하지 않고 즐길 수 있는 범위에서 지도한다. 그래서 그런지 마코토는 아이들에게 인기가 많았다. 아이들은 흔히 하시모토는 '무서운 선생님', 마코토는 '착한 선생님'으로 불렸다.

옷을 갈아입고 연습장에 들어가자 또다시 아이들이 주변을 에워쌌다.

"조용! 시작한다!"

옆에서 하시모토가 외치자 다 함께 정좌해 인사하고 연습이 시작됐다. 마코토는 한 손에 수평으로 든 죽도를 꼬맹이 검사들에게 치게 했다. 처음 몇십 분은 진지한 얼굴로 임하지만 역시 아이들이라 금세 싫증 내며 집중력이 떨어진다. 그러면 마코토는 즉시 아이들을 휴식하게 했다. 집중력이 떨어진 상태로 계속해봐야 다칠 뿐이고, 무엇보다 검도를 싫어하게 되면 배우는 의미가 없기 때문이다.

"좋아. 그럼 10분 휴식. 다들 수분을 보충해."

휴식에 들어간 마코토의 반 아이들을 하시모토의 반 아이들이 부러운 듯 곁눈질했다. 그러자 하시모토는 또 버럭 소리치며 아이들을 혼냈다. 체육 교사를 정년퇴직한 지 15년이 지났는데도 하시모토는 아직 열혈 교사 그 자체다. 백발 머리를 흔들며 자랑인 건치가 보이게 커다란 입을 쩍쩍 벌려 불호령을 날리고, 무슨 일이 생기면 가차 없이 죽도로 아이들의 엉덩이를 때린다. 아이들은 울상을 지으면서도 하시모토의 가르침을 잘 따라 어느새 보면 실력이 올라 있으니 대단하다고 할 수 있다. 마코토는 자신이 맡는 아이들에게 시선을 돌렸다. 나란히 벽에 등을 대고 앉아 한가롭게 스포츠음료를 마시고 있다.

이것도 이것대로 나쁘지 않다고 생각하며 마코토는 미소 지었다.

"응?"

그러다가 마코토는 나란히 앉은 아이들을 보고 고개를 갸웃했다.

"뭐야. 오늘 데쓰야 안 왔니?"

뒤늦게 한 명이 없는 걸 깨달았다. 데쓰야는 초등학교 5학년 남자아이다.

"데쓰야요? 네. 오늘 안 온다고 했어요."

초등학교 1학년 지나쓰가 대답했다. 데쓰야와 같은 학교에 다니고 있다.

"뭐라고 했더라? 엄마를 도와주러 간다고 했어요."

"응? 엄마를 도와드리러?"

"네. 선생님도 아시죠? 오늘 아침에 나온 유치원생 남자아이가 살해된 사건이요."

활기찬 기합 소리가 울려 퍼지는 도장 분위기와는 가슴이 싸해질 만큼 어울리지 않는 화제였다. 그러나 지나쓰는 아직 어려서 사안의 중대성을 모르는지 아무렇지 않은 얼굴로 말을 이었다.

"엄마가 그 남자애 엄마랑 아는 사이래요. 그 집이 큰일 나서

도우러 간다고 했어요."

"그렇구나……. 그 아이도 데쓰야랑 아는 사이였겠네."

마코토는 이맛살을 찌푸리며 비통한 표정을 지었다.

"네. 데쓰야의 검도 시합을 보러 온 적도 있었대요. 음, 이름이 유키오라고 했나?"

"정말? 그럼 우리랑 만났을 수도 있겠다."

마코토는 다른 아이들에게 시선을 돌렸다. 유치원생이 둘, 초등학교 저학년이 둘. 다들 천진난만한 얼굴로 캐릭터가 그려진 물통을 만지작대고 있다. 지근거리에 유괴 살인마가 있다는 공포를 이해하지 못할 것이다.

"너희도 모두 조심하렴. 알겠어?"

마코토가 주의를 주자 아이들은 느긋하게 "네에" 하고 대답했다.

"근데 말이죠, 선생님. 걔, 되게 못됐었대요."

지나쓰가 말을 이었다.

"응?"

"그 살해된 애요. 여자애들을 막 때리고 다녔다던데."

"그건 너도 마찬가지잖아."

옆에 앉은 리키야가 장난스럽게 말했다.

"하지만 계단에서 밀려 떨어져 뼈가 부러진 아이도 있었대. 연못에 떨어져서 죽을 뻔한 아이도 있었고."

"그래? 그럼 잘 죽었네."

"어이, 어이. 그런 말 하면 안 돼. 알겠어?" 마코토가 지적했다. "지나쓰도 이제 그만하렴. 알겠니?"

"네에."

벽시계를 보니 이미 휴식 시간이 10분이나 지났다.

"자, 다시 시작하자."

마코토의 손뼉에 맞춰 아이들이 일어섰다.

죽도를 쥐고 촐랑거리는 아이들을 보며 마코토는 떠올렸다. 이렇게 주의해도 아이들은 원래 빈틈투성이다. 부모들은 이런 사건이 일어나면 두려워하면서 한편으로는 '우리 아이는 괜찮아'라고 생각한다. 그 틈을 파고드는 것이다. 그러지 않으면 희생자가 나올 리 없다.

마코토는 아이들에게 죽도 연습을 시키면서 머릿속으로 유키오라는 불쌍한 남자아이를 어렴풋이 떠올렸다.

어린이 검도 교실에서 봉사활동을 마치고 집에 돌아갈 때는 이미 시간이 8시에 가까워 있었다. 특히 오늘은 초등학교 고학년 형제 하루히사와 도마를 집까지 바래다주느라 더 늦어졌다.

"와, 선생님이랑 같이 가는 거야? 좋겠다."

"너무해. 나도 선생님이랑 가고 싶어."

아이들은 하나같이 입을 모아 부러워하다가 하나둘 부모의 손에 끌려 돌아갔다. 형제를 집까지 바래다주는 길에 다른 아이들의 모습은 보이지 않았다. 거리에는 정적이 감돌았고 어른도 외출을

삼가는 것처럼 보였다. 평소에는 서서 잡지를 읽는 손님으로 북적이는 편의점에도 사람이 별로 없었다. 상상보다 더 도시 전체가 경계하고 있다. 아이가 많은 베드타운이니 어쩔 수 없다. 그러나 하루히사, 도마 형제의 어머니는 아이 둘이서만 집에 돌아오게 했다. 아무리 초등학교 고학년 남자아이들이라지만 해가 저서 이미 어두컴컴한 시간대다. 위험하다고 생각하지 않는 걸까. 세상에는 필요 이상 예민하게 구는 부모가 있는가 하면 이처럼 무사태평한 부모도 있다.

마코토는 아파트 단지에 도착해 하루히사, 도마와 함께 엘리베이터에 탔다. 그러자 세발자전거를 탄 웬 남자아이와 여동생으로 보이는 여자아이가 문이 닫히기 직전 엘리베이터에 올라탔다.

"위험해."

마코토는 서둘러 문에 손을 대 막았다. 둘 다 유치원생일까. 남자아이는 세발자전거를 탄 채로 들어왔고, 여자아이는 그 뒤를 따라 들어왔다.

"너희 둘만 놀고 온 거야? 위험하지 않니?"

아이들이 제대로 탄 걸 확인하고 손을 떼자 엘리베이터 문이 서서히 닫혔다.

"뭐가 위험해. 어차피 단지 안에서 노는 건데."

남자아이가 샐쭉하게 대답하고 5층 버튼을 눌렀다. 쿵 하는 희미한 충격을 발산한 후 엘리베이터가 올라가기 시작했다.

"아야!"

갑자기 도마가 몸을 배배 꼬며 외쳤다. 고개를 돌리니 남자아이가 올라탄 노란 세발자전거 앞바퀴가 도마의 발 위에 올라가 있었다.

"아프다고!"

바퀴에 깔리지 않은 쪽 발로 세발자전거를 걷어차려는 도마를 마코토가 제지했다.

"비켜줄래?"

마코토가 그렇게 말해도 남자아이는 귀도 쫑긋하지 않았다.

"오빠……."

뒤에서 여자아이가 어깨를 두드리자 남자아이는 "됐어" 하고 손을 뿌리쳤다. 그러자 여자아이가 앙 하고 울음을 터뜨렸다.

정지음을 울리고 엘리베이터가 5층에 멈춰 섰다. 남자아이는 아무 일 없었다는 듯 세발자전거를 후진해 복도로 나갔다. 앞바퀴가 지나가자 도마가 냉큼 발을 뒤로 뺐다. 그러자 아이는 이번에는 자전거 뒷바퀴로 하루히사의 발을 밟았다. 누가 봐도 고의다. 여자아이가 울면서 남자아이를 따라 내렸다.

"야, 사과해!"

마코토가 소리쳤지만 엘리베이터는 그대로 문이 닫히고 움직이기 시작했다.

"괜찮아?"

"네, 괜찮아요."

"근데 화나요."

형제가 동시에 입을 쭉 내밀었다.

두 아이의 집이 있는 6층에 도착했다. 개방형 복도를 걷고 있자 갑자기 도마가 "아, 신발이 더러워졌어!" 하고 외쳤다. 보아하니 새로 산 운동화가 흙투성이가 돼 있었다.

"아, 정말이네……. 며칠 전 생일날 엄마가 사준 건데……."

형 하루히사가 풀죽은 목소리로 말했다. 둘은 편모가정 아이들이다. 아직 초등학생인데도 어머니를 생각하는 형제의 마음이 전해졌다.

마코토는 쪼그려 앉아 손가락으로 흙을 툭툭 털었다.

"아깝네. 하지만 닦으면 금방 없어질 거야."

"네……."

도마는 아직 얼굴이 부루퉁했다.

"신경 쓰지 마. 알겠지?"

마코토가 얼굴을 들여다보며 머리를 쓰다듬자 그제야 도마는 "네!" 하고 기운을 차렸다.

형제가 사는 집 인터폰을 누르자 어머니가 나왔다.

"어머."

어머니는 문 옆에 마코토가 서 있는 걸 보고 놀라더니 얼굴이 붉어졌다.

"선생님이 오시는 줄 알았으면 이런 차림으로 안 나왔을 텐데."

어머니는 자신의 트레이닝복 차림을 신경 쓰다가 이윽고 "바래다주셔서 고맙습니다" 하고 고개를 숙였다.

"저, 괜찮다면 저녁이라도 드시고 가시겠어요? 차린 건 없지만……."

"아뇨. 그냥 그런 사건이 일어난 터라 걱정돼서 따라왔을 뿐이에요."

"그럼 선생님. 다음에 오시면 꼭 식사라도 같이해요. 애들이 선생님을 아주 좋아한답니다. 항상 집에 오면 선생님 이야기만 해요. 멋지다고요."

마코토는 그 뒤로도 이어지는 어머니의 이야기를 간신히 끊고 형제의 집을 뒤로했다. 현관문이 닫히는 것을 확인한 뒤 형제가 사는 6층에서 계단으로 내려갔다. 한 층에 열 세대가 사는 것으로 보인다. 끝에서부터 천천히 복도를 걸었다. 아이가 있는 집이 많은지 현관 앞에 킥보드와 세발자전거, 모래 장난 세트 등이 놓여 있다. 마코토는 그것들을 일일이 확인했다. 여덟 집 정도 지났을 때 낯익은 세발자전거를 발견했다.

노란 세발자전거.

마코토는 그 집 앞에서 발길을 멈추고 귀를 기울였다. 나지막하게 남자아이와 여자아이 목소리가 들린다. 여자아이는 아직 울고 있는 것 같았다.

마코토는 세발자전거에 매직으로 적힌 이름을 확인했다.

산본기 사토시

그 후 복도 천장을 올려다봤다. CCTV는 없다.

"그렇군."

마코토는 혼자 고개를 끄덕였다.

그때 다른 집 현관문이 열렸다. 쓰레기를 버리려는지 양손에 커다란 봉투를 든 여자가 나왔다.

"안녕하세요."

마코토가 친근하게 인사하자 여자는 자연스럽게 응하고 그대로 엘리베이터에 올라탔다. 교복 차림의 마코토를 수상쩍게 생각하는 사람은 아무도 없다.

아파트 단지 내부를 얼추 둘러보고 집에 돌아갔다. 아파트와 빌라가 드문드문 세워진 구역. 그 안에서 비교적 지은 지 얼마 안 된 아파트로 들어간다.

"다녀왔습니다."

마코토는 집 현관문을 열었다. 안에서 어머니가 슬리퍼 소리를 내며 나왔다.

"어서 오렴, 마코토. 일요일인데도 고생 많네. 아직 저녁 안 먹었지?"

"응."

"금방 해줄게."

현관 앞에 호구 가방을 내려놓고 신발을 벗었다. 신발장 앞에 큼지막한 가죽구두가 놓여 있다.

"아빠 왔어?"

"응. 조금 전에. 같이 먹을래?"

"어."

마코토는 자기 방으로 들어가 교복을 벗었다. 땀 냄새가 약간 나서 밥 먹기 전에 샤워부터 할까 싶었지만 그전에 배 속에 뭔가를 집어넣고 싶었다. 옷을 갈아입고 거실에 가서 TV를 보며 식사하는 아버지 앞에 앉았다. 밥과 된장국이 차려져 있고 반찬 여러 개가 놓여 있다.

"잘 먹겠습니다."

마코토는 앉자마자 허겁지겁 밥을 먹었다. 아버지는 웃는 얼굴로 쇼 프로그램을 보면서 이따금 마코토에게 학교생활과 검도 등이런저런 것들을 물어왔다. 마코토도 TV를 보며 적당히 답했다.

"아, 이 차 멋있다. 아빠. 이번에 바꾸는 게 어때?"

TV 광고를 보며 마코토가 말했다.

"앞으로 대학 보낼 상전이 집 안에 있는 한 어렵지."

"은색 스바루는 너무 올드해. 연식도 오래됐고."

"그렇기는 해."

"요새는 SUV가 대세래!"

그때 어머니가 차를 내왔다.

"두 사람 목소리 좀 낮춰. TV 소리도 너무 커."

어머니는 소리가 옆집에 들릴까봐 리모컨으로 볼륨을 낮췄다. 그러고는 식탁에 앉아 대화에 꼈다. 지극히 평범한 가족의 저녁 식사 풍경.

쇼 프로그램이 끝나고 뉴스가 시작됐다.

"오늘 새벽 5시 30분경 도쿄 아이이데 시에서 4세 남자아이의 시신이 발견된 사건으로……."

아나운서가 담담한 목소리가 거실에 흐른다. 어머니는 곧장 리모컨을 들어 TV를 껐다.

"저런 건 마음 아파 못 보겠어."

어머니가 깊숙이 한숨을 내쉬었다.

"끔찍한 사건이군……."

비통한 표정을 짓는 선량한 어머니와 아버지.

"잘 먹었습니다. 난 씻을게."

마코토는 식탁을 벗어나 욕실로 향했다. 뜨거운 물에 몸을 담가 훈련으로 쌓인 피로를 푼다. 팔과 어깨에 후배의 죽도에 맞아 생긴 멍이 시간이 지나 노랗게 변해 있었다. 그 멍에 섞여 팔 윗부분에 새로운 붉은색 멍이 하나 더 보인다.

목을 조를 때 저항하는 바람에 걷어차여 생긴 멍.

아직 어린 남자애인데도 힘이 대단했다.

"마코토?"

욕실 문 간유리에 어머니 그림자가 비쳤다.

"응? 왜?"

"샴푸 다 썼지?"

"아, 아직 머리 안 감아서 모르겠어."

"없을 거야. 새것 두고 갈게."

"응."

어머니의 그림자가 사라진다. 마코토는 욕조에서 나와 새 샴

푸를 집어 들고 왔다. 콧노래를 흥얼거리며 머리를 감고 몸을 씻는다. 샤워를 마치고 느릿느릿 욕실을 나가 거실 불을 끄자 집안이 고요해졌다. 다들 곤히 잠들었을 것이다. 바르고 청렴한 평범한 소시민의 삶.

마코토는 가족들이 깨지 않도록 조용히 문을 열고 방에 들어갔다. 미리 쳐둔 커튼 틈새로 흐릿하게 들어오는 달빛에 의지해 열쇠로 서랍을 연다.

서랍 안에는 냄새가 새지 않도록 지퍼백으로 이중 밀봉한 작은 살덩어리가 들어 있었다. 거무튀튀한 피가 말라 있고 피부는 잔뜩 오그라져 있다. 그리고 폴라로이드 사진이 한 장. 사진에는 눈을 감은 채 창백해진 남자아이의 모습이 찍혀 있다. 마코토는 장갑을 낀 손으로 사진을 꺼내 달빛에 비춰 확인했다.

"그래. 이름이 유키오였구나."

나직한 소리로 혼잣말을 중얼거린다.

올여름 초등학생 검도 대회에 응원하러 왔을 때부터 눈여겨보고 있었다.

"역시 넌 나쁜 아이였어."

마코토는 그렇게 말하고 사진을 서랍에 다시 집어넣고 자물쇠를 채웠다. 문득 와타누키가 한 말이 떠올랐다.

"넌 어린애들을 좋아하니까'라······."

어둠 속에서 침대에 몸을 들이며 마코토는 홀로 조용히 킥킥거렸다.

4

호나미는 노트북을 열어둔 채로 멍하니 있었다. 현재 맡은 번역물의 마감이 모레. 그런데 좀처럼 진도가 나가지 않았다. 아침, 점심도 제대로 못 먹고 줄곧 커피만 마시고 있다.

이유는 스스로도 잘 알고 있다. 그 사건이 신경 쓰여서다. 가엾은 남자아이. 그토록 끔찍하게 살해당할 이유라곤 없었던 아이.

왜 이렇게 무서운 일이 일어나고 만 걸까. 뉴스에서 본 아이의 생전 얼굴이 머릿속에서 떠나지 않았다.

문득 책상 안쪽에 자료에 파묻힌 액자가 눈에 들어왔다. 눈부실 정도로 예쁜 딸의 웃는 얼굴. 머리에 사랑스러운 리본을 달고 카메라를 향해 손을 뻗고 있다. 한 살 생일날 찍은 사진이다. 호나미의 눈에 저도 모르게 눈물이 맺혔다.

이 웃는 얼굴을 지킬 수 있는 사람은 나밖에 없어.

안다. 야스히코도 진심으로 딸을 사랑하고, 자신의 목숨을 바칠 만큼 소중한 존재로 여기고 있다는 걸. 하지만 아버지의 사랑은 어머니의 사랑과 근본적으로 다르다.

어머니에게 아이는 일심동체. 아이가 태어난 순간부터 아버지가 되는 남자와 다르게 여자는 배 속에 생명이 깃든 순간부터 어머니가 된다. 호나미는 불임 치료를 반복한 기간을 되돌아보며 더욱 절실히 느꼈다. 어쩌면 아이를 가지려고 노력할 때부터 여자는 어머니가 되는 것일지 모른다.

그래서 호나미는 떠올렸다. 자신이 어머니가 된 건 불임 치료 전문 병원 문을 두드린 바로 그날부터였다고. 몇 년이 지난 지금도 호나미는 그날을 또렷이 기억하고 있다.

대학병원에서 불임 치료를 전문으로 하던 의사가 새롭게 개원한 곳은 지은 지 얼마 안 된 건물에 있었다.

첫 진료를 받은 날은 의사의 진찰 전에 우선 '불임 치료에 대해'라는 제목의 20분짜리 영상을 보고 그 뒤 혈액형, 성병과 풍진 항체 등을 검사하기 위해 피를 뽑았다. 남편도 함께 왔다는 말에 의사는 야스히코의 혈액과 정액도 검사하도록 간호사에게 지시했다.

"응? 나도 검사를 받으라고? 왜? 내 피도 상관있는 건가?"

주삿바늘을 싫어하는 야스히코는 본인도 아이를 원하고 병원에 가보자는 말을 먼저 꺼냈으면서 툴툴거렸다. 호나미도 채혈과 주사를 싫어하는 건 마찬가지다. 게다가 앞으로 호르몬 수치를 측정하기 위해 매월 채혈을 여러 번 해야 한다는 설명을 막 들은 참이었다. 호나미는 고작 검사 한 번으로 구시렁거리지 말라며 소리치고 싶은 마음을 꾹 참았다.

채혈을 마치자 남자 간호사가 정액 검사를 위해 야스히코를 데리러 왔다.

"어제 술을 진탕 마셨는데 상관없습니까?"

"요새 잠을 잘 못 잤는데 괜찮아요?"

야스히코는 간호사에게 끊임없이 질문을 던지며 채정실로 향했다. 그 안에서 자위해 채취한 정액을 전용 용기에 넣어 검사하는 것이다. 3분쯤 지나자 야스히코가 대기실로 돌아왔다.

"어땠어?"

호나미가 물었다.

"응? 글쎄."

야스히코는 떨떠름하게 반응했다.

혹시 실패한 걸까. 의외로 예민한 탓에 검사를 너무 의식해 채취하지 못했을 수도 있다. 물어볼까 망설이는 찰나 간호사가 호나미를 불렀다.

나이가 지긋한 남자 의사는 우선 질에 프로브라는 기구를 집어넣어서 하는 초음파 진단부터 시작했다. 고등학생 때 이후로 처음 받는 산부인과 검사라는 사실만으로도 긴장했는데 질에 손가락을 넣어 자궁을 만지는 검사에 더욱 충격을 받았다. 자궁이 얼마나 단단한지를 촉감으로 확인한다는 설명을 들었지만 그래도 사람의 손가락이 들어오는 느낌이 상상 이상이라 호나미는 눈을 꽉 감고 얼른 끝나기만을 기도했다.

"월경 직후군요. 모처럼 오신 김에 자궁 난관 조영 검사도 하죠."

자궁을 거쳐 난관에 조영제를 투여한 후 엑스레이 사진을 찍어 자궁에 기형이나 이상이 있는지, 또 난관이 막히지 않았는지를 확인하는 검사라고 했다. 조영제를 넣을 때 가벼운 유착이라면 열리는 경우가 많아 치료적 측면도 있다고 했다. 난관 유착이 나아진 사람은 검사 후 석 달 정도는 임신이 잘 된다고 했다.

널찍한 엑스레이 촬영실로 이동해 기계 위에 눕자 곧장 기구와 튜브가 몸에 들어왔다.

"압력이 살짝 들어갑니다."

"아프면 말씀하세요."

간호사가 호나미의 양팔을 눌렀다. 순간 상상을 뛰어넘는 통증이 하복부에 퍼졌다. 눈앞이 하얘지고 숨이 제대로 쉬어지지 않았다. 연신 아프다고 소리치는데도 그저 조금만 더 힘내라는 말뿐. 얼마 후 "지금부터 엑스레이를 찍으니 절대 움직이시면 안 됩니다"라는 말을 남기고 의사와 간호사는 촬영실을 나가버렸다.

통증을 간신히 참고 참아 겨우 촬영을 마쳤지만 조영제가 몸에 안 맞았는지, 아니면 긴장한 탓인지 계속해서 구역질이 나왔다. 한바탕 게워낸 뒤로도 잠시 침대에 누워 안정을 취할 수밖에 없었다.

하지만 앞으로 임신이 잘 될 수 있다고 생각하자 축 늘어진 몸에도 미약하게나마 기운이 돌았다.

결과는 참담했다.

"여러 번 시도해도 우측 난관이 열리지 않네요."

의사는 아쉬워하며 호나미가 누운 침대 옆에서 엑스레이 사진을 내밀었다.

사진 속에서는 조영제가 지나는 부분이 또렷한 흰색으로 찍혀 있었다. 가운데에 자궁이 있고 원래대로라면 양옆에 흰색 조영제가 뻗은 게 보여야 하지만 왼쪽에만 있었다.

"많이 아프셨죠?"

의사가 물었다. 막혀버린 난관에 조영제의 압력이 가해졌으니 그렇게 아팠던 걸까. 여러모로 힘든 검사였지만 의사에게서는 자상함이 느껴졌다. 단지 그것만으로 호나미에게는 큰 위안이 되었다.

"그리고 다른 쪽 난관 말입니다만, 조영제가 지나가기는 했지만 유착이 제법 심합니다. 물론 자연 임신 기회가 아예 없다고는 할 수 없겠지만 조금 어렵다고 해야 할까요. 어쨌든 배란이 돼야 거기서부터 모든 게 시작되니 처음에는 배란을 유도하는 약을 먹어보고 초음파로 난포 성장을 확인한 다음 최대한 배란일과 가깝게 해서 성관계 시기를 알려드리겠습니다. 그렇게 몇 주기 시도해보고 그래도 결과가 나오지 않으면 난관 유착을 없애는 수술을 검토하는 게 좋아 보입니다."

호나미는 "네?" 하고 말을 잇지 못했다. 의사는 정중하게 설명을 계속했다.

"난관은 매우 중요합니다. 우선 난소에서 배란된 난자를 받는 역할을 합니다. 다음으로 난관 안을 헤엄쳐온 정자와 결합시키는 역할, 그리고 수정란을 키워 자궁으로 보내는 역할을 하죠. 제아무리 좋은 난자가 만들어져도 난관에 문제가 있으면 임신은 어렵습니다."

다낭성 난소 증후군에 더해 오른쪽 난관은 막혔고, 왼쪽 난관은 유착. 배란만 제대로 된다면 임신이 가능할 줄 알았는데 자칫

하면 수술해야 할 수도 있다. 호나미는 흰색 병원 침대에 얼굴을 파묻고 그만 울음을 터뜨렸다. 의사는 방에서 나가 호나미가 혼자 있게 해주었다.

한바탕 울고 간신히 구역질도 가라앉아 대기실로 돌아갈 무렵에는 검사실로 들어간 지 이미 두 시간이 흘러 있었다.

"검사가 오래 걸리네."

야스히코는 잡지를 앞에 펼쳐놓고 느긋하게 말했다.

기절할 정도로 아픈 검사였다는 이야기, 여러 번 토했다는 이야기, 양쪽 난관에 문제가 있다는 이야기, 상황에 따라서는 수술을 해야 할 수도 있다는 이야기. 호나미는 쉬지 않고 야스히코에게 설명했다. 야스히코는 연신 고개를 끄덕이더니 "하지만 치료하려고 온 거잖아?" 하고 아무렇지 않게 툭 내뱉었다.

"……그야 그렇지만……."

"아 참! 내 정자에는 문제가 없대!"

야스히코가 의기양양하게 외쳤다.

"결과를 기다리는 동안 얼마나 가슴을 졸였는지 원. 물론 문제 없다는 건 알고 있었어. 하지만 역시 긴장되더라. 휴, 아무튼 다행이야."

평온한 클래식 음악이 흐르는 대기실에 야스히코의 목소리가 울려 퍼졌다. 남녀 몇 명이 야스히코를 힐끗 쳐다봤다. 이 안에 남성 불임으로 고생하는 환자가 있을지 모른다. 그러나 호나미는 야스히코의 무신경함보다는 자신의 자궁 난관 조영 검사에 별

반응을 보이지 않는 게 서운했다.

"저기, 나 말이지. 정말 아팠어……. 토까지 했어."

다시 한번 말해봤다. 조금 전에는 잘 듣지 못했을 수 있다.

"근데 나도 아까 그게 나올 때는 약간 아프더라. 몸에 오랫동안 쌓여 있어서 그런가?"

야스히코는 진지하기 그지없는 얼굴로 중대 사실이라도 털어놓듯 말했다. 호나미는 할 말을 잃었다. 이 남자는 내 말을 듣고는 있는 걸까.

"아, 근데 좀 대단하기는 했어. 서양 거였는데."

"……뭐?"

"영상 말이야, 영상. 채정실에서 틀어준 거. 아, 혹시 당신은 모르나? 안에 들어가면 앞에 TV랑 큰 소파가 있고 서가에 비디오테이프가 쭉 꽂혀 있어. 근데 서양 게 유독 많더라고. 누구 취향이려나? 아무튼 하나같이 수위가 얼마나 대단하던지. 그러고 보면 불임 치료 병원은 세상에서 유일하게 포르노를 경비 처리할 수 있는 곳 아닌가?"

야스히코는 히죽히죽 웃으며 말했다.

"그게 무슨……."

간신히 터져 나온 호나미의 목소리는 떨리고 있었다.

"내가 얼마나 힘들었는데……."

"응? 하지만 죽을 만큼 아팠던 건 아니잖아?"

스스로도 안색이 안 좋아지는 게 느껴졌다. 양손이 새하얬고

볼은 점차 핏기가 가셔 싸늘해졌다.

"어라, 설마 화내는 거야?"

야스히코는 의외라는 듯이 호나미를 봤다.

"화난다기보다…… 슬퍼."

"……미안."

야스히코는 겸연쩍어하며 사과했다. 무뚝뚝한 투지만 그래도 호나미는 마음이 조금 가라앉았다. 호들갑스럽게 걱정해주기를 바란 게 아니다. 그냥 아주 조금 공감받고 싶었을 뿐이다. 아니, 하지만 야스히코도 이런 병원에 처음 와서 예민해졌을 수 있다.

"근데 말이지. 이런 거에 질투하면 곤란해. 알지?"

"……뭐?"

호나미가 고개를 갸웃하자 야스히코는 한숨을 푹 쉬었다.

"전부터 내가 포르노 보는 걸 싫어하는 건 알고 있었어. 하지만 오늘은 어쩔 수 없었잖아."

호나미는 벌어진 입을 다물지 못했다.

조금도 모른다.

내가 왜 화를 내는지. 슬퍼하는지.

아이를 원한다고 말하면서도 이 남자에게 불임 치료는 그저 남일인 것이다.

나 홀로 치료와 싸울 각오를 다져야 한다. 호나미는 그렇게 생각했다. 앞으로 시작될 미지의 치료에 겁먹으면서도 마지막에는 반드시 아이를 얻고야 말겠다며 마음을 굳게 다졌다. 아직 보지도 못한 아이를 향한 사랑이 호나미를 강하게 만들었다. 그때 이미 호나미는 어머니가 돼 있었다.

추억에 잠겨 있던 호나미는 화들짝 놀라 시계를 봤다. 이제 곧 4시 반. 슬슬 가오루를 데리러 어린이집에 가야 하는 시간이다. 호나미는 의자에서 일어나 재킷을 걸치고 밖에 나갔다.

5시 전 어린이집 출입구는 항상 혼잡하다.

아이를 데리러 온 학부모와 서투른 손놀림으로 신발을 신는 아이들로 뒤죽박죽이었다.

"가오루는 화장실 갔답니다."

호나미를 발견한 보육 교사 다바타가 싱긋 웃으며 말했다.

몇 개월 전부터 혼자 화장실 가기 연습을 시작했다고 한다. 아직 요의라는 걸 이해 못 하는지 지금껏 자기 입으로 화장실에 가고 싶다고 말한 적이 없다. 하지만 조회 시간 후, 낮잠 자기 전, 낮잠 후, 데리러 가기 전에 정기적으로 화장실에 보내고 있다. 그냥 멍하니 변기에 앉아 있을 때가 많지만 이따금 소변을 볼 때도 있다. 그럴 때마다 칭찬을 아끼지 않아서 조금씩이기는 해도 성공률이 높아지고 있다. 이대로 잘만 하면 이듬해 봄까지는 기저귀를 졸업할 것이다.

어린이용 화장실에서 가오루가 쪼르르 달려 나왔다. 양말을 담은 플라스틱 상자에서 양말, 신발 상자에서 신발을 집어 현관으로 다가온다.

"우리 가오루, 많이 야무져졌어요."

다바타가 미소 지으며 말했다.

"네. 맞아요. 요새는 집에서도 할 말이 있으면 똑 부러지게 해요. 매일 아침 이 치마는 좋아, 이 리본은 별로야, 라면서."

호나미가 대답하자 다바타가 빙그레 웃었다.

가오루는 현관 앞에 앉아 열심히 발을 양말에 집어넣었다. 어린이집 안에서는 발바닥 형성을 위해 맨발로 지낸다. 치마가 위로 걷혀 기저귀와 허벅지가 드러나 있다. 호나미가 속으로 '오늘 레깅스를 신겨 보냈는데' 하고 의아해하고 있자 다바타가 "아 참. 레깅스 말인데요. 오늘 소변을……" 하고 조심스레 입을 열었다.

"아아, 그렇군요."

"네. 그래서 갈아입을 옷을 넣어둔 상자를 찾았는데 레깅스랑 바지 둘 다 없어서요. 이제 날씨도 곧 추워질 테니 옷을 좀 두둑이 가져다주시겠어요?"

"네, 그렇게 할게요. 일단 내일 몇 장 가져올게요."

가오루가 양말과 신발을 다 신고 일어섰다. 치마 밑에 뻗은 다리가 추워 보였다.

"……당분간 치마는 입히지 않는 게 좋을지 모르겠어요."

다바타가 조용히 중얼거렸다.

"네?"

"무서운 사건이 일어났잖아요. 괜히 이상한 사람 눈에 띄지 않게 될 수 있으면 바지를 입히는 게 좋아 보여요."

"아, 네. 그렇겠네요."

"실은 저희 아이도 아직 어리거든요. 그 사건 때문에 무서워서……."

"아아, 선생님 댁 아이도 세 살인가 네 살이랬죠?"

다바타 보육사 역시 아이를 다른 곳에 맡기고 일하는 어머니 중 한 명이다.

"네. 여자아이 둘이에요. 이번에 희생된 아이는 남자아이기는 한데, 또 모르죠. 어린애면 남자아이든 여자아이든 안 가리는 못된 자식일 수 있으니까요. 아아, 겁나라."

스스로 말하고도 불쾌했는지 다바타는 얼굴을 찌푸렸다.

"정말 그래요."

가오루가 손을 앞으로 뻗었다. 호나미는 작은 손을 꼭 쥐었다.

"뒤숭숭해 죽겠어요. 이런 어린애들을 노리다니, 괴물이나 마찬가지예요. 그런 괴물이 지금 우리와 가까운 곳에 있고, 다음 희생자를 찾고 있을지 모른다고 생각하면……."

못된 자식.

괴물.

우리 딸도 그렇게…….

호나미의 손이 바르르 떨렸다.

"어쨌든 조심하도록 해요. 우리 둘 다."

다바타는 거듭 당부하고는 상냥한 얼굴로 "가오루, 내일 보자" 하고 인사했다.

곧장 집에 가고 싶었지만 가오루가 "더 놀고 싶어"라고 졸라서 아파트 단지 안에 있는 작은 공원에 들렀다. 모래밭과 미끄럼틀 정도만 있는 소규모 공원이지만 어린이집에서 돌아오는 길에 이용하기에는 충분하다. 같은 단지에 사는 아이들뿐 아니라 근처 아이들까지 삼삼오오 모여 놀고 있다.

가오루가 모래밭에서 놀기 시작해서 호나미는 벤치에 앉았다. 여름에는 아이를 데리러 가는 시간이 환하지만 이런 계절에는 벌써 어둑어둑하다. 공원 가로등이 하나둘 켜졌지만 밝다고는 하기 어렵다.

호나미는 왠지 모를 불안을 느꼈다.

모르는 사람이 아이를 채가기 쉬운 환경이다.

호나미는 삽과 바구니를 빌려 아이들과 모래 장난을 하는 가오루를 바라봤다. 처음 만나도 스스럼없이 친해지는 게 아이들의 장점이다. 호나미는 흐뭇하게 그 모습을 바라보면서도 이윽고 표정이 굳었다. 모래밭을 비추는 조명이 유독 어두웠다.

일반 공원이라면 관리 사무소에 가서 말하면 되지만 단지에 딸린 놀이터는 어디에 말해야 할까. 곰곰이 떠올리는 동안 쓰레기통의 봉투를 가는 작업복 차림 노인이 눈에 들어왔다.

"저, 실례합니다."

호나미는 노인에게 다가갔다.

"이곳 조명이 너무 어두운 것 같아서요. 이런 건 어디에 말하면 되나요?"

호나미의 물음에 노인이 고개를 돌렸다.

"조만간 업자가 와서 갈 거예요."

"아, 그런가요?"

"네. 안 그래도 어제부터 요청이 쏟아져서."

그렇구나.

호나미는 고개 숙여 인사하고 벤치를 향해 가다가 문득 발걸음을 멈췄다.

가오루의 모습이 모래밭에서 사라지고 없었다.

5

"설마 자네와 조를 이룰 줄은 상상도 못 했군."

사카구치는 발걸음을 떼며 중얼거렸다.

다니자키와 함께 아이이데 경찰서 문을 막 나선 참이었다. 가을 하늘에 걸린 아침 해가 산뜻하고 눈부시다. 높은 곳에 흰 구름이 천천히 떠다니고 있다.

"저도 마찬가지예요. 계장님께 이유를 대신 좀 여쭤주세요. 혹시 관할 형사들을 괴롭히려고 짠 거 아닌가요? 아무튼 유감이네요."

다니자키는 시침 뗀 얼굴로 대답하고는 펌프스 소리를 또각또각 울리며 걸었다.

수사 회의를 마치고 하루가 지나 오늘부터 본격적으로 수사에 투입됐다. 어제 수사 첫날 눈에 띄는 성과를 거두지 못한 탓에 오늘부터 수사원을 증원해 시신 유기 현장 부근과 피해자 집 주변을 중심으로 탐문 수사를 펼치고 있다.

수사본부가 세워지면 보통 경시청 형사와 관할 형사가 한 사람씩 조를 이룬다. 그러나 사카구치는 계장에게서 다니자키와 함께 시신 유기 현장 부근을 수사하라는 지시를 받았다.

"공교롭게 됐군."

사카구치는 한숨을 쉬었다.

"응? 그냥 그런 척만 하는 게 아니라 정말 싫으신 거예요?"

"딱히 싫은 건 아닌데, 그냥……."

솔직히 여성과는 조를 이루고 싶지 않았다. 단지 그뿐이다. 특히 상대가 젊은 여성이라면 더욱 그렇다.

사카구치에게는 좋지 않은 기억이 있다. 8년 전쯤, 강도 살인 사건으로 관할 여형사와 조를 이뤘을 때 일이었다. 탐문 수사를 간 곳이 우연히 범인의 은신처였고, 집 문을 연 순간 범인이 칼을 들고 뛰쳐나왔다. 사카구치는 순간적으로 몸을 피해 상대의 균형을 무너뜨려 칼을 떨구는 데 성공했다. 잽싸게 돌아 팔을 비틀어 수갑을 채우려는 순간, 범인은 몰래 품고 있던 다른 칼로 여형사를 베었다. 눈 깜짝할 사이에 일어난 일이었다. 칼은 그녀의 오른뺨을 깊숙이 도렸다. 결혼을 앞두고 있다며 웃는 얼굴로 말하던 여형사. 그 뒤 얼굴을 열 바늘 남짓 꿰맸다고 들었다.

남자라도 얼굴을 베이면 괜찮은 건 아니다. 그러나 이토록 오랫동안 마음에 남지는 않을 것이다. 그날 이후 사카구치는 여성과 조를 이룰 때마다 신경 쓰였다. 그리고 신경 쓰는 것을 감추기 위해 쓸데없는 수고까지 들이게 됐다.

"아, 설마 제가 여자라서 그래요?"

사카구치의 생각을 읽은 것처럼 다니자키가 말했다. 사카구치가 대답을 망설이자 다니자키는 입을 벌리고 웃었다.

"이런, 그렇구나. 신경 쓰지 않으셔도 돼요."

그렇게 말해도 말처럼 쉬운 일이 아니다.

"사카구치 선배는 원래 성실한 성격이세요?"

"뭐?"

"어떡하면 여성이라는 걸 의식하지 않고, 또 의식하게 하지 않고 일을 진행할 것인가. 어떡하면 남자와 똑같이 대할 수 있을 것인가……. 그런 걸 지금 마구 떠올리고 계시죠?"

"……뭐 틀린 말은 아니군."

"부자연스러워요."

다니자키가 딱 잘라 말했다.

"……뭐?"

"그러니까 실제로 제가 여성인데 여성인 걸 의식하지 않는다든지, 남자랑 똑같이 대한다든지 등을 떠올리는 것 자체가 부자연스럽다는 말이에요. 성별 차이는 이미 뚜렷이 존재하고 그 차이를 뛰어넘는 것과 뛰어넘지 못하는 게 있어요. 그리고 제가 생각하는 진정한 의미의 젠더 프리라는 건……."

"자, 잠깐만!"

사카구치가 서둘러 말을 잘랐다.

"나도 이해할 수 있게끔 설명해봐."

"그러니까 말이죠."

다니자키는 일장 연설이 중간에 끊긴 게 아쉬운 듯했다.

"여자라는 걸 의식하지 않고 스스럼없이 대하려는 게 오히려 부자연스럽고, 성차별이에요. 차이를 받아들이고 서로 부족한 걸 보충하면 된다는 게 제 지론이에요. 사카구치 선배는 성희롱이나 일삼는 변태 중년인 줄 알았는데 의외로 섬세하시네요."

"어이, 다니자키, 자네 말이야……."

사카구치는 어이가 없고 화가 나기도 해 얼굴이 달아올랐다. 반박하려고 해도 이 당돌한, 그러나 무서울 만큼 머리 회전이 빠르고 말발 센 후배에게 뭘 어떻게 이야기해야 좋을지 알 수 없었다.

"……됐어!"

간신히 입 밖에 튀어나온 말은 그야말로 유치했다.

"그러니까 선배. 여성한테는 여성이 잘하는 분야가 있다니까요. 그걸 잘 이용하면 된다는 말이에요."

느닷없이 어린아이를 달래는 온화한 투로 바뀌었다. 사카구치는 내심 한숨을 쉬었다.

"탐문 수사를 할 때 상대가 여자 형사면 덜 경계하는 것도 있고요."

단독주택에 달린 문패를 확인하고 다니자키가 인터폰을 눌렀다. 두 사람이 맡은 구역에서 첫 번째 방문하는 집이었다.

"저랑 조를 이룬 걸 후회하지 않게 해드릴게요."

자신만만한 다니자키의 말이 끝나는 동시에 스피커에서 "누구세요?" 하는 여성의 낮은 목소리가 들렸다.

인터폰에 카메라 렌즈가 달려 있다. 사카구치와 다니자키의 모습이 집 안 모니터에 비칠 것이다. 분명 이럴 때는 남자 둘로 이뤄진 조보다 남녀 조가 경계를 덜 살 것이다.

"경찰서에서 왔습니다. 잠깐 이야기 좀 들을 수 있을까요?"

다니자키가 설명하자 얼마 안 돼 현관문이 열리더니 통통한 여성이 나왔다. 여성은 유아 살해 사건에 대해 이미 알고 있는지 두 사람을 보자마자 "어휴, 무서워 죽겠어요" 하며 어깨를 움츠렸다.

"어제 새벽 5시 30분경 강변에서 남자아이 시신이 발견됐습니다. 아시죠?"

다니자키는 먼저 경찰수첩을 보이고 수첩과 볼펜을 꺼내며 확인차 물었다.

"네. 뉴스에서 봤어요. 정말 끔찍한 일이에요."

"혹시 그 전날 심야부터 이른 아침까지 사람 말소리나 다른 소리 같은 건 못 들으셨나요?"

"못 들었어요."

여성은 힘없이 고개를 가로젓고 한숨을 내쉬었다.

"이 부근에서 어린 남자아이가 그런 끔찍한 일을 당했는데 아무 소리도 안 들렸답니다."

"사건 전후에 수상한 인물이나 차량 등을 보신 적은 없습니까?"

"네. 저희 집은 아이가 셋 다 초등학생인데 사건 전에는 미처 신경 쓰지 못했어요. 사건이 일어나고 나서야 부랴부랴 학교와 학부모들끼리 상의해 이곳 주변과 등하굣길을 교대로 순찰하기로 했답니다. 그런데 지금껏 이렇다 할 일은 없었어요. 하긴 순찰을 시작한 지도 얼마 안 됐고……."

"혹시 사건 전에 마음에 걸렸던 점 같은 건?"

"실은 말이죠. 저도 계속 떠올렸어요. 그런 말이 있죠? 보통 이런 큰 사건이 일어나기 전에는 작은 동물이 학대당해 죽는다거나 쓰레기가 불탄다는 이야기요. 그런데 그런 일은 없었던 것 같아요. 이웃과 트러블이 있었다는 사람 이야기도 못 들었고……."

"그렇군요. 지금껏 이 부근에서 특별히 미심쩍은 일은 없었다는 말씀이시군요."

"최근 몇 달을 유심히 떠올려봤는데 짚이는 건 없었어요. 그건 그렇고, 그렇게 어린아이를 노린 걸 보면 분명 미치광이겠죠? 경찰은 성범죄를 저지른 사람 리스트를 가지고 있다고 들었는데, 일반 시민들은 그걸 볼 수 없나요?"

"외국 중에는 그런 나라도 있다고 들었는데, 일본은……."

질문을 퍼붓는 여성에게 다니자키가 면목 없어 하며 말했다.

사카구치는 속으로 '메건법인가' 하고 떠올렸다.

성범죄 전과가 있는 위험인물 정보를 지역에 뿌려 지역 단위로 감시하게 하는 범죄 방지법. 미국에서 법률 제정의 계기가 된 피해자 소녀 메건 칸카의 이름을 따 통칭 '메건법'으로 불린다. 영국과 한국 등에 도입됐다. 일본에서도 도입해야 한다는 의견이 있지만 형기를 마친 범인의 사회 복귀가 어려워질 가능성, 성범죄자를 향한 폭행과 협박 등이 일어날 수 있다는 염려 등 몇몇 문제점이 지적돼 도입되지 않았다.

"성범죄자한테 인권 같은 게 필요할까요?"

여성이 꼭 사카구치의 생각을 읽은 것처럼 거칠게 말했다.

"성범죄는 말이죠. 인격 살인이에요. 그런 비열한 짓을 저지른 인간한테 무슨 프라이버시니, 사회 복귀 같은 걸 운운해요? 안 그래요?"

여성이 동의를 구하듯 사카구치와 다니자키를 번갈아 봤다. 공적인 입장에서 어떻게 반응해야 좋을지 사카구치가 망설이고 있자 다니자키가 입을 열었다.

"여성들한테는 그저 남 일이 아니죠."

긍정도 부정도 하지 않는 동시에 상대의 기분을 배려하는 대답. 사카구치는 다니자키의 기지에 감탄했다.

"애초에 그런 인간이 사는 곳 정보가 일반에 공개되면 이웃 주민들이 경계할 수 있었을 테고, 그 남자아이도 죽지 않았을지 몰라요. 사건이 일어나고서야 수사하는 건 소 잃고 외양간 고치기죠. 아까도 말했지만 저희 집에도 초등학생 아이가 있어서 무서워 죽겠어요. 범죄자 신상 정보 공개가 앞으로 법으로 제정될 가능성은 정말 없는 걸까요?"

점점 이야기가 다른 곳으로 새는 것 같아서 사카구치가 끼어들었다.

"지당하신 걱정입니다. 어쨌든 저희도 한시 빨리 사건을 해결하고 싶은 마음에 뭔가 정보라도 얻을 수 있지 않을까 해서 찾아뵌 거고요. 아무튼 전에도, 그리고 학부모 순찰이 시작되고서도 미심쩍은 건 없었다는 말씀입니까?"

화제를 되돌리자 여성은 "네. 맞아요" 하고 고개를 끄덕였다. 사카구치와 다니자키는 메모를 마쳤다. 이 이상 나올 게 없어 보였다.

"이런 변두리에서도 그런 사건이 일어날 줄은……. 아시죠? 몇 년 전 오미토 시에서 일어난 강간 사건이요."

인근에 있는 오미토 시에서 4년 전 성폭행 사건이 연속으로 일어났다. 피해자는 중학생에서 고등학생까지의 여성들로, 다행히 범인은 붙잡혔지만 평화로운 외곽 마을 주민들의 마음속에 검은 그림자를 드리웠다.

"그 사건 때도 정말 무서웠는데."

여성은 탄식을 내뱉었다.

"겉보기에는 평화롭게 보이지만 같은 하늘 아래에 그런 끔찍한 짓을 저지르고 다니는 인간이 있다는 게 참……."

여성은 자신의 팔을 문지르며 눈동자를 쓸쓸히 하늘로 향했다.

그 뒤로도 한 곳 한 곳 문을 두드리며 묻고 다녔지만 어디에서도 쓸 만한 정보는 나오지 않았다.

"하나같이 아무것도 못 보고, 못 들었다니…… 이럴 수 있는 건가요?"

다니자키가 한숨을 내쉬었다.

수사본부가 세워져도 해결에 이르지 못한 사건은 많다. 그렇지만 큰 소리가 들렸다든지, 범인이 착용한 옷이 놓여 있었다든지, 혈흔이나 발자국처럼 모종의 흔적은 나올 때가 많다. 그러나 이번 사건은 범인의 흔적이랄 게 전혀 나오지 않는다. 수사를 시작하고 이틀째. 물론 앞으로 정보가 모일 가능성은 있다. 하지만 사카구치는 향후 수사에도 먹구름이 드리울 것 같은 예감이 들었다.

"일단 점심이나 먹지. 다 먹고 살자고 하는 짓이니."

사카구치는 짐짓 활기차게 말했다.

"와, 벌써 두 시간이 훌쩍 지났네요. 왠지 배고프더라. 네. 뭐라도 먹고 시작해요."

다니자키가 손목시계를 보고 놀라며 말했다.

"상점가에 우동 가게가 있더군. 거기로 가지."

사카구치가 상점가를 향해 발걸음을 떼자 다니자키가 떨떠름한 표정을 지었다.

"우동? 그런 걸로 배가 차겠어요?"

"뭐?"

다니자키의 지적에 사카구치는 눈을 끔뻑였다.

"그럼 뭘 먹고 싶은데? 설마 프렌치 레스토랑 같은 데 가자는 건 아니겠지?"

"돈가스 덮밥 먹어요. 돈가스 덮밥. 역 앞에 서서 먹는 식당이 있었던 것 같은데."

사카구치는 잠깐 생각하고 "아, 거기 말인가" 하고 떠올렸다.

"안에 들어가 본 적 있나?"

사카구치는 이미 역을 향해 걸어가는 다니자키를 서둘러 뒤쫓았다.

"네? 없는데요."

"거긴 뭐랄까, 너무 예스럽다고 할까, 촌스럽다고 할까……. 솔직히 말하면 별로 위생적이지 않아. 지금껏 안에서 여자 손님을 본 적도 없고."

그러자 다니자키가 우뚝 멈춰 섰다.

"양은 어때요? 맛은?"

"웅? 뭐 나쁘지는 않아."

"다행이다." 다니자키는 진심으로 안도하는 얼굴이었다. "양과 맛! 오직 그거면 돼요."

성큼성큼 걸어가는 다니자키를 보며 사카구치도 발걸음 속도를 맞췄다.

"정말 괜찮겠나? 괜히 내 눈치 보느라 그러는 거 아니야?"

"제가 선배 때문에 일부러 그런 데를 골랐다고 생각하세요?"

거의 경주하듯 걷는 상태에서 다니자키는 사카구치를 힐끗 봤다.

"그렇게 말해도 아직 모르세요? 그런 걸 의식하지 않는 게 제 신조라니까요."

"아니, 그게……. 미안."

"뭐 선배 마음을 이해 못 하는 건 아니에요. 남녀 차이를 없애는 데 필요 이상 골몰한 나머지 늘 예민하게 구는 여성도 있으니까요. 남자가 동의 없이 밥을 사려고 하면 화를 내거나 하는 식으로요. 분명 민감한 문제라 선배가 곤란해하는 것도 이해해요. 또 그런 문제에 성실하게 임하려는 자세도 알겠고요."

"흠. 그래."

돈가스 덮밥 가게 앞에 손때 묻은 포렴이 보였다. 고소한 돼지기름 냄새가 풍긴다.

"하지만 아까도 말씀드렸죠. 성별의 차이를 받아들이고 서로 부족한 부분은 보충하자고요. 외려 그런 차이를 활용하면 일이 더 잘 풀리는 경우도 적지 않아요."

일리 있는 말이다. 실제로 일하다 보면 여성에게 맡기는 게 더 좋은 일이 있다. 여성이 피해자일 경우―특히 성범죄―는 물론이거니와 용의자가 여성일 때 같은 여성 경찰관 앞에서 마음을 열고 자백하는 사례도 많다. 사카구치는 지금껏 동료 여자 형사의 도움을 자주 받아왔고 그때마다 남자에게는 없는 속 깊은 도량에 감탄한 적도 많다. 분명 성별에 맞는 역할과 자리가 있으리라고 사카구치도 생각한다.

"이제는 좀 제 지론을 이해하시겠어요?"

"응? 뭐 그럭저럭……."

"아무튼 그런 이유로 선배가 꼭 밥을 사고 싶다고 하신다면 저는 달갑게 받아들이겠다, 그렇게 해석하셔도 무방하다는 소리예요."

다니자키는 의기양양하게 미소 지으며 포렴을 걷어 가게 안으로 들어갔다.

다니자키는 무서운 속도로 덮밥 그릇을 비웠다. 서서 먹는 가게라서 다들 밥 먹는 속도가 빠른 편이다. 그러나 그 안에서도 다니자키가 있는 곳만 두 배 속도로 재생되는 것처럼 느껴질 정도였다. 사카구치는 놀랐다기보다 거의 뭔가에 홀린 것처럼 그녀의 밥 먹는 모습을 바라봤다. 젊었을 때는 그도 식성이 좋은 편이었지만 40대 중반을 지나면서 그러지 못하게 됐다. 또 아내가 집을 나간 이후 끼니를 주로 편의점 도시락으로 때우는 생활을 하다 보면 자연히 식욕도 사라지는 법이다.

사카구치가 밥그릇을 비우기를 기다리는 동안 다니자키는 여유롭게 차를 홀짝였다. 그러나 불현듯 잔을 내려놓더니 사카구치에게 왠지 쓸쓸한 눈빛을 보냈다.

"저…… 아까부터 진정한 젠더 프리니 뭐니 했는데, 실은 좀 더

개혁해야 하는 문제가 있어요."

다니자키가 한숨을 푹 내쉬고 말했다.

"남녀평등이라고 하면 주로 여성에게도 기술 수업을 받게 한다든지, 남성에게도 육아 휴가를 주는, 그런 쪽에만 주목이 쏠리지만…… 진정 남녀 차이를 없애야 하는 아주 큰 과제가 일본에는 아직 남아 있어요."

"그게 뭐지?"

"강간죄요."

다니자키는 사카구치의 눈을 똑바로 바라보며 말했다.

"남성이 피해자일 경우 강간죄가 성립되지 않는다. 이건 말도 안 돼요."

그렇다.

일본에서는 강간죄의 객체가 여성으로 한정된다. 다시 말해 남성이 성적 피해를 당해도 강간죄는 성립하지 않는다. 남성 피해자가 명백한 성폭행을 당했다고 해도 강제 외설죄가 적용된다. 그리고 당연히 강간죄 쪽이 형벌이 더 무겁다.

"남성 성기가 여성 성기에 삽입됨으로써 강간이 성립된다. 즉 항문은 여성 성기가 아니니 남성에게는 강간죄를 물을 수 없다. 고로 강간죄가 성립하지 않는다. 이렇게 난센스한 이야기가 또 있을까요?"

난센스라고 하면 고개를 끄덕일 수밖에 없다. 애초에 강간죄는 일본에서는 진정신분범眞正身分犯이다. 진정신분범이란 범인의 신분 그 자체가 범죄의 성립 요건인 범죄를 뜻한다. 이를테면 수뢰죄 등은 범인이 공무원 또는 중재인이어야 성립한다. 그와 마찬가지로 강간죄는 주체가 남성인 것을 대전제로 한다. 즉 여성이 범인일 수는 없는 것이다. 사카구치가 그 점도 이해할 수 없다고 지적하자 다니자키는 "맞아요" 하고 고개를 끄덕였다.

"그뿐만이 아니에요. 강간 끝에 피해자를 죽음에 이르게 한 행위, 즉 강간 치사죄가 살인죄보다 형량이 가벼운 것도 말도 안 돼요. 이 역시 용납할 수 없어요."

일본의 강간죄, 강간 치사죄 형량이 다른 나라에 비해 가벼운 건 이미 널리 알려진 이야기다. 사카구치는 수사에서 강간죄 피해자를 만날 때마다 속이 타들어 갔다. 자신에게 아무 잘못이 없는데도 절망 끝에 자살한 피해자도 있었다.

문득 처음 들른 집에서 여성이 한 말을 떠올렸다.

인격 살인.

강간은 피해자의 인격을 말살한다. 육체를 말살한다. 미래를 말살한다.

"그래. 나도 진심으로 그렇게 생각해."

사카구치가 머뭇대며 중얼거리자 다니자키는 아주 살짝 미소 지었다.

"다행이에요. 선배가 그런 사람이라."

"어?"

"보통 다른 선배들한테 말하면 네가 신경 쓸 일이 아니라며 흘려들으시거든요. 그래서 기뻐요."

그러나 다니자키는 곧 진지한 표정으로 돌아갔다.

"아무튼 유키오는 남자아이였으니 강간죄가 적용되지 않을 거예요. 하물며 살인 전에 성폭행이 이뤄졌다면 강제 외설 치사죄로 끝날 일이었어요. 끔찍한 사건이지만 살인죄가 성립한다는 것만은 한 줄기 빛이라고 생각해요."

"그래. 하지만 모든 건 범인을 체포하고서부터겠지. 한 줄기 빛이 될지는 어떨지는 아직 모르는 일이야."

"맞아요. 자, 얼른 다음 집으로 가요."

마지막으로 차를 한 모금 마시고 다니자키는 총총걸음으로 가게를 나갔다. 사카구치는 속으로 믿음직한 파트너를 만났다고 생각하면서 곧장 그녀를 뒤따랐다.

6

오후 홈룸 시간이 끝나 마코토는 잰걸음으로 학교 현관으로 향했다. 아르바이트 하는 곳 점장이 긴급 문자를 보내 5시까지 와달라고 간곡히 부탁했기 때문이다. 혼잡한 신발장 앞에서 신발을 갈아 신고 있자 뒤에서 누가 어깨를 두드렸다.

"맥도널드 들렀다 갈래?"

같은 반의 모모코와 아사미다. 두 사람 다 반에서 외모가 예쁜 축에 속한다. 생물 수업 때 우연히 같은 조에 속한 것을 계기로 가끔 점심시간이나 수업을 마치고 마코토를 찾는다.

"아, 지금 아르바이트 가야 해."

"그래?"

"아쉽네."

"그럼 먼저 간다."

마코토는 앞길을 가로막는 것처럼 선 두 사람 사이를 지나 뛰어갔다. 뒤에서 "마코토, 너무해!" "요새 왜 이리 바쁜 거야" 하고 투덜거리는 혀짤배기소리가 들렸다.

정문 앞에서 버스를 타고 다섯 번째 정류장에서 내렸다. 거기서부터 걸어서 금방인 선즈 마트 직원 전용 출입구로 들어갔다.

라커룸에서 마트 로고가 그려진 폴로셔츠로 갈아입고 앞치마를 두른 뒤 점포로 이어지는 문을 열었다. 살풍경한 백야드와 달리 식품이 최대한 맛있게 보이도록 궁리한 조명 덕에 밝고 청결한 점내는 손님으로 북적이고 있었다.

"어서 오세요!"

마코토는 힘차게 외치고 가게 안을 둘러봤다. 계산대 교대까지 약 10분. 한 손에 메모지를 들고 고개를 두리번거리는 남자 손님에게 다가가 "혹시 찾는 거 있으세요?", 높은 선반에 손을 뻗는 여자 손님에게는 "제가 집어드리겠습니다", 쇼핑 카트에 무거워 보이는 물건을 담은 노인에게는 "대신 들어드릴까요?" 하고 손을 내밀었다.

이런 식으로 유키오에게도 먼저 말을 걸었다.

유키오는 과자가 진열된 통로를 뛰어다니고 있었다. 한 손을 진열대에 대고 달리며 과자들을 우르르 바닥에 떨어뜨렸다. 통로 끝에서 다시 돌아올 때는 바닥에 떨어진 과자 하나를 밟기도 했다.

교대 시간이라 휴식하러 백야드로 향하던 마코토는 지금이 기회라고 생각했다. 유키오를 눈여겨본 이래 줄곧 아이를 의식하고 있었다.

"아아, 이러면 못 팔잖아."

마코토의 목소리에 유키오는 그 자리에 멈춰 서더니 마코토를 째려봤다.

마코토는 바닥에 떨어진 상품을 진열대에 돌리려고 허리를 숙여 유키오와 눈높이를 맞췄다. 찌부러진 과자 봉지를 유키오에게 보였지만 아이는 못마땅한 얼굴로 고개를 홱 돌렸다.

"라이더 팬서 초콜릿이네. 가질래?"

마코토가 그렇게 묻자 고개를 돌리고 있던 유키오가 냉큼 마코토를 다시 쳐다봤다.

"정말?"

"어차피 못 팔게 됐는걸. 네가 밟아버려서."

"음……."

"그러니까 그냥 줄게. 엄마는 어디 계시니?"

"고기 파는 곳."

"그럼 일단 거기 갔다가 엄마가 계산할 때 뒷문으로 와."

"뒷문?"

"응. 저 출입구를 나가서 오른쪽으로 꺾으면 돼. 거기서 기다릴게."

"응!"

유키오는 신나서 엄마가 있는 곳으로 달려갔다. 마코토는 못 팔게 된 과자를 잽싸게 계산하고 백야드에서 뒷문으로 빠져나갔다. 캔 커피를 마시며 기다리고 있자 얼마 뒤 유키오가 걸어왔다. 토요일에는 손님이 많아서 한 사람씩 번갈아 휴식을 취한다. 그래서 백야드와 뒷문에 다른 사람은 없었다.

"얼른 줘."

유키오는 안달 난 것처럼 발을 동동 굴렀다.

"그래. 근데 약속할 게 두 가지 있어."

"뭔데?"

"앞으로 두 번 다시 과자 있는 곳에서 놀지 않기. 그리고 이번 일을 엄마를 포함해 그 누구에게도 말하지 않기."

"왜?"

"우리 둘 다 혼나니까. 그러면 더는 과자를 못 주게 되잖아."

"알겠어."

유키오는 눈앞에 있는 라이더 팬서 과자를 보며 연신 고개를 끄덕였다.

"지금 여기서 먹고 가. 가져가면 엄마한테 들킬 테니."

그러자 유키오는 마코토의 손에서 쏜살같이 과자를 빼앗더니 봉지를 열어 먹기 시작했다. 어린이용 과자라 양이 적어서 금세 다 먹어버렸다.

"자, 얼른 엄마 계신 곳으로 가. 걱정하실 테니."

볼 일을 마친 유키오는 고맙다는 한마디도 없이 달려가 버렸다. 죽이려면 최소 한 달은 기다려야겠어. 마코토는 유키오의 뒷모습을 보며 떠올렸다. 가게 밖과 뒷문에는 CCTV가 없다. 그러나 당연히 점포 안에는 설치돼 있고 영상은 한 달간 보존된다. 과자 통로에서 찍힌 영상이 사라진 다음 실천에 옮겨야겠다고 마음먹었고, 실제로도 그렇게 했다.

"지금 바로 교대하겠습니다. 조금만 기다려주세요."

마코토는 교대 시간이 되자 죽 늘어선 손님들을 향해 힘차게 말하고 잽싸게 전임자와 교대했다.

"오래 기다리셨습니다. 포인트 카드 가지고 계십니까?"

익숙한 솜씨로 손님을 받는다. 선즈 마트에서 일한 지 1년 반. 고등학생이 돼서 한 아르바이트 중에는 가장 오래 하고 있다. 마코토는 슈퍼에서 일하는 게 즐거웠다. 손님은 기억 못 할지 몰라도 마코토는 손님의 얼굴을 잘 기억한다. 반드시 저녁에 보이는 얼굴과 주말에만 보이는 얼굴. 자주 사는 도시락, 이따금 사는 음료수와 잡화 등. 개인 정보를 수집하는 데 안성맞춤인 근무지인 것이다.

유키오의 집 주소도 아르바이트를 하다가 알아냈다. 모친이 서비스 카운터에서 배달을 신청해서 "불량품 클레임이 들어온 적이 있어서 기록해두려고요"라는 구실을 둘러대고 카운터로 들어가 전표를 뒤졌다.

주소를 알아낸 뒤로는 몇 번인가 근처를 탐방하며 유키오를 관찰했다. 유키오를 볼 때마다 속에서 흑심이 무럭무럭 자라나 마코토는 괴로웠다.

역시 죽일 수밖에 없어.

그렇게 생각했다.

그리고 지난주 토요일 드디어 운명의 날이 찾아왔다.

그날 마코토는 근무가 없는 날이었지만 동료에게 근무 시간을 바꿔달라는 부탁을 받았다. 유키오가 슈퍼에 온 건 저녁 무렵 일을 마치기 직전이었다.

마코토 쪽에서 먼저 다가간 건 아니다. 유키오가 뭔가 바라는 눈빛으로 마코토를 보며 씩 웃었다. 마코토는 모친에게 들키지 않도록 가볍게 고개를 끄덕인 다음 "수고하세요" 하고 계산대에서 나왔다.

옷을 갈아입고 뒷문으로 가자 얼마 지나지 않아 유키오가 나왔다. 저번처럼 초콜릿을 주고 "얼른 돌아가"라고 했다. 언젠가 죽일 생각은 품고 있었다. 그러나 이날로 정한 건 아니었다.

"싫어!"

유키오는 뿔난 얼굴로 토라진 듯 말했다.

"왜?"

"아까 혼났어."

"엄마한테?"

"응. 맞았어."

"흐음……."

유키오는 쩝쩝거리며 초콜릿이 묻은 손가락을 핥았다.

"그럼 우리 집에 놀러 갈래?"

"응? 정말?"

"응. 저 앞 공원에 화장실이 있거든. 거기 칸막이 안에 숨어서 기다려. 노크를 다섯 번 할게. 다른 사람한테는 절대 문을 열어주면 안 돼."

"응. 과자 갖고 와야 해."

"그래."

유키오는 그대로 밖으로 달려나갔다. 마코토는 라커룸으로 돌아가 가방과 새로 산 호구 가방을 들고 나갔다.

오늘이라면 실행할 수 있을지 모른다. 마코토는 저도 모르게 침을 꿀꺽 삼켰다.

유키오를 눈여겨본 지 벌써 3개월째. 속으로 줄곧 오늘처럼 우연이 겹치는 날만을 기다렸다.

우연히 동료와 근무를 교대한 것.

우연히 유키오가 마트에 온 것.

우연히 유키오가 엄마에게 혼나서 집에 가고 싶지 않다고 한 것.

우연히 부활동을 마친 후 집에 돌아가 교복에서 별 특징 없는 사복으로 갈아입고 온 것.

우연히 마코토의 가족이 모두 외출해 집에 없다는 것.

그리고 우연히, 2주 전 검도용품점에서 주문한 새 호구 가방이 도착해 아르바이트를 오는 길에 받아서 온 것.

그날은 그런 식으로 모든 게 갖춰져 있었다.

유키오와 만나기로 한 곳은 그네와 시소, 정글짐, 모래밭 외에도 미끄럼틀 등 대형 놀이기구와 야구장도 딸린 넓은 공원이었다. 특히 토요일이어서 부모 손을 잡고 온 아이가 많았다.

주위를 둘러보며 다른 사람의 시선이 없는 것을 확인하고 화장실로 들어갔다. 가장 안쪽에 닫힌 칸막이 문을 다섯 번 노크하자 "누구야?" 하는 앳된 목소리와 함께 문이 살짝 열렸다. 잽싸게 안에 몸을 집어넣고 문을 잠갔다.

"밖에 엄마가 있더라."

물론 거짓말이었다.

"응?"

순식간에 유키오의 낯빛이 변했다.

"엄마, 화났어?"

"당연하지. 갑자기 사라졌으니."

"하지만…… 나쁜 건 엄마야."

유키오는 볼에 바람을 집어넣었다.

"돌아갈래? 나도 같이 가서 죄송하다고 할게."

그렇게 말하면 아이 성격으로 판단컨대 싫다고 할 게 뻔하다고 예상했다. 아니나 다를까 유키오는 "싫어!" 하고 고개를 세차게 흔들었다.

"과자 가져왔지?"

유키오는 장난기 어린 눈빛을 마코토의 부푼 바지 주머니로 보냈다.

"그래."

"얼른 집에 가서 먹을래."

"그래. 그럼 일단 들키지 않게 이 안에 들어가는 게 낫겠다."

마코토는 호구 가방 지퍼를 열었다. 검고 넓은 주둥이가 열린다. 유키오는 잽싸게 그 안에 다리를 집어넣고 무릎을 감싸더니 바닥 쪽에 웅크렸다. 노는 줄 알고 있다는 생각에 웃음이 풋 터졌다.

"소리 내면 안 돼. 엄마한테 들킬라."

"알겠어."

유키오는 화들짝 놀라 양손으로 입을 틀어막았다. 마코토는 아이의 몸을 삼킨 새카만 위장의 문을 닫았다. 키 100센티미터 남짓의 몸이 고스란히 안에 담겼다.

"수고했어. 오늘은 이만 가도 돼."

앞치마를 두르고 달려온 점장의 목소리에 마코토는 회상에서 돌아왔다. 정신을 차려보니 벌써 5시가 돼 있었다.

"갑자기 불러서 미안. 모리가 독감에 걸렸대. 오늘은 나도 점장 회의가 있는 바람에."

마코토가 계산대에서 나가자 점장이 살진 몸을 들이밀었다.

"너 없으면 정말 큰일 날 뻔했다. 이럴 때 부탁할 사람은 마코토뿐이라니까."

"그럼 시급 좀 올려주세요."

가볍게 면박하고서 마코토는 라커룸으로 돌아갔다. 앞치마를 벗고 옷을 갈아입는 도중 벽에 붙은 종이에 시선이 향했다.

사건 해결을 위해 협력을!

야구치 유키오 사건에 관해 본 것, 들은 것, 생각난 것이 있으면 뭐든 좋으니 알려주십시오. 당신의 도움이 필요합니다.

−점장

짬을 내어 컴퓨터로 인쇄해 붙였을 것이다. 안 그래도 바쁜데 이런 것까지 신경 쓰다니. 사람 좋은 점장은 슈퍼가 아이의 마지막 목격 장소가 된 것이 가슴 아플 것이다.

그때 저녁 근무를 맡는 대학생 스즈키가 문을 열고 들어왔다.

"사건이 일어났다며?"

문을 미처 열기도 전에 그는 흥미진진해하며 물었다.

"아, 네."

"정말 형사가 왔어?"

"당연하죠. 이것저것 물었어요."

마코토가 대답하자 스즈키는 들뜬 목소리로 "정말?" 하고 되물었다.

"그날 갑자기 다이스케네 집 할아버지가 돌아가셔서 제가 대신 투입됐거든요."

"그럼 범인도 봤겠네?"

"봤다면 점장님이 이런 걸 붙이지도 않았겠죠."

마코토는 종이를 눈으로 가리켰다.

"아, 그렇겠다."

"어제 아침 첫 근무 때 계산대에 있었는데 우락부락한 형사가 찾아와서 점장님과 대화를 나누더라고요. 그 뒤로 순서대로 불려 갔어요. 그래서 근무 시간이 뒤죽박죽되고 덩달아 부활동까지 늦 어져서…… 물론 어쩔 수 없는 일이겠지만요."

"넌 형사한테 뭐라고 했어?"

"아, 전 아이가 사라지기 전에 근무를 마쳤어요. 그래서 딱히 도 움 될 만한 정보라곤……."

"그렇구나. 어제 사이판에서 돌아와서 TV를 켜니 선즈 마트가 나와서 깜짝 놀랐어. 알몸 상태였다지? 뉴스에서는 제대로 말 안 해줬지만, 인터넷에서는 범해진 흔적도 나왔다고……."

마코토는 사물함 문을 두드려 스즈키의 말을 중간에 끊었다.

"함부로 할 이야기는 아닌 것 같아요."

마코토가 강한 어조로 말하고 노려보자 스즈키는 겁먹은 듯 입을 다물었다.

"피해자 유족의 심정을 헤아려보셨어요? 그런 호기심이 더욱 상처가 되는 법이에요. 정작 그들은 아무 잘못도 없는데.”

“······미안.”

“저한테 사과하셔봐야 소용없죠.”

마코토는 등을 돌려 라커룸을 나갔다.

“아, 휴게실에 기념품으로 사 온 초콜릿이 있어.”

문이 닫히기 직전 아부 섞인 목소리가 들렸다.

마코토는 아르바이트를 마쳤지만 어머니에게 ‘조금만 더 있어 달래. 늦어질 것 같아’라는 문자를 보내고 산본기 사토시가 사는 아파트 단지로 향했다. 버스로 세 정거장 거리. 도착할 때는 시간 이 5시 반이 돼 있었다.

없으면 없는 대로 상관없다. 무리하게 찾지 않는다. 안달 내지 않는다. 그저 흘러가는 대로 몸을 맡긴다. 그것이 마코토의 철칙 이다.

그러나 운 좋게도 사토시가 눈에 띄었다. 단지 안 공원 모래밭 에서 다른 아이 몇 명과 함께 놀고 있다. 마코토는 모래밭이 훤 히 보이는 벤치에 앉아 태연하게 주위를 둘러봤다. 조명이 이제 막 들어와 아직 어둡지만 아파트 단지 안이라 그런지 아직 열 명 정 도 되는 아이들이 띄엄띄엄 서서 놀고 있다. 그리고 보호자로 보 이는 어른이 두어 명.

“그만해!”

사토시가 던진 모래에 맞은 여자아이가 당장에라도 울음을 터뜨릴 표정으로 외쳤다. 어제 본 여동생은 아니다. 사토시는 멈추지 않고 히죽거리며 다른 아이들에게도 마구 모래를 던졌다. 사토시를 말릴 만한 아이는 없어 보인다.

이렇게 관찰하는 시간이 마코토에게는 의미 있게 느껴졌다. 내 손에 저 아이의 목숨이 달려 있다고 생각하자 안도감마저 들었다.

마코토의 시선이 사토시에서 자연스레 여자아이 쪽으로 향했다. 아이가 모래밭에 엉덩방아를 찧고 울음을 터뜨린 것이다. 치마가 걷혀 통통한 허벅지에서 엉덩이에 이르는 곡선이 드러났다. 마코토는 어느새 사토시를 잊고 울고 있는 여자아이를 지그시 바라봤다.

여자아이란 귀여운 동시에 위태로운 존재다.

가슴이 또다시 두근거렸다. 마코토는 뭔가에 홀린 사람처럼 벤치에서 일어나 서서히 모래밭으로 다가갔다.

"야. 여자아이를 괴롭히면 되겠어? 얘, 괜찮니?"

마코토는 상냥하게 미소 짓고 허리를 숙여 앉아 있는 여자아이에게 손을 내밀었다.

7

모래밭에는 가오루가 쓰던 빨간 삽만 덩그러니 놓여 있었다.

불길한 예감이 음습한 습기를 머금어 전신을 휘감았다.

"얘들아. 혹시 여기서 같이 놀던 여자아이 못 봤니?"

호나미는 모래밭에 달려가 놀이에 열중하는 아이들에게 말을 걸었다. 아이들은 멍한 얼굴로 호나미를 올려다봤다.

"여기서 삽을 들고 놀고 있었는데…… 어디 갔지?"

응? 몰라요. 갑자기 어디론가 가버렸어요. 아이들의 대답은 종잡을 수 없다. 뭔가 이상하다는 걸 눈치챘는지 아이 보호자로 보이는 중년 여성이 다가왔다.

"저, 혹시 양 갈래 머리에 리본을 단 여자아이 말인가요?"

"네! 맞아요!"

호나미는 절실한 눈빛으로 여성을 바라봤다.

"그 아이라면…… 아까 어떤 남자와 함께 공원을 나가던데요. 자연스럽게 말을 주고받는 걸 보고 당연히 가족인 줄……."

순식간에 호나미의 눈앞이 캄캄해졌다.

곧장 공원을 뛰쳐나가 "가오루! 가오루!" 외치며 뛰었다. 주변 골목을 찾아봤지만 보이지 않는다. 왜 정신을 다른 곳에 두고 있었을까. 고작 몇십 초 사이에 대체 누가 가오루를 데려간 걸까.

그래. 경찰. 경찰한테 찾아달라고 하자. 지금 당장 신고해야 해. 가방을 뒤져 스마트폰을 찾았지만 보이지 않았다. 이런. 작업실 책상에 두고 왔나 봐. 어쩌지.

호나미는 패닉 상태로 머리를 감싸쥐었다. 주변은 이미 캄캄해졌다. 한심하게도 눈물이 터졌다. 그러나 울고 있을 때가 아니다. 돌이켜보니 근처에 파출소가 있었다. 호나미는 다시 뛰기 시작했다.

파출소에 들이닥치자 노인에게 길 안내를 마친 경찰이 친절한 얼굴로 호나미를 맞았다.

"큰일이에요! 어떤 남자가 세 살 된 저희 아이를 데려갔다고 해요!"

호나미의 절박한 모습을 보고 경찰도 이상을 눈치챈 듯했다. 이름과 키, 구체적인 신체 특징, 입고 있던 옷 등을 자세히 묻고 곧장 근처 경찰들에게 문자로 정보를 알리겠다고 했다.

"혹시 아이 사진을 가지고 계십니까? 근접 촬영해 첨부하려고 합니다만."

"그게, 저, 스마트폰을 집에 두고 와서……."

"스티커 사진 같은 것도 괜찮습니다. 얼굴을 알아볼 수 있는 뭔가가 없을까요?"

서둘러 가방과 지갑을 뒤졌지만 역시 아무것도 나오지 않았다. 스마트폰을 가져오기만 했다면 즉시 사진을 보여줬을 텐데. 호나미는 자신의 무신경함을 저주했다.

"지금 당장 집에 가서 스마트폰과 디지털카메라를 가져올게요."

파출소를 뛰쳐나가려는 호나미의 손에 경찰이 부랴부랴 메모지를 쥐어주었다.

"아이를 찾아볼 테니 사진을 찾으면 이 전화번호로 보내주십시오."

전속력으로 집을 향해 달리는 동안 눈물이 멈추지 않았다. 어쩌지. 우리 가오루에게 무슨 일이라도 일어난다면 살 수가 없을 거야…….

떨리는 손으로 현관문을 열고 거의 쓰러지듯 집 안에 몸을 들였다.

가장 먼저 신발장 앞에 놓인 가오루의 신발이 눈에 들어왔다.

아무래도 오늘 신겨준 신발 같지만 그렇다면 이곳에 놓여 있을 리 없다. 호나미가 혼란스러워하는 와중에 집 안에서 웃음소리가 들렸다.

"……가오루? 안에 있니?"

설마 싶어 정신없이 신발을 벗고 뛰어들어 갔다. 거실 의자에 가오루가 앉아 도넛을 먹고 있었다.

"가오루!"

호나미는 득달같이 달려가서 가오루를 꼭 껴안았다. 이 따스함은 현실일까. 가오루의 머리카락에 자기도 모르게 몇 번이나 볼을 비볐다.

"이러면 도넛 못 먹잖아."

가오루가 몸을 비틀었다. 그런 모습조차 사랑스러워서 호나미는 껴안은 팔에 힘을 더욱 넣었다.

"어서 와."

등 뒤에서 굵직한 남자 목소리가 들렸다. 고개를 돌리자 남편 야스히코가 우유팩과 가오루 전용 플라스틱 컵을 들고 서 있다. 오늘부터 2박 3일 연수라고 했는데.

"이게 대체 무슨 일이야?"

그제야 가오루를 놓아주고 호나미는 몸을 일으켰다.

"응? 문자 보냈는데."

야스히코는 무사태평하게 말하며 컵에 우유를 따라 가오루에게 줬다.

"문자……?"

호나미는 서둘러 방에 들어가 책상에 놓아둔 스마트폰을 집어 들었다. 확인하지 않은 문자가 네 통, 부재중 전화 세 통이 들어와 있다.

'장소 문제로 연수가 내일로 미뤄졌어. 오늘은 집에 갈 거니 저녁 부탁해.'

'집 근처에서 내려주려나 봐. 지금 바로 갈게. 뭐 사 갈까?'

'가오루는 내가 데리고 있어. 걱정하지 마. 지금 바로 공원으로 갈게.'

'공원에 왔는데 집에 갔는지 없네. 우리도 갈게.'

부재중 전화도 세 통 다 야스히코에게서 온 것이었다. 호나미는 스마트폰을 손에 든 채 힘없이 바닥에 주저앉았다. 단숨에 온몸에서 힘이 빠졌다. 모래밭에서 아이를 데려간 남자가 야스히코였을 줄이야. 집에 돌아오는 길에 공원에서 가오루를 발견한 걸까.

반쯤 넋이 나간 상태로 거실로 돌아가자 야스히코가 가오루

옆에 앉아 도넛을 먹고 있었다. 남의 속도 모르고. 호나미는 슬금슬금 화가 치밀었다.

"데려가기 전에 한 마디라도 해주면 좋았잖아!"

느닷없이 버럭 소리치자 야스히코가 화들짝 놀랐다.

"뭐, 뭐야, 갑자기."

"얼마나 걱정했는지 알아? 거의 정신이 나가 있었다고!"

"아, 그래. 말 한번 잘했다. 내가 말을 안 걸었다고? 그리고 전화랑 문자를 얼마나 했는지 알아? 근데 지금껏 연락 한번 없다가, 뭐?"

야스히코가 발끈한 표정으로 되받아쳤다.

"······스마트폰, 집에 두고 나갔어."

"뭐야, 그럼 당신 잘못이네. 그런 사건이 일어나고 당신이 예민해졌을 테니 평소보다 더 걱정할 거라는 마음에 일부러 계속 연락했건만."

그 말에 호나미는 순간 꼭지가 돌았다. 집안의 중심인 어머니가 불안해지면 가족 모두에게 영향을 미친다. 특히 딸은 더욱 민감하게 받아들인다. 그래서 그 사건이 일어나고서도 되도록 입에 올리지 않고 평소처럼 행동하려고 노력했다. 그러나 예민해진 걸 들켰다는 사실이 화를 더욱 부채질했다.

"예민해지지 않았어! 뭐야, 꼭 가오루가 희생자가 될 수도 있다는 것처럼 말하네?"

"뭐? 하지도 않은 말 지어내지 마. 어떻게 그렇게 해석할 수 있지?"

"우리 가오루는 괜찮아! 절대로 그럴 일 없다고!"

호나미는 울음을 터뜨리며 꽉 쥔 주먹으로 야스히코를 때렸다.

"뭐야, 왜 그래?"

야스히코가 당황하며 호나미를 제지했다. 두 사람을 가오루가 놀란 얼굴로 바라본다.

"……얼마나 무서웠을지 가늠이나 해? 만약 그런 사건이 또 일어난다면…… 가오루에게 똑같은 일이 일어난다고 생각하면…… 아아……."

야스히코는 오열하는 호나미의 등을 쓰다듬으며 함께 소파에 앉았다.

"미안. 걱정 끼쳐서."

실제로는 하나도 잘못한 게 없는데도 야스히코는 사과했다.

"공원 앞을 지나다가 가오루가 보이기에 모래밭에 갔어. 당신한테도 말을 걸었는데, 청소하는 아저씨랑 대화하고 있더라고."

그랬나. 가로등 문제에 정신이 팔려 알아채지 못했다.

"그때 우연히 도넛 차가 지나가는 바람에 가오루가 공원을 뛰쳐나갔어."

도넛 차는 이따금 이 주변을 도는 이동식 도넛 가게를 뜻한다. 임대료가 없는 만큼 가격이 양심적이고 맛도 훌륭한 편이다. 처음 먹자마자 가오루가 가장 좋아하는 음식 중 하나가 됐고, 이후 가오루는 도넛 차가 보일 때마다 쫓아갔다.

"그래서 나도 황급히 뒤쫓았어. 거긴 차가 많은 곳이잖아. 식은 땀이 흐르더라. 곧장 가오루를 붙잡기는 했는데 도넛, 도넛 외치면서 좀체 돌아가려고 하지 않는 거야. 당신이 걱정할 거라는 생각에 전화를 걸고 문자를 보낸 다음 도넛을 사서 돌아왔지. 근데 공원에 당신이 없어서 문자를 보고 먼저 집에 간 줄로만 알았어."

"그랬구나……."

호나미는 양손으로 얼굴을 감싸고 안도의 한숨을 내쉬었다. 결국 스마트폰만 갖고 있었다면 일어나지 않을 일이었다.

여전히 몸이 덜덜 떨렸다. 가오루가 도넛을 다 먹고 집 안을 이리저리 오가며 우유를 마셨다. 그런 당연한 풍경이 참을 수 없이 소중하게 느껴졌다.

"아 참. 경찰."

호나미는 문득 떠올리고 경찰에게 받은 메모를 꺼냈다.

"경찰?"

"연락해야 해. 파출소에 가오루를 찾아달라고 신고했어."

서둘러 메모지에 적힌 번호로 전화를 걸자 직접 확인하겠다며 5분 후 경찰 두 명이 집에 찾아왔다. 가오루를 데리고 현관으로 나가 자초지종을 설명하고 고개를 숙이자 경찰들은 "별일 없어서 다행입니다"라고 웃으며 넘어가 주었다.

"가오루, 도넛이 그렇게 좋니?"

경찰들이 돌아가자 그제야 얼굴에 미소가 지어지고 여유가 생겼다. 호나미는 상자에서 도넛을 꺼내 한입 베어 물었다.

"맛있네. 그래서 우리 가오루가 좋아하는구나."

"앗, 그거, 내 딸기 맛인데."

가오루가 초콜릿이 잔뜩 묻은 통통한 볼에 바람을 집어넣었다. 호나미가 냅킨으로 얼굴을 닦는 틈을 타 가오루는 딸기 맛 도넛을 집어 들었다.

"또 욕심부린다."

도넛을 들고 도망치는 가오루를 호나미는 뒤에서 "잡았다!" 하고 껴안았다. 집안에 활기찬 웃음꽃이 핀다.

다행이야. 정말 다행이야.

호나미는 말없이 눈가에 배어난 눈물을 닦았다.

정신을 차려보니 벌써 저녁밥 시간이었다.

"이런, 준비 하나도 못했는데."

호나미는 도넛 상자를 치우고 부엌으로 향했다.

"미안. 금방 차릴게. 그전에 가오루 좀 먼저 씻겨줄 수 있어?"

"그래. 가오루, 가자."

야스히코가 가오루를 안아 올리자 가오루는 "싫어. 엄마 기다릴래. 어제 약속했단 말이야" 하고 저항했다.

"이런. 어쩔 수 없네. 그럼 그림책이라도 읽어줘."

"그래."

부엌과 이어진 거실에서 야스히코는 그림책을 읽기 시작했다. 호나미는 냉장고를 열어 식재료를 확인했다. 닭다리 살과 다진

고기. 호나미는 딸이 가장 좋아하는 닭튀김과 햄버그스테이크를 잔뜩 만들기로 했다. 양파를 볶아 미리 냉동해둔 덕에 요리는 금세 만들어졌다.

"다 됐어!"

호나미가 외치자 가오루가 식탁으로 쪼르르 달려와 "맛있는 냄새!" 하고 코를 벌름거렸다.

도넛을 두 개나 먹은 통에 입맛이 없지 않을까 걱정했지만 가오루는 밥과 반찬을 많이 먹었다. 식사 후 뒷정리를 마치고 남은 반찬에 랩을 씌우는 동안 어느덧 시계는 8시를 가리켰다.

"가오루 좀 씻겨줄래?"

"당신은?"

"번역이 좀 남아서."

"그래. 난 상관없는데⋯⋯." 야스히코가 가오루를 힐끗 봤다. 그러자 아니나 다를까 가오루는 "엄마랑 할래" 하고 입을 쭉 내밀었다.

"일 때문에 늦어질 거야."

"그럼 기다릴래."

"안 돼. 아홉 시에는 자야지."

야스히코가 칭얼거리는 가오루를 안고 욕실로 갔다. 호나미는 막 내린 커피를 들고 작업실로 들어가 문을 닫고 컴퓨터 앞에 앉았다. 문을 닫아두는 건 바쁘다는 신호라 웬만하면 혼자만의 시간을 보낼 수 있다. 책상에 사전과 자료를 펼치고 오늘치 분량을 해치우기 위해 급하게 번역을 해나갔다. 그 뒤로 얼마간 물소리와 문이 여닫히는 소리, 작은 대화 소리 등이 귀에 들려왔지만 신경 쓰지 않고 오롯이 작업에만 집중했다.

얼추 작업을 마칠 무렵에는 이미 11시가 지나 있었다. 호나미는 목을 좌우로 돌리고 기지개를 켰다. 몸이 노곤했다. 슬슬 잠자리에 들자고 생각했다.

방문을 열고 나가 부엌에서 희석한 위스키를 만들었다. 일을 마친 직후에는 정신이 말똥말똥해서 잠이 오지 않는다. 그럴 때는 수고한 보답을 겸해 잠들기 전 가볍게 한잔하는 게 호나미의 습관이었다.

호나미는 잔에 평소보다 위스키를 좀 더 많이 따르고 불 끈 거실을 둘러봤다. 아무도 없다. 고요한 집. 혼자 우두커니 서 있자 또다시 사건 생각이 머리를 스쳤다. 호나미는 금세 안절부절못하게 돼 현관에 가서 딸의 신발이 있는지, 그리고 방문을 열어 딸이 잠들어 있는지를 확인했다.

괜찮아. 괜찮아. 사건 같은 건 안 일어나. 딸은 확실히 이곳에 있어. 그렇게 스스로 되뇌는데도 발끝에서부터 불안감이 차오르는 건 왜일까.

조용히 방문을 닫고 밤바람을 쐬러 베란다로 나갔다. 콘크리트 난간에 몸을 기대고 알코올 도수가 높은 위스키를 홀짝였다. 그러나 이번 사건의 피해를 당한 남자아이와 그 어머니가 머릿속을 맴돌며 떠나지 않았다. 아무 죄도 없는 어린 생명이 사라지고,

평온한 가정이 무너질 것을 생각하니 가슴이 옥죄었다.

슬슬 취기가 오를 무렵 이번에는 정처 없는 공포가 피어올랐다. 강한 바람에 아파트 아래 펼쳐진 숲에서 나무가 소리를 내며 흔들렸다. 그 모습이 더욱 마음을 편치 못하게 해 호나미는 위스키를 한 모금 들이켰다.

12층 베란다에서는 먼 곳까지 훤히 보인다. 오른쪽에는 버스 정류장과 편의점이 있어서 다소 밝지만, 왼쪽은 완연한 주택가라 주황색 가로등만 드문드문 보일 뿐이다. 또 가로등이 있는 구역 사이사이에는 블랙홀처럼 검은 논밭들이 펼쳐져 있다. 그리고 그 논밭을 잠시 걸으면 이번 사건의 피해 남자아이가 유기된 강가가 나온다.

보고 있으니 보행자는커녕 차 한 대도 지나가지 않았다. 도쿄 신주쿠의 가부키초 등 화려한 번화가의 밤은 위험이 도사리고 있다고 하지만 변두리의 밤거리도 만만치 않게 폭력적이라는 느낌이 들었다. 적막한 거리 이곳저곳에서 범죄의 싹이 고개를 치켜드는 듯한 느낌이 들어 불현듯 등골이 오싹해졌다.

좀 더 자세히 보고 싶어. 술잔을 비운 호나미는 베란다에서 거실을 지나 복도로 나가 창고 문을 열었다. 전에 야스히코가 탐조활동을 할 때 쓴 쌍안경이 있을 터였다. 한때는 가오루가 크면 가족 모두 야생 조류를 구경하러 가자며 꼼꼼하게 손질한 적도 있지만 지금은 그 존재를 잊고 있다. 호나미는 손전등과 구급상자 아래에 파묻힌 쌍안경을 꺼내 바람을 후 불어 먼지를 털어내고 다시 베란다로 갔다.

난간에 몸을 기대고 쌍안경을 들여다봤다. 순간 멀리 있는 경치가 눈앞에 다가왔다.

주변에 몇 동 있는 아파트에는 드문드문 불 켜진 방이 보였다. 이 시각 아직 깨어 있는 사람이 있다고 생각하자 왠지 조금 듬직했다. 우연히 눈에 띈 커튼 열린 창문으로는 젊은 여성의 모습이 보여 가슴이 철렁했다. 거실에서 소파에 앉아 TV를 보고 있을 뿐이지만 고층이라 옷을 갈아입을 때나 다른 때에도 경계가 다소 느슨할 것이다. 같은 여자끼리도 가슴이 두근거릴 정도이니 만약 남자라면 하루 종일 엿보고 싶은 유혹에 휩싸이지 않을까. 호나미는 자신도 아파트에 산다고 방심하지 않고 밤에는 커튼을 쳐두고 지내야겠다고 다짐했다.

편의점 안으로는 금고를 확인하는 점원이 한 명. 주차장에는 도란도란 대화를 나누는 남녀. 다음으로 주택가 쪽으로 시선을 돌리자 택시 운임을 계산하는 회사원 남성이 보였다. 느끼는 것 이상으로 알코올이 도는지 쌍안경을 이곳저곳 움직이고 있으니 멀미 같은 감각에 휩싸였다.

이렇게 보고 있으면 평소와 다름없이 평온한 동네다. 호나미가 안도하고 쌍안경에서 눈을 뗀, 바로 그때였다.

호나미가 사는 아파트 몇 동이 늘어선 구역에서 사람 한 명이 빠져나가고 있었다. 그러나 그가 향하는 곳은 편의점 등이 있는 밝은 쪽이 아닌 논밭과 강가가 있는 방향이었다.

……이런 시간에?

호나미는 흠칫하고 다시 한번 쌍안경을 들여다봤다.

남자다. 점퍼를 입고 등이 구부정한 자세로 주변을 이리저리 살피며 가로등 아래를 지나쳐 간다. 호나미는 서둘러 남자에게 초점을 맞췄다. 등을 돌리고 있지만 이따금 옆얼굴이 보인다. 나이가 그리 많아 보이지는 않았다. 조금만 더 이쪽을 돌아봐 준다면 얼굴도 잘 보일 텐데. 그렇게 생각하자마자 남자가 홱 돌아보는 바람에 호나미는 허리를 숙여 몸을 숨겼다.

심장이 두근두근했다. 바보 같아. 저기서 이쪽은 보이지도 않을 텐데. 하지만 렌즈 너머로 왠지 눈이 마주친 느낌이 들었다.

호나미는 조심스레 몸을 다시 일으켜 베란다에서 먼 곳을 바라봤다. 남자는 손에 커다란 가방을 들고 있었다. 호나미는 취기가 가시도록 머리를 한 번 흔들고 쌍안경 너머 그의 움직임을 꼼꼼히 관찰했다. 어둠 속에 있는 남자는 가방에서 뭔가를 꺼내는 듯했다.

설마.

호나미의 몸이 굳었다.

저 남자는, 혹시…….

호나미는 후들거리는 무릎을 필사적으로 누르고 거의 쓰러지듯 거실로 들어갔다. 그러고는 카운터에 있는 수화기를 집어 들고 주저 없이 110우리나라의 112 버튼을 눌렀다.

8

시간은 벌써 저녁 8시를 지났다.

사카구치와 다니자키는 아침부터 온종일 담당 구역을 누비며 조사했지만 이렇다 할 정보를 얻지 못했다. 특히 저녁밥 준비로 바쁜 시간대에는 노골적으로 불쾌감을 드러내며 문을 열어주지 않는 곳도 있었다. 그런 집에는 지도에 표시를 해두고 다음에 다시 방문한다. 탐문 수사에는 왕도가 없어 끈기 있게 여러 번 찾아가는 수밖에 없다.

"한 곳만 더 가보고 슬슬 돌아가지."

사카구치는 다음 집의 인터폰을 눌렀다. 9시부터 수사 회의가 시작된다. 슬슬 본부에 돌아갈 시간이지만 한 곳이라도 더 이야기를 듣고 싶었다. 얼마 후 문이 열리고 고령의 부인이 얼굴을 내밀었다. 다니자키가 경찰수첩을 보이고 사건에 관해 설명하자 부인은 더듬더듬 말문을 열었다.

"실은 말이죠. 이번 피해 아동인 유키오네 집 뒤쪽에 산 적이 있답니다."

"그게 언제죠?"

다니자키가 말이 떨어지기 무섭게 물었다.

"1년 반쯤 됐을까요. 이곳을 짓는 동안 반년 정도 거주한 집이 정확히 그 아이 집 뒤에 있었죠. 그래서, 저⋯⋯."

그녀는 뭔가 곤란한 이야기라도 하는 것처럼 말을 중간에 한

번 자르더니 목소리를 낮추고 "아이가 맞는 걸 자주 봐왔답니다" 라고 소곤거렸다.

"어머니에게 말인가요? 아니면 아버지에게?"

"아버지요. 그것도 한두 번이 아니에요. 추운 겨울날 베란다로 쫓겨나 열어줘, 열어줘 하며 울 때도 있었고……"

"여보, 잠깐."

뒤쪽에서 고령의 남성이 다가왔다. 부인은 "남편이에요" 하고 소개했다.

"남의 집안 일을 그렇게 함부로 이야기하는 거 아니야."

남편이 부인을 나무랐다.

"하지만……"

"우리 때만 해도 부모한테 쥐어박히는 건 일상다반사였어. 그 정도는 별로 큰일도 아니야."

"그건 곧 남편분께서도 아이가 맞는 걸 목격하셨다는 말인가요?"

다니자키가 묻자 남편은 언짢아하는 표정을 지었다.

"……가엾은 피해자의 집안 일을 외부인이 이러쿵저러쿵할 권리는 없지."

거의 쫓겨나듯 사카구치와 다니자키는 집 문을 나섰다.

"학대…… 받았던 걸까요."

아이이데 경찰서로 돌아가는 길목에서 다니자키가 심각한 얼굴로 중얼거렸다.

"아무래도 그럴 가능성이 있어 보이는군." 사카구치가 맞장구 쳤다. "하지만 휘둘려서는 안 돼."

"그게 무슨 뜻이죠?"

"학대가 있었을지도 모르지. 하지만 그런 선입견에 휘둘리면 자기도 모르게 부모가 범인처럼 느껴지기 마련이야. 진범을 놓칠 수도 있어."

"그런가요……."

"안타까운 일이지만 이 세상에는 아이를 학대하는 부모가 존재하는 게 사실이야. 그리고 친자식을 죽이는 부모도 있지. 하지만 학대가 심해져 죽음에 이르는 경우가 대부분이야. 처음부터 명확히 죽일 의도를 품고, 하물며 그렇게 어린아이를 살해하는 건 꽤나 드문 일이라는 거야. 더욱이 성폭행을 가하고 성기를 제거하는 건 생각하기 어렵지."

"하지만…… 위장 공작일 수도 있지 않을까요?"

"위장?"

"그러니까 아버지가 어떤 우연한 계기로, 또는 명확한 살의를 품고 유키오를 살해했다. 그리고 가장 먼저 의심받는 건 자신일 테니 황급히 성폭행 흔적을 남기고 성기를 제거해 미치광이의 엽기 범행처럼 보이게 연출했다……. 그럴 가능성도 있지 않을까요?"

"물론 현시점에는 어떤 가능성이든 떠올릴 수 있지."

사카구치는 음료수 자판기 앞에 멈춰 섰다.

"마시겠어? 목마를 텐데. 목이 쉬었네."

"들켰나요? 실은 목이 좀 아파요."

"자네도 제법 많이 떠들었으니."

다니자키의 화술은 보는 사람의 혀를 내두르게 했다. 사건 당일에 관해 물으면서 동시에 상대가 그 시간에 어디서 뭘 했는지를 넌지시 떠본다. 형사 중에는 입이 험한 사람이 있고, 그런 이가 탐문 수사의 질을 떨어뜨린다고 지적하는 목소리도 들린다. 이는 훈련을 통해 나아질 수 있는 게 아니고 사카구치 자신도 화술이 뛰어난 편은 아니어서 귀중한 재능이라고 생각했다.

"그럼 뜨거운 유자차로 할게요."

사카구치는 유자차 버튼을 눌러 나온 페트병을 건넸다. 자신은 캔커피를 샀다. 다니자키는 페트병 뚜껑을 열어 차를 한 모금 마시더니 한숨을 푹 내쉬었다.

"아, 이제야 좀 살겠어요."

"수고 많았어. 첫날치고는 그럭저럭 괜찮은 편이야."

에둘러 칭찬하자 다니자키는 "대선배께서 그렇게 말씀해주시니 기쁘네요." 하고 만면에 미소를 띠웠다.

"2과에서 옮겨온 지 벌써 1년이 넘었는데 '지능범 사건만 다뤄본 주제에'라며 우습게 보는 사람들이 있거든요. 그럴 때마다 정말 불쾌해요."

그렇군. 대범해 보이면서도 실은 사소한 일에 신경 쓰는 타입이었나. 사카구치는 내심 뜻밖이라고 여기면서 자신도 캔커피 뚜껑을 따고 커피를 한 모금 마셨다.

"2과는 주로 두뇌전이니 머리 좋은 녀석들만 모이지. 다 부러워서 그러는 거야. 신경 쓰지 마."

"그럴까요……."

"이야기를 되돌리지." 사카구치는 다시 발걸음을 떼며 말했다. "학대에 대해서는 다른 팀에서도 정보가 들어올지 몰라. 그러면 수사본부 전체가 부친 범인설에 휩쓸릴 가능성도 있지. 그럴 때야말로 휘둘리지 않고 정신 똑바로 차려야 해."

"그래야겠네요. 좋은 조언 감사합니다."

다니자키가 연신 고개를 끄덕였다.

"그리고 또 하나 충고해줄 게 있는데."

"네. 뭐든 좋으니 말씀해주세요."

"수사 회의에서 유력한 정보나 증거가 올라오면, 세상에서 가장 싫어하는 녀석을 만났다고 받아들이도록 해."

다니자키는 "네?" 하고 잠시 갸웃하더니 이윽고 "아아, 그렇구나" 하고 고개를 끄덕였다.

"곧이곧대로 받아들이지 말고 일단 의심하라는 말씀이시군요. 네, 명심할게요!"

두 사람이 대화를 마칠 무렵에는 이미 아이이데 경찰서 앞에 도착해 있었다.

수사 회의는 피해 아동이 다닌 유치원 탐문 수사 보고부터 시작됐다. 앞 열에서 형사 두 명이 일어섰다.

"산토끼 유치원은 3세부터 6세까지의 원아 75명이 다니는 시립 유치원입니다. 오늘 원장과 교사, 사무원 등을 포함해 총 열두 명을 조사했습니다. 지금껏 유치원에 수상한 사람이 침입하거나 이웃의 민원, 불만 등이 들어온 적은 없다고 합니다. 또 금일 학부모 111명 중 연락이 닿은 41명의 알리바이도 확인했습니다. 그들 말에 따르면 아이들 사이에, 또는 학부모들 사이에 표면적인 트러블은 없었다고 합니다. 다만……."

형사는 중간에 말을 한 번 끊었다.

"피해 아동은 평소 행동이 조금 거칠어서 가끔 친구들을 때리거나 발로 차고는 했다고 합니다. 그 밖에도 유치원 장난감을 부수거나 그림책을 찢는 등의 행동도 보였다더군요. 교사가 꾸짖으면 '우리 아빠가 하는 거랑 똑같이 했을 뿐이에요'라고 대답했다고 합니다. 그래서 교사가 아이 모친에게 사정을 묻자 모친은 동요하며 울음을 터뜨렸다고 합니다."

사카구치는 다니자키를 힐끗 봤다. 다니자키는 진지한 얼굴로 메모하고 있다.

"또 다른 교사 한 명은 예전에 피해 아동의 팔에서 멍을 발견한 적이 있었습니다. 팔 윗부분에 멍이 하나 보여서 무슨 일인지 묻자 아이는 의자에 부딪혔다고 대답했다고 합니다. 그 멍이 사라지자 이번에는 반대쪽 팔에 멍이 있었고, 그때도 아이는 의자에 부딪혔다고 대답했다는군요."

"경찰에 신고는 안 했나?"

사토다 계장이 물었다.

"학대인지 정확히 판단이 안 서서 당분간 상황을 지켜보고 또다시 멍을 발견하면 신고하자는 결론에 이르렀다고 합니다."

"그렇군. 다른 정보는?"

"현재까지 유치원에서 얻은 정보는 여기까지입니다. 오늘 미처 이야기를 듣지 못한 학부모들과도 내일 이후 연이어 만나기로 했습니다. 또 다른 유치원 관계자와 학부모들의 알리바이도 확인 중입니다."

"알겠네. 일단 학대 이야기는 참고만 하도록. 아이 부모를 담당한 사람은 누구지?"

"저희입니다."

다른 2인조가 몸을 일으켰고 그중 키 작은 남자가 보고를 시작했다.

"아이 모친은 평소 성격이 내성적인 편이라 이웃들과 별로 교류가 없었다고 합니다. 하지만 인터넷 블로그를 통해 모르는 사람과 교류한 적이 있다고 해 혹시 그쪽 방면으로 트러블이 없었는지 현재 조사 중입니다. 덧붙이자면 은행과 사금융, 신용카드 회사에서 돈을 빌린 기록은 없었습니다."

다음으로 옆에서 다른 형사가 입을 열었다.

"부친 쪽은 에도가와 구에 위치한 건축 사무소에서 근무한 지 올해로 7년째입니다. 회사 상사, 동료 등의 증언을 종합하면 성실

108

한 성격이고 거래처의 신뢰가 두터워서 원한을 살 만한 일은 없었을 거라더군요. 또 현재까지 바람을 피운 상대가 있었는지는 밝혀지지 않았습니다. 그리고 사건 당일 부친의 알리바이에 대해서입니다만, 그는 그날 외근을 나가 있었고 그중 일부 시간의 행적이 묘연한 상황입니다."

강당 안이 살짝 술렁였다.

"오후부터 스기나미 구 이마다초로 영업을 나가 2시부터 약 한 시간 남짓 고객과 상담한 뒤 또 예약을 잡아둔 근방 고객 집으로 가 한 시간 정도 그 안에 있었습니다. 그러나 4시부터 6시 무렵까지는 거리에 세워둔 차 안에서 휴식했다고 합니다. 오늘 고객을 찾아가 물어보니 역시 2시부터 4시까지의 알리바이는 얼추 확인했지만, 그 이후 시간대는 확인할 수 없었습니다."

다니자키가 메모하던 손을 멈추고 뭔가 할 말이 있는 얼굴로 사카구치를 봤다.

"이마다초에서 아이이데 역까지는 얼마나 걸리지?"

미리 조사해뒀는지 키 작은 형사가 자신에 찬 목소리로 "차를 타면 30분, 급행열차로는 15분입니다" 하고 대답했다. 사토다는 침묵에 잠겼다. 그러나 무슨 생각을 하는지는 눈에 훤히 보였다.

"이마다초에서 아이이데로 돌아와 유키오를 어딘가에 숨기고 다시 이마다초로 돌아가 영업을 계속하는 건…… 충분히 가능하네요."

뒤쪽에서 누군가가 중얼거렸다. 다시 말해 앞으로 이마다초에서 부친이 영업을 재개한 증거가 나와도 알리바이가 되지 않는다는 뜻이다. 하물며 그에게는 살해 시각의 알리바이도 없다.

"부친은 지금 어디서 뭘 하지?"

"회사에 휴가를 내고 집에 있습니다."

사카구치는 조금씩 각본이 맞춰진다고 느꼈다. 네 살 아이가 그 누구에게도 목격되지 않고, 또 아무 소동도 없이 슈퍼마켓에서 자취를 감췄다고는 생각하기 어렵다. 그리고 시신에는 저항한 흔적이 없었다. 가까운 상대가 의심받는 건 당연하다. 그러나 그렇다면 자취를 감추고 살해되기까지 몇 시간 동안 아이는 어디에 납치돼 있었을까? 사카구치와 똑같은 의문을 품었는지 누군가가 질문했다.

"부친은 차량을 가지고 있습니까?"

"영업을 돌 때 차를 썼다고 합니다만 자가용은 없습니다. 또 부친과 모친 명의로 빌린 렌터카도 없었습니다."

실종되고서는 수색에 나선 부모 대신 아이의 외할머니가 집에서 대기했다. 즉 집에는 확실히 없었다는 뜻이다. 그렇다면 대체 어디에 있었을까. 거기까지 떠올리고 사카구치는 쓴웃음을 지었다. 부친 범인설에 휘둘리면 안 된다고 한 사람이 누구였나.

"피해자 집 주변의 탐문 수사는 누가 맡았나?"

또 다른 탐문 조가 손을 들었다.

"실은 저희 쪽에서도 아이가 학대를 당했다는 증언이 몇 개 나왔습니다."

그 말에 사토다의 눈빛이 날카로워졌다.

"그중에서도 가장 마음에 걸리는 건 아이의 모친이 사건 몇 주 전 '활기찬 육아 핫라인'에 전화를 걸려고 했다는 증언입니다."

'활기찬 육아 핫라인'은 아이이데 시에서 육아에 관해 상담할 수 있는 곳이다. 대면과 전화, 메일로 신청을 받는다.

"자택 근처 게시판에 붙어 있던 핫라인 포스터를 꼼꼼히 관찰하는 모습을 비슷한 나이 대의 아이가 있는 이웃 어머니가 봤다고 합니다. 문득 눈이 마주쳐 인사하니 농담 섞인 투로 '남편이 요새 가끔 불안정해서요'라고 했다더군요. 핫라인 담당자를 통해 최근 몇 주간 기록을 조사하니 남편이 정서적으로 불안해서 아이에게 폭력을 가한다는 익명 상담이 몇 통 들어와 있었습니다. 그 전화가 피해자 아이 엄마에게서 걸려온 것이었는지는 현재 확인 중입니다."

어느덧 부친을 의심하는 분위기가 강당을 에워싸기 시작했다. 그런 분위기 속에서 선즈 마트 조사 보고로 넘어갔다. 담당 수사원은 점장을 포함해 슈퍼 직원 모두의 지문과 DNA를 채취했다는 것, 그리고 창고와 백야드에서 수집한 머리카락 등을 감정했지만 유키오와 일치하지 않았다는 것을 보고했다.

"시신 유기 현장의 주변 정보는?"

사토다의 물음에 드디어 사카구치와 다니자키가 일어섰다. 다니자키가 시신 유기 현장 주변 집에서는 특별히 주목할 만한 정보는 나오지 않았다는 점, 그러나 학부모들이 순찰 중이어서 앞으로 새로운 정보가 들어올 가능성이 있다는 것을 또박또박 보고했다. 다니자키는 보고를 마치고 사카구치를 곁눈질했다. 사카구치는 가볍게 고개를 끄덕이고 뒤이어 보고했다.

"1년 반 전 피해자의 집 뒤편에 살던 부부에게서 이야기를 들었습니다. 부부는 아버지가 가끔 아이를 때렸다, 그리고 겨울에 베란다에 내쫓은 적이 있다고 증언했습니다."

그러자 형사들이 '역시' 하는 표정으로 사카구치를 봤다. 사토다가 요란하게 한숨을 쉬었다. 그 뒤로도 다른 형사들에게서 수사 상황 보고가 이어졌다.

"DNA 감정 결과가 나오는 대로 보고해. 당분간 탐문을 이어간다. 끈기 있게 정보를 수집해오도록."

사토다가 수사원들의 기운을 북돋는 것을 마지막으로 회의가 끝났다.

회의가 끝나도 몇몇 형사는 그대로 자리에 남아 있었다. 사카구치도 다니자키가 할 말이 있음을 눈치채고 자리를 뜨지 않았다.

"예상대로네요."

"응?"

"부친 범인설이 짙어졌어요."

"물론 다들 부친 이외의 가능성도 떠올리고 있을 거야. 다만 지금 시점에서는 그 가설에 주목할 뿐이지. 가장 가능성이 높은 쪽에 시선이 쏠리는 건 당연한 일이니, 지금 우리가 할 수 있는 건 어쨌든 차근차근 수사를 해나가는 것뿐이야."

"선배의 충고가 아주 큰 도움이 됐어요."

"응?"

"학대라는 사실에 휘둘리지 말라고 하신 거요. 그리고 유력하게 느껴지는 정보와 증거는 세상에서 가장 싫어하는 녀석에게 받은 보고라고 생각하고 들으라는 거요. 평소라면 아마 제 귀로 부부에게 학대 증언을 들은 지 얼마 안 된 마당에 회의에서까지 이토록 학대를 뒷받침하는 이야기가 나왔다면 당장 부친 체포만을 바라보며 달렸을 거예요. 사전에 선배의 충고를 들은 덕에 중립적인 마음으로 보고를 들을 수 있었어요."

"그렇군. 다행이네."

다니자키는 메모장을 열어 복습하듯 훑어봤다. 메모장이 작은 글씨로 빽빽하게 채워져 있다.

"개인적으로 부모가 범인이 아니라면 다음으로 수상한 건 피해 아동을 아는 산토끼 유치원 관계자와 학부모들. 그다음은 이웃 주민. 그다음이 슈퍼 직원이 아닐까 생각해요."

"그렇군. 슈퍼 직원이라."

수사할 때는 만나는 인물 모두를 의심해야 한다는 형사도 적지 않다. 실제 오늘 보고 내용을 놓고 보면 선즈 마트 내부도 제법 조사한 모양이었다.

"분명 슈퍼 관계자가 엮여 있다면 납치하기는 쉬웠을지 모르지. 다만 그 누구에게도 들키지 않았다는 걸 고려하면 허들이 너무 높아.”

“납치해서 백야드에 숨겨뒀다든지…….”

“납치부터 살해까지의 시간이 벌어져 있어. 아이가 과연 몇 시간 동안 가만히 백야드에 있었을까? 직원도 종종 들락거리는데?”

“음, 그건 그러네요.”

“하지만 물론 가능성이 제로는 아니지. 그러니 머리카락 등의 증거도 수집했을 테고. 슈퍼가 수사에 협력적으로 나오는 건 아주 큰 플러스 요인이야.”

“네.”

“다만 부친이 범인이 아니라는 생각에 너무 깊이 빠지는 것 또한 좋지 않아. 분명 학대에 관한 증언이 나왔고, 부친의 알리바이가 성립하지 않는 것도 사실이니까. 부친이 범인일 경우 얄궂지만 한 가지 좋은 점도 있어. 미치광이는 존재하지 않는다. 즉 앞으로 사건이 또 일어날 일은 없다는 거야.”

“하지만…… 부친이 미치광이일 가능성도 있죠.”

즉시 되받아친 다니자키 말에 사카구치는 무심코 그녀를 봤다.

“아, 죄송해요. 선배 말을 전남편 의견이라고 생각하고 들으니 저도 모르게 부정하는 말이 먼저 입에서 튀어나오네요.”

“전남편? 자네의? 갑자기 웬 전남편 얘기가 나오지?”

“세상에서 가장 싫어하는 사람이거든요.”

사카구치는 너털웃음을 터뜨렸다. 그렇다. 그야말로 효과적일 것이다. 그러나 킥킥대는 것도 얼마 못 가 사카구치의 마음은 급속도로 가라앉았다. 다니자키의 말에는 일리가 있다. 학대의 연장 선상이 아닌, 부친이 자신의 비뚤어진 성적 욕망을 채우려고 아이를 살해했다면 연속해서 다음 대상을 노릴 가능성도 있다.

그때 강당 문이 열리더니 관할 형사가 들어왔다.

"조금 전 수상쩍은 인물을 발견했다는 신고가 들어왔습니다. 장소는 피해 아동 시신 발견 현장에서 도보로 약 30분 거리. 생활 안전과에서 급히 그곳으로 출발했습니다."

남아 있는 형사들이 일제히 서로를 마주 봤다. 강당 안의 분위기가 대번에 얼어붙었다.

9

아이이데 제1고등학교 생물실에서는 왁자지껄한 분위기 속에서 생물 실험이 시작되고 있었다. 칠판에는 분필로 '자신의 DNA 세포를 채취해보자'라고 적혀 있다.

40명 반에서 다섯 명씩 총 여덟 조가 각각 실험실 책상을 둘러싸고 있다. 조장인 마코토는 책상에 기구와 시약 등 재료가 전부 갖춰져 있는지를 칠판 리스트와 비교하며 확인했다. 투명 플라스틱 컵이 인원수에 맞게 있다. 식염수, 에탄올, 프로테아제, 세포 용해용 버퍼, 보냉제 그리고 발포 스티롤 용기로 보온 중인 뜨거운 물.

"좋아. 다 있네. 그럼 다들 각자의 컵에 이름을 적고 식염수를 넣어줘."

마코토의 조 조원인 모모코, 아사미, 도모히코, 히로키가 마코토의 지시에 따랐다.

"이로 볼 안쪽 살을 잘근잘근 씹는 거야. 조금 세게, 세포가 잘 떨어지도록. 다 됐어? 그럼 식염수를 입에 머금고 가글. 응, 그리고 컵에 다시 뱉으면 돼."

마코토도 식염수를 입에 머금고 컵에 뱉었다. 이렇다 할 특징 없는 투명한 액체. 그러나 이 안에 자신의 DNA가 있다.

"컵에 세포 용해용 버퍼와 프로테아제를 두 방울씩 넣는 거야. 응, 그렇게. 그리고 가볍게 흔들어서 섞어줘."

"저기, 마코토. 이 액체는 뭐야? 어떤 역할을 해?"

아사미가 물었다.

"버퍼란 건데, DNA를 감싼 세포막과 핵막을 파괴해. 그리고 이건 프로테아제란 건데 DNA와 결합한 단백질을 처리하지. 조금 전 선생님이 설명해줬잖아."

히로키가 의기양양하게 대답했다.

"그건 나도 알아. 그게 아니라 세포 용해용 버퍼나 프로테아제 같은 게 애초에 어떤 용도냐는 거야."

"응? 글쎄, 그건 나도……."

히로키는 대번에 말을 머뭇거렸다.

"세포 용해용 버퍼는 계면활성제, 프로테아제는 단백질 분해

효소야."

마코토가 옆에서 거들었다.

"아, 그래?"

조원들이 일제히 마코토를 봤다.

"그래. 그래서 버퍼 대신 주방용 세제, 프로테아제 대신 콘택트 렌즈용 효소액을 써도 돼."

"아, 그렇구나. 역시 우리 조장."

"선생님보다 알기 쉽게 설명해준다니까."

"다들 섞었어? 그럼 컵을 뜨거운 물 속에 넣어줘."

마코토는 조원들 손에서 컵을 받아 뜨거운 물을 채운 발포 스티롤 용기 안에 보기 좋게 늘어놨다.

"식지 않도록 뚜껑을 덮고 10분 기다릴 거야. 모모코, 시간 좀 재줘. 10분 후 알려주면 돼."

"응!"

마코토의 지시에 모모코가 기뻐하며 대답했다.

"아, 진로 상담일이 벌써 다음 주네."

대기 시간에 들어가자마자 도모히코가 한숨을 푹 내쉬고 말했다. 고등학교 2학년 가을. 국공립 대학에 진학할지 사립대학에 진학할지를 정해 지망 학교를 좁혀야 할 시기다.

"그러네. 다들 진로 희망 카드 제출했어? 금요일까지잖아."

모모코가 묻자 아사미와 히로키는 고개를 가로저었다.

"마코토는?"

"나도 아직. 고민 중이야."

"마코토는 국공립을 노려도 될 것 같은데."

"고전에 약해서 걱정이야. 그렇다고 사립대학에 한정하는 것도 왠지 위험할 것 같고."

"슬슬 공부해야 하는 시기라는 건 알겠는데 좀처럼 집중이 안 돼."

지극히 평범한 일상. 지극히 건전한 대화. 땅에 발을 딛고 선 자신을 실감하는, 마코토에게 있어 매우 소중한 시간이다. 진로 문제로 고민하는 평범한 고등학생. 본래 지녀야 할 자신의 모습이다.

"나도 그래. 밤이 되면 집중할 수 있을 것 같았는데, SNS만 했어."

"그 심정 알 것 같아."

"아, 그러고 보니 어젯밤 우리 집 근처에 경찰차가 왔더라."

그 말에 마코토는 몸을 움찔했다. 마코토도 알고 있었다. 시끄러운 사이렌 소리가 들려서 잠에서 깼다. 아파트에 살다 보면 의외로 먼 곳의 소리까지 들린다. 방 창문으로 엿보니 멀지 않은 거리에 빙글빙글 도는 붉은 램프와 사람이 몇 명 모여 있는 게 보였다.

대번에 심장 고동이 빨라졌다. 뭔가 단서가 될 만한 걸 남겼을까. 고작 이틀 만에 수사의 손길이 뻗어올 줄이야. 뒤처리는 완벽하게 했다. 그런데 왜.

그러나 어제 마코토의 방을 찾아오는 이는 없었다. 잠시 후 경찰차가 떠나고 구경꾼도 하나둘 사라졌다. 오늘 아침 TV를 켜도 이렇다 할 새로운 뉴스는 나오지 않았다. 마코토는 아침밥을 준비하는 어머니에게 "어젯밤 무슨 일이라도 있었어?" 하고 넌지시 물어봤다.

"응? 뭐가?"

프라이팬을 이리저리 움직이는 어머니는 손을 멈추고 마코토를 봤다.

"경찰차가 왔던데."

"정말? 이 아파트에?"

"아니, 저 앞에."

"그래? 전혀 몰랐네."

느긋한 어머니의 대답에 마코토는 안도하고 등교했지만 줄곧 신경 쓰였다.

"흐음. 경찰차? 결국 무슨 일이었던 거야?"

마코토가 묻고 싶은 말을 아사미가 대신 물었다.

"그게 말이지. 수상한 사람이 있다는 신고가 들어왔었나 봐."

"수상한 사람?"

"응. 웬 남자가 어슬렁거렸다고 해. 그래서 경찰이 와서 그 남자를 조사했대. 하지만 흉기 같은 것도 안 나왔고, 그냥 산책 중이었던 걸로 끝난 것 같아."

"뭐야. 그럼 신고자가 착각한 거였어?"

"그렇지 않을까? 근데 그럴 만도 한 게, 그 사건 때문에 다들 예민해져 있으니."

그런 거였군. 마코토는 내심 안도했다.

"근데 10분 지나지 않았어?"

마코토가 문득 떠올리고 물었다.

"아, 미안. 깜빡했다."

모모코가 아양 섞인 목소리로 외치고 부랴부랴 뚜껑을 열었다.

"음…… 이제 어떡해야 하지?"

"컵을 전부 꺼내줘."

마코토가 즉시 지시했다.

"응."

모모코가 데워진 컵을 꺼냈다.

"그리고?"

인쇄물을 나눠줬으니 각자 읽고 적힌 대로 따라 하면 될 텐데 어째선지 아이들은 마코토에게 의지했다. 마코토는 항상 자기도 모르는 사이에 지시를 내리는 쪽이 돼버린다. 2학년이 되고 첫 번째 생물 수업에서 조가 정해졌을 때 고민도 하지 않고 마코토를 조장으로 추천한 모모코는 "마코토는 똑똑하니까"라고 했다. 아사미, 도모히코, 히로키도 "대찬성" 하고 손뼉을 쳤고 그날 이후 계속 마코토에게 의지하고 있다.

마코토는 스스로 똑똑하다고 생각하지 않는다. 그러나 외동으로 자라서인지 뭐든 혼자 하는 버릇이 있는 것과, 곤경에 빠진 사람을 보면 자기도 모르게 손을 내미는 성격 탓에 어느새 반 전체에서 리더 같은 존재가 됐다.

"저기 냉각제가 있으니 그 위에 컵을 두고 식혀줘."

"네에."

"다 식으면 에탄올을 컵 벽을 타고 내려가도록 한 방울씩 넣어줘야 해."

에탄올이 들어간 컵을 가볍게 흔들자 실험실 책상의 검은 면을 배경으로 컵 안에 희뿌연 실 같은 것이 떠오르는 게 보였다. 이것이 나의 DNA. 마코토는 이렇게 작은 것에 노심초사하는 자신이 신기했다.

"도모히코. 너무 세게 흔들지 마. DNA가 끊어져."

마코토는 컵을 세게 흔드는 도모히코에게 주의했다.

"어? 정말?"

도모히코가 즉시 손을 멈췄다.

"와, DNA가 끊어지기도 하는구나."

아사미가 놀라며 말했다.

"아, 그래서 인쇄물에 '천천히 흔들 것'이라고 적혀 있구나. 선생님도 'DNA가 끊어지는 걸 방지하기 위해'라고 밑에 덧붙여주면 알기 쉬울 텐데."

히로키가 구시렁거리며 샤프로 인쇄물에 적었다.

"근데 마코토는 정말 잘 아네."

모모코가 감탄한 듯 마코토를 바라봤다.

그렇다. DNA는 쉽게 끊어진다. 그리고 지울 수도 있다. 실제로 외국에서는 DNA를 지우기 위한 약품이 시판된다. 그러나 외국에서 직접 구매하면 덜미가 잡힐 테니 주변에서 쉽게 구할 수 있는 것 중 대용품이 있는지를 조사했다. 그러자 집에 있는 극히 평범한 물건이 마코토가 원하는 용도에 안성맞춤이라는 것을 깨달았다. 바로 산소계 표백제다. 산소계 표백제는 DNA를 파괴하는 데다 헤모글로빈도 제거할 수 있다. 다시 말해 루미놀 반응이 나오지 않게 할 수 있는 것이다.

덧붙이자면 염소계 표백제는 겉보기에는 깨끗이 지울 수 있지만 루미놀에 반응한다. 따라서 마코토는 산소계 표백제로 유키오의 온몸과 시신 훼손 현장인 집 욕실을 꼼꼼히 닦았다. 그날은 유키오를 집에 데려와 둘이 잠시 게임을 하고 어머니가 돌아오기 전에 살해했다. 아버지는 출장을 떠나 있었다. 시신을 그대로 방에 두고 아무렇지 않게 식탁 앞에 앉았지만 젓가락을 움직이며 시신 처리 순서만을 떠올렸다.

"자, 꺼낸다."

마코토는 피펫을 컵에 천천히 집어넣어 에탄올 용액에서 하늘거리는 흰색 실을 빨아들였다. 천천히 빼내자 실 같은 것이 안에 있는 게 보였다.

"오, 이게 DNA인가."

"멋지다."

"눈으로 볼 수 있는 거구나."

조원들이 입을 모아 말하는 와중에 마코토는 에탄올을 채운 작은 유리병에 자신의 DNA를 옮겼다.

"응. 그럼 다들 이 유리병에 넣어줘. 여러 번 말하지만 힘을 빼고 최대한 살살해야 해."

"네!"

조원들이 움직이는 동안 마코토는 병 내부를 지그시 관찰했다. 이렇게 가느다란 것 안에 유전자 정보가 심겨 있다. 이런 게 나를 설계하고 있다. 이 안에는 처음부터 적혀 있었을까. 내가 사람을 죽이는 충동을 지닌 인간이라고.

"마코토. 전에도 이 실험을 해본 적 있어?"

작업을 모두 마친 모모코가 물었다.

"해봤을 리 없지. 왜?"

"너무 잘해서. 선생님 설명을 딱 한 번 듣고 어떻게 이렇게 능숙한가 싶어서."

"설명을 잘 들으면 누구나 가능해."

"뭐야, 그게. 자랑하는 거지?"

도모히코가 웃으며 면박했다.

"다른 조를 봐봐. 다들 아직 DNA 채취도 못 해서 애먹고 있어. 실패해서 처음부터 다시 하는 조도 있고."

아사미의 말에 마코토는 생물실을 둘러봤다. 마코토의 조를 제외하고는 다들 아직 책상 주변에서 우왕좌왕하고 있다.

"우리는 우수한 조장을 뒀으니깐."

히로키가 입을 열자 모모코, 아사미, 도모히코도 "맞아" 하고 고개를 끄덕였다.

마코토는 뭔가를 하기 전에 머릿속으로 모든 일을 순서대로 정리하는 버릇이 있다. 그래서 유키오 일도 잘 풀렸다고 생각한다. 이른 아침에 아이를 데려갈 경우, 비가 내릴 경우 등 다양한 유형을 상정해 세세한 부분에 이르기까지 누차 머릿속으로 시뮬레이션했다. 따라서 실전 때 긴장한 상태에서도 침착하게 움직일 수 있었다.

그리고 최근 며칠간은 '산본기 사토시'를 데려가 살해하고 유기하기까지의 과정을 머릿속으로 세밀하면서도 극명하게 그리고 있다…….

"저기, 마코토."

모모코가 마코토에게 귓속말을 했다.

"응?"

"국공립 코스인지 사립대학 코스인지 정해지면…… 알려줄래?"

"어? 왜?"

"나도 같은 코스를 밟으려고. 3학년 때도 마코토랑 같은 반에 있고 싶어."

모모코가 손가락으로 마코토의 셔츠 소매를 살며시 붙잡았다.

"알겠어. 코스를 정하면 너한테 가장 먼저 알려줄게."

마코토가 미소 지으며 말하자 모모코는 기뻐하며 환하게 웃었다.

방과 후에는 부활동을 하러 갔다. 원래는 어제처럼 산본기 사토시를 관찰하러 가고 싶었지만 어쩔 수 없다. 대회 전에 부활동을 쉬는 것처럼 부자연스러운 행동은 하지 않는 게 옳다. 어제는 공원에서 산본기 사토시에게 괴롭힘당하는 여자아이를 도와주면서 산본기 사토시에게 말을 걸 수 있었다. 안달 내지 않고 조금씩 거리를 줄여가는 게 좋다고 생각했다.

도복으로 갈아입고 검도장에 가자 와타누키 혼자 와 있었다. 죽도 연습을 하는 와타누키 옆에서 마코토는 준비 운동을 시작했다.

"진로 희망 카드 적었어?"

그러자 와타누키는 웃으며 "오늘은 만나는 사람마다 그 얘기를 하네"라더니 "적었어. 이미 냈어"라고 했다.

"정말? 무슨 코스로?"

"국공립. 부모님이 사립은 어렵다고 해서. 그리고 생활비도 보태줄 수 없다고 하니 집에서 가까운 대학이 필수 조건이야."

준비 운동을 마치고 마코토도 죽도 연습을 시작했다. 후배들이 하나둘 모여 몸을 풀기 시작한다.

"그렇구나. 학부는?"

"의학부."

"뭐? 대단하네. 의대?"

"아니, 우리 집에 의대 다닐 돈이 있겠어? 너만큼 성적이 좋으면 고려해보겠지만. 난 간호학과야."

"간호?" 마코토는 깜짝 놀랐지만 잠시 생각하고 말했다. "그렇구나. 그러고 보니 너희 집이……."

"응. 부모님이 둘 다 간호사니까."

"그래. 하지만 너도 간호사라, 음……."

"남자 간호사는 수요가 많대. 전국 어디서든 일할 수 있고, 평생직장이라는 것도 좋지. 하지만 나는 간호사보다 보건사 쪽이 낫다고 생각하고 있어."

"보건사라면 시청 같은 곳에 있는 사람 말이야? 그것도 간호사랑 관련이 있어?"

"보건사가 되려면 우선 간호사 자격증이 필수야."

"그래? 근데 보건사가 애초에 뭐 하는 직업인데?"

그러자 와타누키가 쓴웃음을 지었다.

"행정 보건사나 산업 보건사처럼 종류가 다양한데, 간단히 말해 지역과 기업에서 보건 지도를 하는 사람이지. 내 희망은 행정 쪽이야."

"흐음. 왜 그걸 하고 싶은데?"

"우선 간호사는 실직할 일이 없잖아. 게다가 앞으로 고령 사회이고, 점점 환자도 많아질 거야. 근데 말이지. 넌 잘 모르겠지만 간호사는 야근이 기본이야."

"그 정도는 나도 알아."

"하지만 보건사는 야근이 없어. 게다가 행정 보건사는 공무원이라 더 안정적이야. 그럼 검도도 계속할 수 있을 테고."

막힘 없이 말하는 와타누키를 마코토는 뚫어지게 쳐다봤다.

"뭔가…… 대단하네."

"됐어. 쑥스럽게."

"아니, 정말. 조금 감탄했어."

"자자, 다들 모였나? 좋아. 공격 연습 시작하자!"

와타누키가 계면쩍음을 감추듯 소리치자 본격적인 훈련이 시작됐다.

부활동을 마치고 집에 돌아가는 버스 안에서 마코토는 스마트폰으로 간호사와 보건사에 대해 검색했다. 와타누키의 말대로 제법 충실한 삶을 살 수 있어 보였다.

마코토는 자신과 같은 열일곱 고등학생이 벌써부터 미래를 대비해 착실히 인생 설계를 해간다는 사실에 감탄했다. 일자리를 얻기 힘든 시대라고들 한다. 일류 대학을 나온다고 안정된 직장에 들어간다는 보장도 없다.

전에 담임선생님에게 의학부를 노려보라는 이야기를 들은 적이 있다. 그러나 마코토는 남의 생명을 좌지우지하는 일에 종사하는 것이 왠지 두려웠다. 싹트기 시작한 자신의 충동이 어디를 향해 뻗어갈지 알 수 없기 때문이다. 하지만 생명을 다루는 직업 자체에는 흥미가 있다. 그리고 대학은 다니는 것만으로 집안에 부담을 끼친다. 적어도 졸업 후 곧장 안정된 직장을 얻어 집에서 독립해 부모님을 안심시키고 싶은 마음이 컸다.

마코토는 간호학과가 있는 대학을 찾아 자료를 보내달라고

학교에 요청했다. 향후 진로로 진지하게 고민해볼 작정이었다.

스마트폰을 주머니에 넣고 창밖을 보자 마침 산본기 사토시가 사는 곳을 지나는 참이었다.

유키오를 죽이기 전에는 유키오만 죽이면 가슴에 끓어오르는 충동도 잦아들리라고 예상했다. 유키오가 숨을 멈췄을 때, 그리고 성기를 제거할 때 온몸에 퍼진 안도감이 영원히 계속되리라고 여겼다. 그러나 그것은 얼마 안 돼 사라지고, 지금은 또다시 산본기 사토시에게 어두운 정념을 불태우고 있다. 그리고 시간이 지날수록 점점 더 깊고 커지고 있다.

죽여야 해.

마코토는 산본기 사토시가 사는 아파트 단지를 멀리서 바라보며 생각했다.

그 아이를 얼른, 죽여야 해.

문득 옆을 보니 회사원 차림의 남성이 신문을 읽고 있다. 유키오 사건에 대해 어떻게 적혔는지 궁금해서 마코토는 곁눈으로 신문 지면을 잽싸게 훑었다. 쓸데없는 의심을 살 수 있어서 직접 신문과 잡지를 사거나 인터넷에서 검색하지 않고 있다.

'아이이데 시 유아 살해 사건'이라고 적힌 굵은 글씨 제목이 눈에 들어왔다. 기사를 읽다가 마코토는 순간 몸이 굳었다.

수사 관계자들을 취재하는 동안 유기된 시신에 성폭행이 가해진 흔적이 있다는 게 밝혀졌다.

지금껏 인터넷 등지에서 소문이 떠돈다는 것은 알고 있었다. 그러나 어린아이를 대상으로 한 엽기적 범죄 사건에 마땅히 따라붙을 법한 억측에 지나지 않았다. 왜냐하면, 마코토는 성폭행을 가한 적이 없기 때문이다. 누구보다 그 사실을 잘 알고 있다.

그러나 신문 기사에는 그렇게 실려 있었다.

식은땀이 등을 타고 흘렀다. 심장을 세게 움켜잡힌 듯한 느낌이 들었다.

이 정보가 만약 사실이라면…… 누군가가 마코토가 시신을 둔 곳에 가서 시간屍姦을 범했다는 말이 된다.

누가 시신에 손을 댔을까?

언제?

아니, 그보다…… 내가 그곳에 시신을 유기하는 모습을 본 걸까…….

손잡이를 쥔 손이 희미하게 떨리기 시작했다. 창문에 비친 핏기 잃은 자신의 얼굴과 눈싸움을 하며 마코토는 차의 흔들림에 몸을 맡겼다.

10

"……그게 무슨 뜻이죠?"

호나미는 수화기를 향해 무심코 목소리를 높였다. 수화기 너머에서 상대가 뭔가를 설명했지만 귀에 들어오지 않았다. 수화기에 갖다 댄 관자놀이가 꿈틀꿈틀 맥동하는 게 느껴졌다.

호나미가 한밤중 수상한 사람을 보고 신고한 지 사흘이 지났다. 그날 밤 110에 전화를 걸어 장난 전화로 치부되지 않도록 떨리는 목소리를 쥐어짜 이름을 말하고 정확한 장소를 알렸다. 전화를 끊고는 또다시 베란다로 달려가 남자가 있는 깊은 어둠을 계속해서 응시했다. 한시라도 빨리 경찰이 와주기만을 바라며.

그로부터 몇 분 지나 경찰차가 도착했다. 헤드라이트 불빛 속에 점퍼를 입은 남자의 모습이 비쳤다.

다행이야. 아직 도망치지 않았어.

호나미는 베란다 난간 너머로 몸을 뻗어 쌍안경을 잡아먹을 듯 바라보며 경찰 두 명이 남자에게 다가가는 모습을 똑똑히 지켜봤다.

이걸로 끝이야. 괜찮아. 이제는 안전해.

잔뜩 굳은 몸에서 긴장이 풀리더니 이내 안도감으로 가득 찼다. 호나미는 다시 거실로 들어가 베란다 창문을 닫았다.

콧노래를 부르고 싶을 만큼 마음이 들떴다. 옳은 일을 했다는 의기양양한 기분이었다.

브랜디를 한 모금 마시고 침대에 들어갔다. 오랜만에 잠이 쏟아져 금세 잠들 수 있었다.

다음 날 아침 가족들이 나간 집에서 두근거리는 심경으로 TV를 켰다. 채널을 이리저리 바꿔 뉴스가 나오는 곳을 찾았다. 그러나 어느 채널에서도 남자가 붙잡혔다는 소식은 나오지 않았다.

'변두리에서 일어난 사건이라 속보가 뜨지 않는 걸까' 하고 고개를 갸웃거리며 작업실로 갔다. 노트북을 켜고 기대를 품고 검색해봤지만 역시 유키오 살해 사건에 관한 속보는 보이지 않았다.

……왜?

호나미는 책상에 팔꿈치를 괴고 머리를 감쌌다. 기대로 부푼 마음이 급속도로 쪼그라들었다.

그러다가 문득 떠올렸다. 그렇다. 지금 한창 취조 중인 것이다. 남자는 드라마 같은 데서 본 잿빛 취조실 안에서 우락부락한 베테랑 형사들에게 시달리고 있다. 그렇게 조금씩 나오는 정보를 밑바탕으로 경찰은 증거를 착실히 굳히고 있다. 그러니 아직 발표하지 못하는 것이다. 분명 그렇다. 틀림없다.

그렇게 스스로 되뇌자 비로소 호나미는 평정심을 되찾고 하루를 보낼 수 있었다.

다음 날은 아침 일찍부터 TV를 켜놓고 몇 분에 한 번꼴로 인터넷 뉴스 사이트 화면을 새로고침했다. 그러나 그날 역시 아무 소식도 나오지 않았다.

그래도 아무튼 남자는 지금 경찰서에 있고, 거리를 어슬렁거리지 않는다. 그렇게 생각하자 안심할 수 있었다.

그리고 또 하루가 지나자 역시 이상하다고 생각하기 시작했다. 이 정도면 슬슬 소식이 나올 때 아닐까.

가오루의 실종 소동 때 신세를 진 경찰에게 물어보기로 마음먹었다. 전화를 걸어 가오루를 찾았다고 알리자 일부러 확인을 위해 집에까지 찾아와준 그 사람이라면 체포된 남자가 지금 어떻게 됐는지 알려줄 게 분명하다.

신호음이 몇 번 울리더니 또박또박하게 이름을 대는 목소리가 들렸다.

"아, 저…… 지난번에 신세를 졌던."

호나미가 입을 열자마자 상대는 금세 기억해주었다.

"아아, 가오루의……."

"실은 오늘은 다른 일로 전화드렸는데요……."

호나미는 나흘 전 밤늦게 수상한 사람을 보고 신고했다는 것과 경찰차가 와서 남자에게 접촉하는 모습을 봤다는 이야기를 털어놓았다.

"그 뒤로 어떻게 됐는지 궁금해서요. 뉴스를 계속 보고 있는데 아무 소식도 안 나오고……."

"대단히 죄송합니다만, 그런 일에 대해서는 대답해드릴 수 없습니다."

곤란해하는 목소리였다.

"하지만 전 최초 신고자이니 알 권리가 있지 않을까요?"

"그렇게 말씀하셔도……."

"그리고 아시다시피 집에 어린아이가 있어서 마음이 영 찜찜해요. 어쨌든 그날 붙잡힌 남자가 어떻게 됐는지만이라도……."

호나미가 애원하자 수화기 너머로 낮은 한숨 소리가 들렸다.

"대답해드릴 만한 게 없습니다."

"부탁 좀 드릴게요. 앞으로 두 번 다시 이런 일로 전화드리지 않겠어요."

상대가 눈앞에 있는 것도 아닌데도 호나미는 연신 고개를 숙였다.

"정말 작은 정보라도 좋습니다. 부탁드려요."

"그러니까…… 대답해드릴 만한 게 아무것도 없습니다."

"아무것도 없다뇨, 그럴 리는……."

말하다가 말고 호나미는 입을 다물었다. 머릿속이 빠르게 돌아 하나의 대답에 도달했다.

"저…… 그 말씀은 곧 정보가 없다는 뜻인가요?"

상대는 침묵하고 있다.

"설마 그 남자는…… 붙잡히지 않은 건가요?"

"대답해드릴 수 없습니다."

"왜죠? 제대로 조사한 게 맞나요? 그런 밤늦은 시간에 캄캄한 거리를 어슬렁거렸어요. 게다가 손에는 커다란 봉투 같은 걸 들고 있었고요. 아마도 안에 피해자의 소지품이나 흉기 같은 게 있었을 텐데."

"저……."

"전 알아요. 그 남자가 범인이에요. 틀림없어요. 얼른 체포하지 않으면 또 다른 희생자가 나올 거예요. 부탁드려요. 그 남자를 체포해주세요."

"이번 일에 대해서는 이 이상 말씀드릴 수 없습니다. 죄송합니다."

정중한 사과를 마지막으로 전화가 끊겼다. 호나미는 아연실색
한 표정으로 스마트폰을 귀에서 뗐다.

남자가 체포되지 않았다고?

호나미는 비틀비틀 걸어가 소파에 몸을 기댔다.

"나쁜 놈이 분명한데……."

중얼중얼 혼잣말을 하며 엄지손톱을 깨물었다. 그러자 이상한
모양으로 손톱이 깨졌다. 그것도 모르고 계속 손톱을 물어뜯자
손가락 끝에 날카로운 통증이 스쳤다. 손톱이 떨어져 피가 배어
나고 있다. 간신히 정신이 든 호나미는 한숨을 내쉬었다.

경찰은 역시 믿을 수 없어.

차갑게 식은 머리로 그렇게 생각했다.

인터폰이 울렸다.

호나미는 비실비실 소파에서 일어나 액정 모니터를 확인했다.
반백 머리의 중년 남성과 젊은 여성이 비쳤다.

두 사람은 1층 공동 현관이 아닌 집 현관 앞에 서 있다. 이곳은
공동 현관을 들어올 때와 엘리베이터를 탈 때 인증이 필요한 보
안이 엄중한 아파트다. 그래도 가끔 영업사원 등이 다른 사람이
탈 때 섞여 들어와 이렇게 집을 찾아온다.

호나미는 집에 없는 척을 하려고 인터폰 앞에서 떨어졌다. 그러
나 두 사람이 손을 움직여 경찰수첩을 렌즈 앞에 들이밀었다. 호

나미는 현관을 향해 뛰어갔다.

남자 쪽은 사카구치, 여자 쪽은 다니자키라고 자신의 이름을 댔다.

"야구치 유키오라는 네 살 남자아이가 살해된 사건으로 탐문 수사 중입니다. 혹시 지난주 토요일과 일요일에 수상한 인물이나 차량 등을 보신 적 없습니까?"

사카구치라는 형사가 먼저 입을 열었다.

"아, 그날은 아닌데요." 호나미는 저도 모르게 한 발짝 앞으로 나아갔다. "수상한 사람을 봤어요! 신고도 했어요!"

"네? 그게 언제죠?"

다니자키가 메모 준비를 했다. 호나미는 최대한 마음을 가라 앉히고 냉정하게 일련의 상황을 설명했다.

"하지만 아무래도 그날 남자는 경찰서에 가지 않은 모양이에 요. 경찰차가 왔고 경찰이 남자와 대화를 나눴는데도 그대로 집 에 돌려보내다니. 전 그 광경을 베란다에서 지켜봤어요."

호나미는 조금 전 파출소 경찰과의 통화로 추리한 내용을 직 접 두 눈으로 본 것처럼 이야기했다.

"그때 데려가지 않은 건…… 그 남자가 용의자 리스트에 없다 는 뜻인가요? 그리고 그걸 그렇게 쉽게 단정 내릴 수 있는 건가 요?"

"음, 그 일에 대해서는 저희도 잘 모르겠습니다. 담당이 아니어 서요."

사카구치는 자상하면서도 빈틈없이 대답했다.

"그런데 왜 그 남자를 범인이라고 생각하셨죠? 물론 밤늦은 시간에 커다란 짐을 들고 아무도 없는 곳을 어슬렁거렸다면 수상하게 보이겠지만, 확신할 만한 이유가 있나요?"

다니자키가 물었다. 지당한 질문이다. 어떻게 대답해야 이해해줄까.

"엄마의…… 직감이에요."

그렇게 대답할 수밖에 없었다.

"그렇군요. 어머니의 직감, 말이군요."

다니자키는 무시하거나 실망하는 기색 없이 진지한 얼굴로 호나미의 말을 되읊었다.

"혹시 아이가 있으세요?"

호나미가 틈을 두지 않고 다니자키에게 물었다. 다니자키는 허를 찔린 듯 곧장 "아뇨" 하고 고개를 흔들었다.

"그럼 히스테릭한 엄마라고 생각하실 수도 있겠지만, 아이는 정말 소중한 존재예요. 태어나기 전에는 글자 그대로 일심동체, 태어나 서로 다른 몸이 돼서도 탯줄로 이어진 느낌이 들죠. 떨어져 있어도 항상 아이의 존재를 곁에서 느껴요. 계속 안테나가 아이를 향해 있는 거예요. 그토록 어머니란 대단한 존재랍니다. 그러니 엄마의 직감이란 말도 그냥 허튼 말로 취급해서는 안 된다고 생각해요."

"무슨 말씀이신지 잘 알겠습니다."

다니자키는 고개를 끄덕였다.

"저는 아이가 없지만 어머니의 사랑을 듬뿍 받고 자랐죠. 어머니의 사랑은 헌신적이고 영원하다고 생각해요. 아버지와는 조금 다르죠."

"맞아요, 맞아요."

호나미는 저도 모르게 다니자키를 향해 환하게 미소 지었다.

"이해해주셔서 정말 감사해요. 그러니 그 남자가 왜 체포되지 않았는지 꼭 알고 싶어요."

"비단 그 남자에 한한 문제는 아니지만, 일반적으로 생각해 수상한 자가 아니었다는 뜻이겠죠."

"그럴 리가……."

반박하려다가 말고 호나미는 생각을 바꿨다. 이 이상 무슨 말을 해도 소용없을 것이다.

"네……. 알겠어요."

"자제분을 지키시려는 마음은 이해가 됩니다. 더욱이 한밤중에 수상한 남자를 보고 오죽 놀라셨을까요. 그런 와중에 용기 내어 신고해주셔서 정말로 감사할 따름입니다."

사카구치가 자상하게 말했다. 이쯤에서 매듭짓고 돌아갈 작정이겠지, 하고 호나미는 짐작했다.

"저희는 앞으로도 수사에 집중할 생각입니다. 또 무슨 일이 생기거나 뭔가가 떠오르실 때는 꼭 알려주십시오."

"어디로 연락하면 될까요?"

호나미는 잽싸게 물었다. 파출소는 안 된다. 이렇게 실제로 사건을 수사하는 형사라면 더 많은 정보를 다룰 것이 분명하다. 게다가 자신은 조사에도 성실히 응했다. 앞으로 뭔가를 문의해도 마냥 찬밥 취급할 수는 없을 것이다.

사카구치의 지시로 다니자키는 명함 지갑에서 명함을 한 장 꺼냈다.

"이 번호로 연락해주십시오. 물론 긴급한 상황에는 110으로."

명함에는 시외 국번으로 시작하는 번호가 적혀 있었다.

"이런 거 말고 직통 번호를 알려주세요."

호나미는 단호히 요구했다.

"휴대폰을 갖고 다니실 거 아니에요? 그 번호 말이에요."

다니자키는 사카구치를 힐끗 보며 눈짓했다. 사카구치가 고개를 끄덕였다. 다니자키는 명함 뒤에 휴대폰 번호를 적어주었다.

"그럼 이쪽으로 전화주십시오."

호나미는 명함을 다시 받아들었다.

"꼭 다시 연락드릴게요. 모쪼록 잘 부탁드립니다."

그렇게 단단히 못을 박고 대화를 마무리했다.

형사들이 돌아간 뒤 호나미는 저녁밥을 준비하고 어린이집으로 가오루를 데리러 갔다.

"오늘 낮에는 낮잠을 잘 못 잤답니다."

다바타 보육사가 말했다.

"그러니 되도록 밤에 일찍 재워주세요."

"네. 그럴게요."

다바타의 등 뒤로 아이 몇 명이 뛰어다니고 있다. 사건이 일어난 뒤 며칠 동안 여자아이들은 모두 바지를 입었는데 어느새 몇 명은 치마로 돌아간 상태다. 타이츠를 신고 있기는 해도 쪼그려 앉거나 넘어지면 엉덩이 형태가 그대로 드러난다. 벌써부터 방심하는 보호자도 있다는 생각에 호나미는 내심 놀랐다.

집에 돌아가 밥을 먹고 목욕을 마친 후 가오루는 거실과 이어지는 방에서 그림책을 읽으며 꾸벅꾸벅 졸기 시작했다. 안고 침대로 옮기면 깨버릴지 모른다. 이불을 깔고 그 위에 눕히자 때마침 야스히코가 돌아왔다.

"응? 벌써 자는 거야?"

입술 앞에 검지를 갖다 댄 호나미를 보며 야스히코가 나직하게 물었다. 호나미는 말없이 고개를 끄덕이고 거실과 방을 잇는 맹장지문을 닫았다.

"모처럼 정시에 끝나서 놀아주려고 했는데."

"아이가 꼭 당신 사정에 맞출 수는 없잖아."

호나미는 야스히코의 저녁밥을 차리고 "얘기 좀 들어줄래?" 하고 운을 떼고 신고 후 일련의 상황에 대해 설명했다. 처음에는 호의적이던 야스히코는 듣는 동안 점점 반응이 차가워졌다.

"경찰이 아니라고 하면 아니겠지."

야스히코가 크로켓을 우물거리며 말했다.

"하지만……."

"프로한테 맡기는 게 확실한 법이야."

"당신은 걱정 안 돼?"

"당연히 걱정되지."

"그럼 우리가 할 수 있는 일을 좀 더 떠올리는 게 좋지 않을까?"

"우리가 할 수 있는 일이 뭐가 있는데."

서로 점차 목소리가 커진다. 맹장지 너머에서 쌔근거리는 소리가 들렸다. 밥을 먹는 야스히코를 남겨두고 호나미는 방으로 갔다. 이불 안에서 가오루가 눈을 비비고 있다. 지금 깨버리면 한밤중까지 잠을 못 이룰 것이다. 호나미는 서둘러 가오루 옆에 누웠다.

우리 아이랑 관련된 일인데. 호나미는 경찰에게 전부 맡기라는 야스히코의 말에 화가 치밀었다. 호나미는 초조해하며 이불 위로 가오루의 가슴을 가볍게 두드렸다.

가오루가 졸린 눈으로 호나미의 손을 바라봤다.

"응……? 손이 왜 이래?"

가오루가 자그마한 손으로 호나미의 손을 잡았다. 아까 깨문 엄지손톱 끝에 피 섞인 물집 같은 게 잡혀 있다.

"아아, 이거, 다쳤어."

"어디서? 아파?"

가오루는 슬픔에 잠긴 눈동자로 호나미를 올려다봤다.

"가오루가 얼른 나으라고 뽀뽀해줄게."

그러더니 양손으로 호나미의 손가락을 감싸고 사랑스러운 입술에 갖다 댔다.

"이야, 다 나았네. 고맙다, 우리 가오루."

어린 나이인데도 갸륵한 마음 씀씀이에 감동해 머리를 쓰다듬었다. 가오루는 희미하게 미소 짓더니 얼마 안 돼 다시 잠에 빠져들었다.

평화롭고 무방비한 잠든 얼굴. 보호받고 있다는 것을 본능으로 알고 있다.

아이와 함께 보내는 평온한 일상에 먹구름이 드리우게 해서는 안 된다. 이 아이는 행복해지기 위해 세상에 태어났다.

호나미는 가오루의 머리를 쓰다듬으며 딸을 얻기까지의 과정을 회상했다.

우선은 막히지 않은 쪽 난관에 임신 가능성을 걸고 타이밍법—배란 시기를 추측해 성관계를 맺는—부터 시작하기로 했다. 어쨌든 난자가 자라나 배란돼야만 치료가 시작된다. 가장 먼저 난자를 자라게 하는 호르몬제를 복용했지만 전혀 듣지 않았다.

의사는 곤란해하며 말했다.

"흐음. 반응이 별로 좋지 않군요. 주사도 추가해보죠."

주사를 추가하자 그제야 하나의 난포가, 그것도 난관이 막히지 않은 왼쪽 난소에 자라서 의사에게 지시받은 날 밤 야스히코와 관계를 맺었다. 그러나 이 방법을 몇 주기 정도 시도해도 좀처럼 임신에 이르지 않았다.

"다음으로 인공 수정을 시도해보죠. 인공 수정이라는 말만 들으면 긴장하실지 모르지만 통증이 없고 비용도 몇만 엔이면 됩니다."

배양액으로 세정, 농축한 정자를 카테터로 빨아들여 자궁강 안에 직접 주입하기만 하면 된다고 했다. 호나미는 안심했지만 반대로 그런 단순한 처치라면 타이밍법과 크게 다를 게 없지 않을까 하는 불안감도 들었다.

"아뇨, 전혀 다릅니다. 자연 임신이나 타이밍법으로는 자궁강 안에까지 도달하는 정자 수가 아주 적어서요."

"그런가요……."

한 번 사정으로 방출된 정자 수는 수천에서 1억 마리 정도다. 그 수는 자궁 안에 들어가기 전까지 많이 줄어들고 난관팽대부에 도달하는 건 고작 얼마 되지 않는다. 그리고 수정에 이르는 건 딱 한 마리다.

"그렇게 여러 단계를 거쳐야 하다니……."

기적이라고 말할 수 있는 수준이다. 그리고 무사히 수정란이 분할해 착상하고 태아가 되어 태어날 때까지는 정신이 아득해질 정도의 기적이 계속된다. 자기 자신, 그리고 눈앞에 있는 의사도 이렇게 존재하는 것 자체가 신비한 일이라고 호나미는 새삼 느꼈다.

"그렇다고 해도 인공 수정은 자궁강 안에 정자를 최대한 많이 보내는 단계를 돕는 것에 지나지 않습니다. 몇 번 시도해 결과가 나오지 않으면 난소 수술도 고려해야 합니다."

호나미는 수술이 두려워서 인공 수정이 성공하기만을 기도했다. 난자를 키우는 법은 지금까지와 마찬가지로 경구약과 주사였지만 이번에는 반응이 좋아 난포가 몇 개 성장했다. 이대로 인공 수정을 하면 다태 임신의 가능성이 있다고 설명 들었지만 좀처럼 난포가 자라나지 않는 호나미는 기회를 허사로 돌리고 싶지 않았다.

첫 번째 인공 수정을 끝냈다는 것만으로 호나미는 감격했다. 배를 감싼 채 출근하고, 한여름에도 양말을 신어 몸이 차가워지지 않도록 주의했다. 그러나 날이 갈수록 배가 더부룩하고 힘들었다. 구토감이 일었지만 임신해서 입덧이 시작되는 걸지 모른다며 달갑게 받아들이고 참았다. 그러나 이내 걸을 수도 없을 만큼 힘들어져서 회사를 조퇴하고 병원을 방문하자 즉시 입원 지시가 떨어졌다.

"위험한 상태로 진행되고 있습니다. 난소가 부어서 복수가 차고 혈액 속 수분이 감소해 농축되는 상황입니다. 이 이상 심각해지면 혈전이 생기고 뇌경색이나 신부전 등을 일으킬 수도 있습니다."

난소가 호르몬제에 과민 반응해 부어오르고 그에 따른 증상이 나타나는 '난소 과잉 자극 증후군'이라고 했다. 그전까지와 같은 약을 같은 용량만큼 써도 효과가 없을 수 있다고 했다.

흉수가 차기 시작했고, 이대로라면 호흡부전에 빠질 수도 있다는 말에 집에 가지도 못한 채 곧장 링거를 꽂고 입원했다.

"아이를 임신하려는 치료에 왜 긴급 입원 같은 게 필요한 거야."

집에서 짐을 챙겨온 야스히코는 처음에는 걱정하는 얼굴로 말했지만, 이내 호나미의 얼굴을 보고 안심했는지 솔직한 의문을 입에 담았다. 호나미는 난소 과잉 자극 증후군에 대해 설명했지만, 야스히코는 고개를 몇 번 끄덕이고 "그럼 이번 입원으로 치료하면 임신할 수 있다는 소리네?" 하며 요점을 벗어난 말을 했다. 아무래도 잘 와 닿지 않는 듯했다.

"아니야. 생명과 관계된 일이라 입원하는 거야. 입원 자체는 치료가 아니야."

그렇게 말하자 야스히코는 그제야 놀란 듯했다. 그럴 만도 하다. 호나미조차 자신이 왜 이런 일을 겪어야 하는지 이해하지 못했다.

임신하면 더욱 병이 깊어진다고 들었지만 다행인지 불행인지 임신하지 못하고 결국 일주일 뒤에 퇴원했다. 병가를 내어 회사에 폐를 끼쳤지만 여성 상사가 배려심 있는 사람이라 호나미의 업무를 부서에 잘 배분해주었다. 몸 상태가 안정되기를 기다렸다가 불임 치료를 재개했고, 레이저로 난소 표면을 소작해 자연 배란이 쉽게 되는 수술을 받았다.

다행히 성과가 있어 약을 쓰지 않고도 자연스레 난포가 자라나 배란하게 되었다. 효과는 평생 가는 게 아니라 반년에서 1년 정도라고 했다. 그리고 마침내 여섯 번째 인공 수정으로 염원하던 임신이 이뤄졌다.

아아, 나도 임신할 수 있어. 이제야 마침내 엄마가 될 수 있어.

임신해야 분비되는 호르몬이 검출된 혈액 검사 결과표를 호나미는 보석함에 소중히 담았다.

하지만 곧이어 정상 임신이 아니라는 사실이 밝혀졌다. 아기가 든 주머니—태낭—가 확인된 곳은 자궁이 아닌 난관이었다.

"그럼 태낭을 자궁에 이식하면 되지 않나요?"

호나미는 자궁 외 임신에 대한 지식이 없었다. 첨단 의학이라면 그 정도는 당연히 가능하리라고 믿었다. 그러나 현실의 벽은 높았다. 고생 끝에 호나미의 몸에 깃든 생명은 난관째로 제거됐다. 심지어 그 난관은 협착하기는 했어도 막히지 않은 난관이었다.

자궁에만 제대로 착상했으면 태어났을지 모르는 귀중한 생명. 수술 전 받은 초음파 검사에서 희미하게 뛰는 작은 심장이 보일 때는 눈물이 멈추지 않았다.

수술실에 들어가 마취제를 투여하는 단계에서도 호나미는 이대로 난관으로 임신을 유지하는 방법이 있는지를 캐물으며 의사를 곤란하게 했다.

임신이 곧 출산은 아니다. 임신과 출산은 모두 신의 영역이다. 생식 의료가 그 영역을 침범한다고 하지만 실상은 다르다. 아무리 기술이 발달해도 임신과 출산에는 반드시 신의 의지가 반영된다. 의사가, 호나미가 제아무리 노력해도 도무지 거기까지는 도달할 수 없다. 출산하고서야 비로소 신의 손에서 어머니의 손으로 넘겨지는 것이다.

그렇다면, 하고 호나미는 떠올렸다.

태어날 때까지가 신의 영역이라면 태어나고서부터는 어머니의 영역이다. 앞으로 무사히 아이를 임신할 수만 있다면 온몸을 바쳐 사랑하고 지켜줄 것이다. 무슨 일이 있어도, 내 목숨을 바치는 한이 있더라도 지키고야 말 것이다.

태아와 난관을 동시에 잃은 호나미는 병실 침대에서 흐느끼며 그렇게 맹세했다.

눈이 번쩍 뜨였다. 어느새 잠들어버렸다. 한밤중이라 집 안에는 정적이 감돌고 있다.

조용히 이불에서 빠져나온 호나미는 베란다로 향했다. 쌍안경을 들어 다시 주변을 관찰했다.

어쩌면 또 그 남자가 있을지 몰라. 그렇게 생각하자 불안해졌다.

둥근 시야 속을 낯익은 점퍼가 가로질렀다. 역시 있다. 순식간에 쌍안경을 든 손에 땀이 배어나고 숨이 가빠졌다.

내가 직접 확인해야 해. 저 남자의 신원을. 어디 사는지, 그리고 여기서 뭘 하고 있는지.

이번에는 신고해야겠다는 마음이 들지 않았다. 경찰은 믿음직스럽지 못하다.

남자가 걷는 방향을 확인한 후 호나미는 남몰래 가방을 챙겨 들고 조용하면서도 빠르게 현관을 나갔다.

11

유키오가 납치된 시간대에 베일에 가려져 있던 부친의 알리바이가 입증됐다. 영업 차량 안에서 쉬고 있는 걸 자전거를 타고 옆을 지나간 여대생이 우연히 목격한 것이다.

"실은 자전거로 차를 살짝 스치고 가서요."

여대생은 면목 없어 하며 말했다.

"사과하려고 서둘러 차 안을 들여다봤는데 주무시고 있는 데다 아주 살짝 스쳤을 뿐이라 그냥 갔어요. 죄송해요."

수사원들이 부근을 돈다는 소식을 듣고 먼저 나서서 자백한 것이다.

자전거와 영업 차량을 조사하자 차에서 자전거의 도료 성분이 검출됐다. 여대생과 유키오의 부친은 면식이 없었고, 그 직후 여대생이 별다른 낌새 없이 전철역 빌딩에서 쇼핑하는 모습이 목격됐다. 부친이 그 시간대에 휴식을 취한 것은 틀림없는 사실로 보였다.

이것으로 아이를 납치한 범인은 적어도 부친이 아니라는 게 밝혀졌다. 그러나 여전히 살해 추정 시간대인 오후 7시에서 8시 사이의 알리바이는 뚜렷하지 않다. 그 시간대에 부친은 아내와 연락을 취하며 아이를 찾으러 다녔다고 하지만 유키오를 살해하고 시신을 유기하는 것은 가능하다.

또 '활기찬 육아 핫라인'에 남편이 정서 불안정으로 아이에게 폭력을 행사한다고 상담한 인물이 유키오의 모친이라는 것도 확인됐다.

납치 추정 시각에 부친의 알리바이가 입증된 지금 모친의 당시 행동에 대해서도 조사 중이다. 부모의 관여를 의심하는 분위기는 날이 갈수록 짙어졌다.

부모를 조사하면서도 탐문 수사는 빈틈없이 이뤄졌다. 토요일이 되어 드디어 사건 발생일로부터 일주일이 지났다. 이날도 사카구치와 다니자키는 아침부터 담당 구역 집을 샅샅이 돌아다녔다.

"근데 아이 아빠가 범인 아니에요?"

이따금 방문한 집에서 호기심 섞인 질문을 받았다. 학대 사실을 매스컴에 알려 범인을 압박하는 방법도 있지만 이번에는 사안이 사안인 만큼 알리지 않고 신중히 수사를 진행하고 있다. 그러나 학대 목격자에게서 정보가 샜는지 소문이 퍼지고 있는 듯했다.

"현시점에 어떤 단정도 내릴 수 없습니다."

그렇게 대답했지만 상대는 이미 부친이 범인이라는 전제로 이야기했다. 그러나 하나같이 귀동냥으로 들은 이야기거나 인터넷 게시판 등에 올라온 글이라 새롭게 참고할 만한 정보는 거의 없었다.

"짬 난 김에 점심이라도 먹지."

저층 아파트 한 동을 다 돌고 사카구치는 손목시계를 확인했다. 오후 1시가 넘었다.

"네. 응?"

다니자키가 재킷 가슴 주머니에 손을 넣고 스마트폰을 꺼냈다.

스마트폰이 드르륵대며 진동했다.

"누구지?"

발신자 번호를 보고 고개를 갸웃거리는 걸 보니 계장이 아닌 것만은 확실해 보였다. 다니자키는 통화 버튼을 눌렀다.

"네, 다니자키입니다. ……아아, 네. 어제는 신세를 졌습니다."

다니자키가 그렇게 대답하며 사카구치를 힐끗 봤다.

"네. 아직 별다른 진전은…… 네. 여전히 저희는 열심히 수사하고 있습니다…… 감사합니다. 앞으로도 잘 부탁드리겠습니다."

다니자키는 한숨을 푹 내쉬고 전화를 끊었다. 그러더니 사카구치의 의아해하는 눈빛을 보고 "월요일 심야에 수상한 남자를 보고 신고한 여성이에요"라고 했다.

"아아, 어제 집을 방문한?"

"네. 아직 범인이 안 잡혔냐고 물었어요."

"그뿐인가?"

"네."

"전화번호를 알려주지 말았어야 했나."

사카구치가 쓴웃음 지었다.

"딱히 이상한 사람은 아닌 것 같아요. 예의도 바르고요. 그냥 단순히 걱정돼서 그러는 거겠죠. 근데 수사 진척 상황을 물어도 대답할 만한 게 없네요."

"다음에는 내가 받을게."

"네, 그렇게 해주세요. 근데…… 어제 들은 '엄마의 직감'이라는 말에는 가슴이 좀 철렁했어요."

"그래. 나도 놀랐어."

"반드시 틀렸다고는 할 수 없잖아요. 그 신고된 남자, 4년 전 오미토 시에서 일어난 강간 사건 범인이라고 하니."

"그래. 당시 겨우 열다섯 살이었다더군. 소년원에 갔다가 출소한 모양이야."

"이번 사건이 일어나자마자 그를 찾아가 조사하고 알리바이도 확인했다죠? 그래서 신고가 들어왔을 때 그냥 짐 정도만 확인하고 끝냈다고 들었어요."

일반 시민에게 성범죄 전과자를 공개하는 메건법은 없지만 경찰 내부에서는 당연히 전과자의 근황을 파악하고 그들의 거주지 주변에서 범죄가 일어나면 즉시 찾아가 알리바이를 조사한다. 그래서 그 남자, 다테시나 히데키도 유키오 살해 사건이 일어나자마자 찾아가 확인했다.

수상한 남자가 있다고 신고가 들어왔을 때는 경찰서 내부가 잠시 술렁였지만 생활 안전과에서 달려가 보니 남자는 다테시나 히데키였다. 반년 전 출소한 그는 작은 텃밭을 빌려 원예 일을 시작했다고 한다. 그날 밤에는 바람이 강해서 심은 지 얼마 안 된 모종이 걱정돼 상태를 보러 갔다. 검고 큰 가방 안에 들어 있던 것은 삽과 손전등, 목장갑 등이었다는 게 다음 날 아침 수사 회의에서 보고됐다.

"다테시나 히데키는 유키오가 납치, 살해된 시간대에 주유소에서 아르바이트 중이었어요. 점장과 동료 증언을 얻었고 CCTV에도 모습이 찍혀 있었죠. 따라서 범행은 불가능했던 것으로……."

"그래."

"4년 전 사건에 대해서는 알고 계세요?"

"응. 수법이 아주 비열했지. 평소 알고 지내던 중고생들을 강간했어. 밝혀진 건 두 건이지만 당시 신고하지 않은 피해자도 있을 거라는 견해도 나왔던 모양이야. 하지만 다테시나는 일관되게 합의하에 저지른 일이라고 주장했다지."

"그렇군요."

"내 생각이지만 녀석이 어린아이를, 그것도 남자아이를 노렸을 것 같지는 않아. 물론 선입견으로 단정 지어서는 안 되지만."

"사카구치 선배는 아이 부친이 범인이라고 보시나요?"

"범행 수법의 집요함과 꼼꼼함을 보면 이번 사건의 범인은 변태 성욕자를 가장한 게 아니라 정말로 시신, 그리고 성기에 강한 집착을 지닌 인물로 보여. 자네가 저번에 말했듯 부친이 그런 변태 성욕자인지 아닌지…… 그걸 밝히는 게 어려운 부분이지."

사카구치는 심각한 표정으로 팔짱을 꼈다.

"가령 부친이 변태 성욕자였다고 해도 친아들을 범행 대상으로 삼을지도 문제야. 다만 학대는 사실이었고, 그 역시 성적인 것이었을 가능성도 있지. 부친이 범인에 가장 근접한 것만은 확실해."

"그렇다면……."

"하지만 임의로 부친을 조사하면 수사는 점점 더 그의 범행을 입증하는 방향으로 흐르게 될 거야. 전에도 말했지만 그전까지는 다른 진범을 찾아내겠다는 자세로 임하는 게 좋아."

"저도 그렇게 생각해요."

다니자키가 힘차게 고개를 끄덕였다.

"저, 점심 말인데요…… 도시락은 안 될까요?"

"도시락? 그래. 후딱 먹을 수 있겠군. 어디서 사지?"

"선즈 마트요."

그러자 사카구치가 무심코 다니자키를 봤다.

"선배는 선즈 마트에 가보신 적 있어요?"

"아니, 없어. 사진과 영상으로 봤을 뿐이야."

"그렇죠? 일단 직접 두 눈으로 한번 확인해보고 싶지 않으세요? 물론 선즈 마트를 담당하는 조가 따로 있는 건 알아요. 하지만 휴식 중에 도시락을 사러 가는 명목이라면 딱히 견제하지 않겠죠."

담당 구역을 다른 조가 침범하는 건 달가운 일이 아니다. 그러나 다니자키의 말에는 일리가 있다. 무엇보다 열심히 수사에 임하는 자세가 훌륭하다고 생각했다.

"실제로 가보면 지금껏 보이지 않았던 것, 눈치채지 못했던 게 나올 수도 있어요."

"그래. 그럼 가볼까. 다만 어디까지나 휴식 범위 안에서야. 우리는 우리 할 일이 있어. 오래 있는 건 불가능해. 알겠나?"

"네! 고맙습니다!"

다니자키는 고개를 끄덕이고 일 초가 아까운 것처럼 선즈 마트를 향해 달리기 시작했다.

　토요일 오후 선즈 마트 내부는 인파로 붐볐다.

　점포에 들어서자마자 다니자키는 도시락 매대로 향했다. 담당자와 마주쳐도 둘러댈 수 있도록 도시락 두 개를 집어 바구니에 넣고 곧장 점내를 둘러보기 시작했다. 통로를 왔다 갔다 하고 계산대 주변을 확인한 다음 2층 생필품 매장도 샅샅이 둘러봤다. 계산을 마치고서는 밖에 나가서 직원용 출입구와 CCTV 위치 등도 확인했다.

　"직원용 출입구가 잠겨 있지 않네요. 어린아이라면 궁금해서 들어가 보지 않을까요?"

　"그럴 수도 있겠군."

　"그리고 우연히 소아 성애자인 직원과 맞닥뜨렸다. 그리고 그대로 끌려가……."

　"그러면 아이가 큰 소리로 울거나 하지 않았을까?"

　"때려서 기절시켰을 수도 있죠."

　"아이 몸에 생긴 지 얼마 안 된 멍 같은 건 없었어. 저항흔도 없었고. 그리고 체내에서 수면제 등의 약물이 검출된 것도 아니야."

　"흐음. 범인이 얼굴을 아는 사람이었을 가능성은요?"

　"모친 말로는 점포에 아는 사람은 없다더군."

　"그럼 모친은 알지 못하고 아이만 얼굴을 알던 직원이었다고 가정해보죠. 그 직원은 아이를 납치한 다음 근무지를 벗어날 필요가 있겠네요."

"이봐, 이봐."

"또는 모친도 공범이다. 아무튼 그날 그 시간 이후 근무가 비어 있던 사람이 수상해요."

"거기까지만 하지. 다른 조 구역을 필요 이상 휘저으면 현장이 어수선해져."

"하지만……."

"회의에서 들은 보고 내용 기억하나? 직원들의 신원은 전부 확인됐어. 그리고 계장과 담당자들 역시 자네가 현재 떠올리는 가능성을 포함해 검증을 이어가고 있고. 용의자가 더 좁혀지지 않는 한 이곳 직원들도 용의선상에서 벗어나는 건 아니야. 물론 열심히 하는 건 좋고 납치 현장을 확인하는 것도 중요하다고 생각해. 하지만 자네가 지금 해야 할 일은 우리에게 주어진 임무를 완수하는 거야."

사카구치의 말을 듣고 다니자키는 입술을 깨물었다.

"……죄송해요. 혼자 설쳐서."

"딱히 사과할 일은 아니야. 자, 그럼 밥이나 먹지."

구입 물건을 포장하는 카운터 옆에 작은 테이블과 의자가 놓인 식사 공간이 마련돼 있다.

"저기서 먹지."

자리에 앉자마자 다니자키는 허겁지겁 도시락을 먹기 시작했다. 하지만 밥을 우물거리면서도 여기저기 시선을 보내고 있다.

비단 직원만이 아니라 손님, 아이들, 들락거리는 업자에게까지. 아마 밥맛을 느낄 새도 없을 것이다. 사카구치도 마찬가지였다. 다른 담당자의 관할 구역을 어지럽힐 마음은 없다. 그러나 모처럼 왔으니 다양한 것들을 관찰해 머릿속에 집어넣어 두자고 생각했다.

도시락을 다 먹고 잠시 후 다니자키가 "갈까요?" 하고 일어섰다. 사카구치도 몸을 일으켜 쓰레기를 버렸다.

슈퍼에서 나가 다시 담당 구역으로 향했다. 그때였다.

"아."

불현듯 다니자키가 멈춰 섰다.

"응?"

눈앞 직원 출입구가 열리더니 안에서 사람이 나왔다.

"아까 계산대에 있던 아이예요."

뒷모습이지만 요새 아이들처럼 머리가 작고 다리가 긴 체형이다. 염색을 했는지 짧은 머리카락이 빛을 받아 갈색으로 보였다.

"저 아이가 가지고 있는 저거…… 검도용 호구 가방이죠?"

다니자키의 시선이 작은 바퀴가 달린 검정 가방에 쏠렸다. 경찰 중에는 검도를 배우는 이가 많다. 사카구치도 그중 한 명이었다. 다니자키 역시 검도장에서 만난 적이 있다.

"자네가 지금 무슨 생각을 하는지 알겠군."

사카구치가 말했다.

"그래, 유키오는 몸집이 작았어. 저 안에 넣으면 옮길 수 있겠지."

"선배는 어떻게 생각하세요?"

사카구치는 한숨을 내쉬었다. 분명 호구 가방에 관한 보고는 없었던 기억이다.

"가서 이야기를 들어볼까?"

"괜찮을까요?"

"그래. 가보지."

다니자키는 종종걸음으로 가서 "저기" 하고 상대를 불러 세웠다. 경찰수첩을 보이고 "수사1과의 다니자키 유카리라고 해"라고 자신을 소개했다.

"조금 전 계산대에 있었지? 선즈 마트에서 일하니?"

"네. 그런데요……."

"학교는 어디야? 이름을 물어도 될까?"

"아이이데 제1고등학교에 다녀요. 이름은 다나카 마코토라고 해요."

"몇 학년?"

"2학년이요. 지금 유키오 사건을 조사하는 중인가요?"

그야말로 요즘 고등학생 같은 분위기이지만 말씨는 정중했다.

"응. 맞아. 혹시 그날도 출근했니? 그리고 토요일에는 원래 이 시간에 일을 마치고? 혹시 뭔가 보거나 들은 건 없어?"

"질문이 많네요."

다나카는 하얀 이를 보이며 웃었다.

"매주는 아니지만 토요일에 근무가 잡힐 때가 있어요. 그리고 사건이 일어난 날에도 근무했고요. 하지만 특별히 보거나 들은 건 없어서……. 근데 이런 이야기는 벌써 다른 형사님께 했는데요."

"검도부인가?" 사카구치가 태연하게 끼어들었다. "나랑 여기 다니자키 형사도 검도를 해서. 나는 5단이고 음…… 다니자키는……."

"전 6단이요."

자신보다 상급자라는 사실에 흠칫 놀라면서도 사카구치는 다시 다나카에게 물었다.

"다나카 군은 몇 단이지?"

"2단이요. 두 분과 비교하면 아직 멀었네요."

다나카가 수줍어하듯 미소 지었다.

"요새는 호구 가방도 편리하게 나오는군."

사카구치가 다나카의 다리 옆을 가리키며 말했다.

"네. 맞아요. 바퀴가 달려서 편해요. 어깨에도 걸 수 있고요. 두 가지 방식이에요."

다나카는 허리를 숙여 의기양양하게 가방의 지퍼를 열었다. 안에서 오래된 호면과 갑이 보였다.

"내가 검도를 배울 때만 해도 이렇게 바퀴 달린 가방은 없었어. 덕분에 통학 왕복 두 시간을 짊어지고 다녔지."

"체력 단련은 되셨겠네요. 저도 어깨에 짊어지고 가는 게 체력 단련에 좋다는 걸 아는데 오늘은 아르바이트 때문에 피곤해서요. 뭐 그래서 아직 2단에 머물러 있는지도 모르죠."

다나카는 머리를 긁적였다.

"여기서 아르바이트를 한 지는 얼마나 됐지?"

옆으로 허리를 숙여 호구 가방과 호구를 보며 사카구치가 물었다. 가방은 바퀴가 닳아 있다. 소재는 비닐이고 군데군데 상처와 찢긴 곳이 있다. 호구를 운반하는 것 외에 다른 용도로 쓴 흔적은 보이지 않았다.

"벌써 1년 반이나 됐네요. 제가 한 아르바이트 중에는 꽤 오래 한 편이에요."

"그렇구나. 월급은 주로 어디에 쓰니?"

"휴대폰 요금을 내고 게임을 사기도 해요. 아, 그리고 호구 세탁비에도 쓰고요."

사카구치가 다니자키를 힐끗 봤다. 다니자키는 작게 고개를 끄덕였다.

"느닷없이 불러 세워서 미안하구나."

사카구치는 몸을 일으켜 허리를 툭툭 두드렸다.

"아뇨. 괜찮아요."

다나카는 호구 가방 지퍼를 채우더니 "그럼 수고하세요" 하고 활기차게 인사하고 떠났다.

다니자키가 한숨을 휴 내쉬자 사카구치는 그녀의 어깨를 툭 두드렸다.

"이제 직성이 좀 풀리나?"

"네."

"아이 시신을 넣어 운반하는 거라면 당장 여행용 가방, 골판지 상자 등이 떠오르는데 검도 호구 가방에 주목한 건 아주 좋다고 봐. 스포츠용품점을 뒤져보는 것도 좋겠군."

"네. 아무리 직원이라고 해도 저 고등학생을 범인으로 보는 건 조금 무리겠지만요."

"흐음. 아예 제로라고는 할 수 없겠지만 가능성은 낮다고 해야 겠지. 남자아이 항문에 성폭행을 가하고 성기를 도려낼 미치광이로는 보이지 않아."

"생김새도 단정한 편이고요."

멀어져 가는 다나카의 뒷모습을 보며 다니자키가 다시 한숨을 쉬었다.

"그래."

"학교에서도 인기가 많겠죠. 저도 비슷한 나이였으면 동경했을 만한 타입이에요."

농담인 줄 알았지만 진지한 눈빛의 다니자키를 보고 사카구치는 웃음을 터뜨렸다.

"자, 그럼 서두르지."

"네."

자리를 벗어나려고 할 때 멀리서 웬 아이가 다나카에게 달려가는 모습이 보였다.

"마코토 선생님!"

그런 목소리도 들렸다. 다나카는 멈춰 서서 빙긋 웃으며 아이와 대화를 나눴다.

"선생님……?"

아이가 입고 있는 티셔츠 뒤에 '어린이 검도 교실'이라고 적혀 있다.

"어린아이들이 다니는 검도 교실 선생님인가……. 혹시 유키오도 저기서 뭘 배운 게 아닐까요?"

"보고서에 그런 내용은 없었지만…… 견학 정도는 했을 수도 있겠군."

"그리고 거기서 범인과의 접점이 생겼을지도……."

다니자키는 곰곰이 생각하는 얼굴로 다나카의 뒷모습을 바라봤다.

12

마코토는 호구 가방을 끌고 아이이데 제1고등학교로 이어지는 길을 걸었다.

말을 걸어온 두 형사가 호구 가방에 흥미를 보여서 조금 동요하기는 했다. 하지만 자연스럽게 행동했다고 생각한다.

괜찮아.

증거라고는 없는걸.

지금 마코토는 경찰의 존재보다 누가 유키오의 시신을 범했는지가 더 신경 쓰였다. 그는 우연히 유키오의 시신을 발견한 걸까. 아니면 내가 시신을 유기하는 모습을 목격하고 사라지기를 기다렸다가 시간을 범한 걸까.

처음에는 그 인물의 존재를 위협적으로 생각했다. 아무리 시신 처리를 완벽하게 했다고 해도 목격자가 있다면 경찰에 신고하거나 협박해올지 모른다. 좋을 일이라곤 없다.

그러나 며칠이 지나도 이렇다 할 일은 일어나지 않았다. 마코토는 문득 떠올렸다. 생각해보면 그쪽 역시 정신이상자다. 남자아이의 시신이라는 지극히 손에 넣기 어려운 사냥감을 제공받았고, 제공자인 마코토가 어떤 수법으로 아이를 살해하고 시신을 유기했는지에 관해서는 관심이 없지 않을까. 욕망을 채웠으니 그만이라고 생각하지 않을까.

그게 분명하다. 그러지 않으면 이미 오래전에 나에게 수사의 손길이 뻗쳤을 것이다.

고로 녀석은 적이 아니다. 그렇다고 아군도 아니지만 어쨌든 나에게 불리한 행동은 하지 않을 것이다. 자칫 잘못 증언하면 그 녀석 또한 시신을 범했다는 사실을 추궁받고 만다.

그러니 괜찮아.

마코토는 그렇게 안도하며 불안감을 떨쳤다.

그래도 커다란 의문은 남았다.

그는 대체 누구일까.

그리고 어떻게 시신을 발견했을까.

일단 학교 부실에 호구 가방과 호구를 두고 곧장 집으로 돌아갔다. 방문을 열자 산본기 사토시가 게임 화면에 시선을 고정한 채 "왔다!" 하고 반가워했다.

오늘 아침 선즈 마트에 아르바이트를 가기 전 마코토는 빈 호구 가방을 들고 사토시를 찾았다. 마코토의 가슴속에서 용솟음치는 충동은 이미 억누르기 힘들 만큼 거대하게 부풀어 올라 있었다. 안달복달하다가 실패하고 싶지는 않았다. 그러나 조금이라도 기회가 생기면 즉시 실행에 옮기자고 생각했다.

관찰을 이어가면서 아이의 대략적인 행동 유형은 파악해두었다. 집, 근처 공원, 유치원, 공터, 뒷골목. 아이가 자주 가는 곳을 돌아다닌 끝에 아무도 없는 뒷골목에서 새끼고양이의 목에 줄을 감고 괴롭히는 사토시를 발견했다.

"야, 하지 마."

마코토가 고양이 목에 감긴 줄을 풀어주자 사토시가 눈을 흘겼다.

"뭐야, 왜 그래."

"너 정말 못된 애구나. 전에도 여자애를 괴롭혔지?"

"……"

토라진 얼굴로 사토시가 고개를 숙였다.

"오늘은 혼자야?"

"응."

"여동생은?"

"엄마가 데려갔어. 데이트한다고."

"데이트?"

"남자친구랑 데이트." 사토시는 어른티를 내며 말했다. "난 안 갔어. 그 사람이 싫어서."

"흐음."

마코토는 주위를 둘러봤다. 이 골목은 목재 저장소 뒤편이라 평소에도 인적이 거의 없다. 기회다.

"그럼 우리 집에 가서 게임이라도 할래?"

그렇게 운을 떼자 사토시는 눈을 반짝 빛냈다.

유키오 때 경험으로 어린아이들은 바퀴 달린 호구 가방에 들어가는 것을 재미있어한다는 것을 깨달았다. 사토시는 예상대로 "와, 신난다" 하고 기쁜 듯 가방 안에서 몸을 웅크렸다.

그렇게 사토시를 집까지 데리고 왔다. 가족들은 오늘 저녁까지 외출이다. 마코토도 곧 나가봐야 했다. 우선 사토시를 방에 들이고 부엌에서 과자를 잔뜩 가져갔다.

"먹어도 돼. 게임도 맘껏 하고."

"정말?"

"대신 얌전하게 있어야 해. 난 아르바이트 다녀올게."

"얼마나 걸리는데?"

"세 시간 정도. 이 안에 꼼짝 말고 있어야 해."

"응!"

사토시는 이미 게임에 열중하며 컨트롤러를 조작하고 있었다. 별문제 없을 테지만 만약을 대비해 영상 통화 애플리케이션으로 노트북과 스마트폰을 연결했다. 그러자 스마트폰 화면에 방 내부가 비쳤다. 이러면 게임에 몰두하는 사토시의 모습을 언제든 확인할 수 있다.

마코토는 집을 나섰다. 현관문은 손잡이를 중간에 두고 위아래에 자물쇠가 하나씩 달려 있다. 아래쪽 자물쇠는 아이 손에도 닿을 높이지만 위쪽은 어려울 것이다. 될 수 있으면 방에서 한 발짝도 나가지 않기를 바라지만 만약 나간다고 해도 현관문을 열고 나갈 수 없을 것이다. 마코토는 안심하면서도 자물쇠를 두 쪽 다 걸고 호구를 넣은 낡은 가방을 들고 선즈 마트로 향했다.

"배고파. 과자 더 없어?"

사토시가 들고 있던 컨트롤러를 내려놓고 그제야 마코토를 올려다봤다.

"가져올게. 그전에 화장실부터 다녀와."

"응? 화장실?"

"그래."

"나 안 마려운데."

"음료수 마시고 싶지? 많이 갖다 줄게."

"정말?"

"응. 혼자 갈 수 있지?"

"응!"

화장실이 있는 곳을 알려주자 사토시는 득달같이 달려가 용변을 보고 돌아왔다.

"응? 음료수는?"

"지금 가져올게."

그렇게 말하고 마코토는 사토시의 등 뒤로 돌아가 무릎을 꿇었다. 그리고 왼쪽 팔을 사토시의 목에 감고 힘을 집어넣었다.

날뛰었다.

사토시의 팔꿈치가 마코토의 명치를 강타했다. 마코토는 복부에 힘을 주어 견뎠다. 유키오 때도 그랬지만 어린아이의 몸에도 숨은 힘은 어마어마하다. 역시 죽어서 다행이라고 생각하며 마코토는 팔에 더욱 힘을 넣었다.

손으로 조르면 목에 남은 자국으로 손가락 굵기와 길이를 측정해 키를 추측할 수 있다. 그래서 유키오 때도 팔을 썼다.

"왜……."

사토시의 입에서 힘없는 소리가 새어 나왔다.

"왜냐고?"

마코토는 팔에 힘을 더 세게 넣었다.

"네가 무서우니까."

사토시의 몸이 잠시 부들거리는가 싶더니 급속도로 무거워졌다. 마코토는 숨을 한 번 내쉬고 몸을 뗐다. 순간 불쾌한 냄새가 코를 덮쳤다. 미리 화장실에 보낸 덕에 실금은 하지 않았지만 변이 조금 샜다. 황급히 사토시의 양다리를 들어 바닥에 묻지 않았는지 확인했다. 다행히 옷 말고 더러워진 곳은 없었다.

마코토는 주변이 더러워지지 않도록 주의하며 익숙한 솜씨로 아이의 바지를 벗기고 속옷을 화장실에 들고 가 변을 물에 흘려 보냈다. 더러워진 속옷은 비닐봉지에 넣는다. 미동도 하지 않는 사토시의 몸을 바닥을 향해 드러눕히고 물티슈로 엉덩이를 닦았다. 다 닦은 물티슈를 변기에 넣으려다가 문득 손을 멈췄다. 물티슈는 물에 녹지 않으니 만에 하나 증거가 될 가능성이 없다고 할 수 없다. 마코토는 비닐봉지에 물티슈도 넣었다.

시신에 유연함이 남아 있는 동안 티셔츠 등도 모두 벗긴다. 에어컨 난방 버튼을 누르고 최고 온도인 30도로 맞췄다. 조금이라도 시신이 부드러워야 다루기 쉽다는 것을 유키오 때 깨달았다.

마코토는 사토시의 옷을 모두 벗긴 다음 검은 윈드브레이커 상·하의로 갈아입고 수영 모자를 눌러썼다. 그리고 손에 딱 맞는 라텍스 장갑을 끼고 수영용 고글과 마스크를 썼다. 지문은 물론 옷의 섬유 한 올, 머리카락과 눈썹, 타액 등이 시신에 묻지 않도록 세심한 주의를 기울였다.

욕실로 사토시의 몸을 옮긴 다음 비닐 시트를 깐 바닥에 눕혔다. 마코토는 시신의 성기 끝을 잡고 면도칼의 날 부분을 움직였다. 마음만 먹으면 학교 실험실과 실험 도구 판매점 등에서 해부용 메스를 구할 수 있고, 더 예리한 칼도 시중에 있다. 그러나 그런 곳에 가면 덜미가 잡힐 수도 있으니 특수한 것을 쓰지 않기로 했다.

피하 조직의 탄력에 애를 먹으면서도 어떻게든 잘라내자 장갑이 새빨갛게 물들었다. 잘라낸 성기는 지퍼백에 넣었다. 안이 잘 보이는 투명도가 높은 것이었다.

샤워기 온수로 피를 씻어내고 사토시의 온몸을 닦았다. 방에 있던 먼지, 머리카락, 타액 등 뭐가 묻어 있을지 모른다. 비누를 써서 머리카락, 겨드랑이, 넓적다리, 항문, 발밑을 꼼꼼하게 물로 씻어냈다.

이 정도면 되려나.

마코토는 물을 잠갔다. 배수구에는 머리카락이 들어가지 않도록 일회용 종이 시트를 붙여뒀다. 배수구와 하수관에서 증거가 나올 수도 있다. 그러니 체액 외에는 되도록 흘려보내지 않았다.

배수구에서 물이 다 빠지자 순식간에 욕실 안이 고요해졌다. 마코토는 마스크를 쓴 채 숨을 헐떡였다. 자기도 모르게 숨을 멈추고 작업에 집중하고 있었다.

뜨거운 물과 완전 무장 탓에 몸이 꽤나 달아올랐다. 그러나 욕실 환기창을 열어둔 덕에 땀은 거의 나지 않았다. 숨이 턱턱 막히는 피 냄새도 밖에 새어 나갔겠지만 마코토의 집은 코너에 있어서 환기창 너머는 발코니다.

몸을 일으켜 세면대 아래 서랍에서 동물용 배변 시트를 몇 장 꺼내 시신을 닦았다. 전에 개를 키웠을 때 쓰다 남은 것인데 다시 키울 때를 대비해 버리지 않고 보관해뒀다. 흡수성이 좋고 섬유가 붙을 염려도 적다.

세척을 마친 시신을 세면실로 이동해 바닥에 깔아둔 배변 시트 위에 눕혔다. 마코토는 폴라로이드 카메라를 손에 들고 셔터를 눌렀다. 얼마 후 필름에 희미하게 상이 나타났다. 이제는 이 세상에 사토시가 없다는 것을 확인하기 위한 증거이며 나 자신을 위한 증거이기도 하다.

방으로 다시 돌아가 호구 가방 안에 150리터 특대 쓰레기봉투를 겹쳐 넣었다.

자, 이걸로 충분해. 마지막으로 시신만 이곳에 넣으면…….

마코토가 다시 세면실로 향한 바로 그때였다.

철컥거리며 자물쇠가 돌아가고 현관문이 열리는 소리가 들렸다.

"아, 추워라! 가을도 벌써 끝났네."

어머니 목소리였다.

여기서 어머니가 집에 돌아오는 건 예상 밖 일이다. 유키오 때는 다른 사람 눈을 피해 심야에 시신을 유기했지만 사건 이후 순찰이 강화돼서 일부러 주간 시간대를 골랐다. 또 시간이 지나면 사토시의 모친도 아들이 실종됐음을 깨닫게 될 것이다. 도시가 경계 태세에 들어가면 더는 시신을 유기할 수 없다. 따라서 짬이 있는 아침 시간에 납치해두고 해가 걸려 있는 동안 모든 일을 끝마치자는 게 이번 계획이었다.

"응? 마코토 안에 있니?"

어머니의 목소리가 가까이서 들렸다. 마코토는 U자 자물쇠를 채워두지 않은 것을 후회하며 곧장 세면실 앞에 가서 배변 시트

째로 시신을 질질 끌어 욕실로 이동시켰다.

"아, 역시 있었구나. 엄마 왔어."

어머니가 세면실 앞에 오는 것과 거의 동시에 욕실 문이 닫혔다. 아슬아슬하게 모자와 고글도 벗었다.

"오늘 아르바이트 없었니?"

어머니가 세면대에서 손을 씻기 시작했다. 바로 조금 전까지 아이 시신이 눕혀 있던 곳이다.

"오늘은 오전 근무야. 엄마야말로 왜 이리 일찍 왔어?"

마코토는 최대한 태연함을 가장했다.

"회의가 일찍 끝났거든. 초콜릿 세일해서 사왔는데 먹을래?"

"아니, 됐어."

어머니가 혹여 욕실 문을 열지는 않을지 오로지 그것만 신경 쓰였다. 어머니는 세면대 수도꼭지를 잠그고 마코토 앞에 서서 손을 닦았다.

"응? 안색이 왜 그래? 감기?"

"피곤해서 좀 잤어."

"열은?"

어머니가 손을 마코토의 이마에 대더니 안심한 표정을 지었다.

"열은 없네. 응? 난방 켰니?"

마코토의 방에서 최대 풍력으로 설정된 에어컨 난방 소리를 어머니가 눈치챘다.

"이런. 추위?"

"괜찮아."

어머니는 마코토의 얼굴과 방을 번갈아 봤다.

"정말 괜찮은 것 맞아?"

"응. 목욕해서 땀 좀 빼면 돼."

"엄마가 물 받아 놓을게."

"아냐, 됐어!"

욕실로 향하려는 어머니를 마코토는 필사적으로 불러 세웠다.

"내가 알아서 할게."

어머니는 흠칫 놀란 얼굴로 마코토를 쳐다봤지만 이내 "어휴, 사춘기가 벼슬이라니까" 하고 쓴웃음 지으며 거실 쪽으로 갔다.

TV 소리가 들리기 시작하자 마코토는 호구 가방을 들고 욕실로 들어갔다. 시신을 이리저리 접어 넣고 지퍼를 채울 때는 저도 모르게 안도의 한숨이 새어 나왔다. 바닥에 고인 피를 씻어 보내고 세제로 닦은 후 스펀지로 수분을 흡수하고서 표백제를 구석구석 뿌렸다.

"잠깐 나갔다가 올게."

현관 앞에 호구 가방을 놓고 마코토는 거실을 향해 외쳤다.

"응? 무슨 일이니? 괜찮아?"

TV 소리에 섞여 어머니 목소리가 들렸다.

"응. 금방 돌아올게."

"그래. 다녀오렴."

등 뒤로 어머니의 목소리를 들으며 마코토는 아파트 복도로 나갔다.

똑같은 사람이 들어가 있는데도 호구 가방은 몇 시간 전 집에 옮길 때보다 훨씬 무거웠다.

살아 있을 때나 죽었을 때나 몸무게는 변하지 않을 텐데 왜 그럴까. 영혼의 무게라는 21그램이 가벼워진다는 설이 있을 정도인데 목숨이 끊어진 뒤의 몸은 왜 이리도 무거운 걸까.

엘리베이터에 올라타 1층에 도착하자 곧장 쓰레기장으로 향했다. 열쇠를 써서 투입구를 열고 옷, 속옷, 신발, 물티슈, 배변 시트 등을 담은 비닐봉지를 던져 넣는다. 투입구 너머로 덜컹거리는 요란한 금속음을 울리며 모터가 돌기 시작했다.

—이 쓰레기장은 쓰레기를 넣는 순간 분쇄 처리됩니다.

아파트에 이사 올 때 설명회에서 관리인이 한 말을 떠올렸다.

—그러니 깜빡하고 귀중품 등을 넣으시면 큰일 납니다. 넣자마자 전부 산산조각 날 테니까요.

투입구를 닫고 얼마 지나자 모터 소리가 멈췄다. 눈 깜짝할 사이 벌어진 증거 인멸. 다음 주 초 업자가 와서 쓰레기를 회수해가기만 하면 완벽하다.

아파트 밖으로 나갔다. 한가로운 변두리 도시의 풍경. 오가는 이들은 설마 마코토가 남자아이 시신을 넣은 가방을 끌며 걷고 있다고는 꿈에도 생각하지 못할 것이다. 조금 전 형사들을 만났을 때 가방을 보여줬던 게 행운이었다.

이번에 시신을 유기하는 곳은 폐쇄된 병원 부지다. 해체가 시작
돼 건물 절반 정도가 파괴돼 있다. 이웃 주민을 위해 주말에는 공
사를 쉰다. 게다가 오르막길을 조금 걸어 올라가야 나오는 막다
른 곳에 있다. 아이들이 호기심에 가끔 오는 것 말고는 평소 인적
이 없는 곳이다. 주의만 기울이면 누구에게도 들킬 염려가 없다.

마코토는 오르막길을 오르기 전과 다 오르고서 신중하게 주
위를 살폈다. 아무도 없음을 확인하고 잽싸게 모자를 쓰고 고글
과 마스크, 장갑을 낀 다음 방진 커버를 걸고 안에 들어갔다. 유
리 조각과 콘크리트를 주의하며 앞으로 나아가 평평한 곳에 호
구 가방을 뒀다. 그리고 사토시를 봉투에서 꺼내 땅 위에 눕혔다.
마지막으로 다시 한번 표백제로 시신의 온몸을 닦았다.

눈물겨울 정도로 마음이 평온했다. 이대로 줄곧 시신만 바라보
고 싶었다.

하지만 오래 있는 건 역시 위험하다. 마코토는 인적이 없는 것
을 확인하고 병원 부지 밖으로 나가 모자 등을 잽싸게 벗었다.
경사로를 내려가 골목을 지나 대로로 나가자 주위에 사람들이
보였다.

다행이야. 이걸로 끝이야.

그러나 이내 다시 불안감에 휩싸였다. 이 평온한 마음이 이번에
는 얼마나 이어질 수 있을까.

마코토는 학교로 가서 미리 갖다 둔 도복과 호구를 입고 검도

장으로 향했다. 부원들이 대부분 모여 있다. 준비 운동을 하고 죽도 연습을 시작했다. 그러나 훈련 시작 시각이 돼도 와타누키가 나타나지 않았다. 대회 전 훈련에 지각하는 건 그답지 않은 행동이다.

"와타누키가 오늘 쉬는 날이었나?"

가까이 있는 다카시로라는 이름의 1학년 여학생에게 물었다.

"아뇨. 그런 말 못 들었는데요. 잠시만요."

다카시로는 소지품을 둔 선반으로 달려가 휴대폰을 집었다.

"문자로 쉰다고 들어와 있네요. 마코토 선배님께 맡긴대요."

"아, 정말?"

마코토도 서둘러 자신의 스마트폰을 확인했다. 오늘 훈련 순서까지 적힌 문자가 도착해 있다. 도약 휘두르기, 기본 타격, 자유 대련.

"어쩔 수 없네. 그럼 슬슬 시작해볼까."

"네. ……응? 선배, 볼이 왜 그래요?"

"어?"

다카시로가 화장 거울을 꺼내 마코토 앞에 내밀었다. 왼쪽 볼에 희미한 붉은 선이 한 줄 그어져 있다.

등줄기에 한기가 스쳤다.

언제? 대체 언제 이런 상처가 생겼지? 아르바이트를 마치고 사물함 거울을 봤을 때는 아무것도 없었다. 그렇다면 사토시 뒤에서 목을 조를 때 생긴 상처라는 뜻이다.

시신을 꼼꼼히 씻고 닦았다. 하지만 손톱 사이사이도 잘 처리했을까.

다시 한번 폐병원에 들를 시간이 생길까? 경찰은 이미 사토시의 실종을 파악했을까?

이리저리 머리를 굴리는 마코토의 귀에 경찰차 사이렌 소리가 들리는 듯했다.

13

호나미는 아파트 입구로 나가 남자가 걸어간 쪽으로 향했다. 멀찌감치 있는 가로등 아래를 흰색 점퍼를 입은 인물이 지나는 게 보였다. 호나미는 가로등 불빛을 피하며 걸음 속도를 높여 남자를 뒤쫓았다.

적정 거리를 유지하며 발소리를 죽이고 따라간다. 주택가에는 정적이 감돌고 있고 불이 켜진 집은 한 곳도 없다. 인적 없는 심야 시간. 남자가 돌아보는 순간 들킬지도 모른다.

남자의 손에는 검고 큰 가방이 들려 있었다.

남자는 그대로 주택가를 벗어나 널찍한 텃밭으로 들어갔다. 손전등을 켜고 발밑을 비추며 나아가고 있다. 호나미는 조금 떨어진 전봇대 그늘에 몸을 숨긴 채 쌍안경을 들여다봤다.

텃밭에는 구역이 몇 개 나뉘어 있다. 남자는 손전등으로 번호가 적힌 입간판을 확인했다. 그러더니 '4' 구역에서 멈춰 서서 손전등을 발밑에 두고 허리를 숙였다. 가방 안에서 뭔가를 꺼내더니 바스락거리며 손을 움직이고 있다. 얼마 후 일어서서 이번에는 두둑 정중앙에 놓인 붉은 상자에서 길쭉한 무언가를 꺼냈다. 그는 그 곡괭이 같은 물건을 땅에 쑤셔 넣고 다시 퍼냈다.

남자는 두둑 하나 정도를 파고는 도구를 정리하고 밭 가운데를 터벅터벅 지나 도로 쪽으로 나왔다. 호나미는 황급히 몸을 숨겼다.

남자가 손전등을 끄자 순식간에 주변이 캄캄해졌다. 그대로 도로를 건너 완만한 경사로를 내려간다. 호나미도 뒤를 쫓았다. 20분 남짓 걷자 나타난 빌라 부근에서 남자가 멈춰 섰다. 2층 높이 빌라는 바깥쪽에 철제 계단이 달린 구식 구조다. 남자는 공용 우편함을 열어 우편물을 꺼냈다.

이걸로 주소는 알아냈다.

호나미는 흥분한 나머지 숨이 가빠졌다.

남자는 우편물을 나눠 그중 몇 통을 우편함 밑에 놓인 쓰레기통에 넣었다. 그리고 계단 아래를 지나 1층 끝 집 문을 열쇠로 열고 들어갔다. 문 옆에 달린 작은 창문으로 불을 켠 것을 알 수 있었다.

호나미는 재빨리 우편함에 다가가 아래에 있는 쓰레기통을 들여다봤다. 가장 위에 버려진 광고 우편물 봉투를 집어 들었다.

도쿄 도 아이이데 시 아라이초 1-1번지 코포 아이이데 103 다테시나 히

데키 님

"다테시나…… 히데키."

호나미는 나직하게 중얼거렸다.

불필요한 전단을 버리기 위해 둔 쓰레기통에는 쓰레기가 산더미처럼 쌓여 있었다. 아마 며칠 동안 비우지 않았을 것이다. 호나미는 쓰레기통을 들고 빌라에서 조금 떨어진 골목에 들어가 바닥에 내용물을 쏟았다. 그리고 다테시나 히데키 앞으로 온 편지봉투와 엽서를 하나하나 확인했다.

신사복 양판점, 이용원, 생명보험 권유 등 평범한 광고 우편물뿐이다. 참고가 될 만한 건 없었다.

호나미는 쓰레기통에 전단과 우편물 봉투를 다시 넣고 우편함 밑에 돌려놨다. 다테시나 히데키의 집에는 불이 아직 켜져 있었다.

집에 가는 도중에 다시 한번 텃밭에 들러봤다.

스마트폰 카메라에 달린 플래시 기능을 손전등 대신 써서 4번 구역을 찾았다.

여기다.

'4'라고 적힌 흰색 입간판. 붉은 상자. 두둑이 총 네 열 있고 이곳저곳 녹색 줄기가 뻗어 있다. 남자가 허리를 숙인 쪽 부근에 플래시 불빛을 갖다 대자 작은 모종이 심긴 게 보였다.

정말로 그냥 농작업을 했을 뿐일까?

하지만…….

텃밭 상태를 보면 도저히 품과 시간을 들여 가꾼 것으로는 보이지 않는다. 버팀대 같은 것도 없이 제멋대로 뻗은 줄기, 넝쿨에 명색뿐인 열매가 달려 있다. 바로 조금 전 파낸 것치고는 두둑 흙이 꽤 단단하고 군데군데 금이 가 있다. 궁금한 마음에 양옆 구역도 둘러봤지만 4구역과는 전혀 다르게 푸른 넝쿨에 열매가 맺혀 있고 흙은 잘 다져져 있는 데다 화학 비료로 보이는 흰색 가루 같은 것도 뿌려져 있다.

오로지 다테시나의 구역만 풍작을 기대할 만한 상태가 아니다.

그렇다면 왜 이런 농원을 빌린 걸까.

게다가 굳이 한밤중에 작업할 필요가 있을까.

거기까지 떠올리고 호나미는 몸을 부르르 떨었다.

다테시나가 사는 빌라는 이곳에서 걸어서 약 20분. 호나미의 집은 이곳에서 반대 방향으로 약 15분. 다시 말해 남자는 텃밭을 지나쳐 호나미의 아파트 근처를 어슬렁대다가 다시 이곳으로 돌아왔다는 말이 된다.

텃밭은 그저 위장 아닐까.

이런 고요한 곳을 밤중에 걸으면 자연히 눈에 띈다. 그러니 일부러 텃밭을 빌려 변명할 수 있도록 한 것이다. 따라서 경찰도 속아버린 게 아닐까.

문득 붉은 상자에 시선이 향했다. 열어보니 삽, 괭이, 쇠갈퀴 등의 농기구와 액체, 분말 농약이 들어 있다.

텃밭 상태와 어울리지 않는 충실한 도구들. 역시 부자연스럽다. 게다가 모든 것이 흉기가 될 수 있다. 그때 경찰은 상자 안도 확인했을 터이다. 그런데도 그를 경찰서에 데려가지 않은 건 대체 왜일까.

경찰을 향한 분노와 답답함을 느끼며 호나미는 도구 상자를 뒤졌다. 혹시나 더 수상한 물건이 들어 있지는 않을까. 혈흔이나 사람 머리카락 등이 붙어 있을 법한…….

그렇게 기대하며 뒤졌지만 모래와 진흙 묻은 도구 외에는 아무것도 없었다.

결정적인 단서가 필요해.

호나미는 흙투성이가 된 손을 닦으며 집에 돌아가면서 생각했다.

경찰이 움직일 수밖에 없는 증거가 필요해.

이튿날 토요일은 어린이집이 열리는 시간에 맞춰 가오루를 맡기고 곧장 다테시나의 집에 가보기로 했다. 장시간 감시해야 할 경우에 대비해 연장 보육을 부탁하고 집에는 '통역 아르바이트가 들어 왔어. 늦어질 것 같아. 저녁밥은 냉장고 안에 있어'라고 쓴 메모를 식탁 위에 뒀다.

어두운 그늘에 서서 가만히 빌라를 살폈다. 문 옆 창문은 닫혀 있지만 간유리 너머로 이따금 사람 그림자가 비쳤다.

호나미는 30분 남짓 관찰하고 천천히 걸어 모퉁이를 돌고 또 다음 모퉁이를 돌아 빌라를 한 바퀴 돌았다. 같은 곳에 머물러 있으면 의심을 살 것 같았다.

30분마다 한 바퀴 도는 것을 반복한다. 시끄러운 TV 소리가 들렸다. 다테시나의 집에서 들리는 것인지는 알 수 없다. 오늘은 밖에 나가지 않는 걸까. 순식간에 정오가 지나 2시 가까이 되어 슬슬 지칠 무렵 드디어 현관문이 열리고 다테시나가 나왔다.

호나미는 다테시나가 문을 잠그는 모습을 지그시 관찰했다. 손 언저리에서 흔들리는 형광 분홍색 열쇠고리가 멀리서도 보였다.

다테시나가 발걸음을 떼어도 몇십 초 꾹 참고 기다렸다가 시야에서 사라지지 않을 속도로 뒤따랐다. 다테시나는 그대로 역과 국도로 향하는 거리로 나갔다. 주변에 조금씩 인파가 늘어나서 미행이 수월해졌다.

다테시나는 패스트푸드점에 들어갔다. 호나미도 망설임 없이 점포 안에 발을 들였다. 항상 붐비는 곳이다. 근처에 다른 패스트푸드점이 없어서인지 젊은이들이 머무는 아지트가 됐다. 특히 오늘 같은 토요일 오후는 중고생들이 자리를 가득 채운다.

다테시나는 계산대 앞에 늘어선 행렬과 좌석을 번갈아 보더니 먼저 자리를 확보하러 갔다. 좀처럼 자리가 나지 않아 초조한 모양새로 주변을 둘러본다. 잠시 후 발견한 곳은 쓰레기통 옆에 있는 작은 2인석 테이블이었다. 다테시나는 즉시 주머니 속 담배와 라이터를 꺼내 테이블 위에 두고 주문하러 계산대로 향했다.

주변 자리는 모두 차 있었다. 호나미는 되도록 가까운 곳에 앉아 관찰하고 싶었지만 포기할 수밖에 없었다.

밖에서 기다릴까. 그러나 이곳은 출입구가 앞뒤로 두 군데 있다. 주문을 고민하는 척하며 점내에 머물러 있을까.

이것저것 궁리하고 있을 때였다.

담뱃갑과 라이터 아래로 형광색의 뭔가가 있음을 깨달았다.

설마 저건…… 열쇠?

호나미는 침을 꿀꺽 삼켰다. 계산대를 돌아보니 다테시나는 스마트폰을 만지작거리며 줄을 서 있다. 호나미는 다시 한번 다테시나의 자리로 시선을 향했다. 쓰레기통 옆이라 계산대에서는 보이지 않는다. 호나미는 결심했다.

호나미는 코트 주머니에서 꺼낸 장갑을 끼고 일행인 척하며 자연스럽게 그 자리에 앉았다. 옆에 앉은 젊은 남녀는 서로에게 집중하느라 옆자리 중년 여성은 거들떠보지도 않았다. 호나미는 담뱃갑을 들어 안을 보는 척했다. 그 아래에 형광 분홍색 열쇠고리가 달린 열쇠가 있다.

역시.

호나미는 냉큼 열쇠를 집어 주머니에 넣었다. 그리고 담뱃갑을 제자리에 놓고 자리를 떴다. 몇 걸음 걷고 고개를 살짝 뒤로 돌렸다. 옆에 있던 커플은 그대로 서로 얼굴을 맞대고 있다. 다테시나는 아직 계산대 앞에 서 있다. 누구에게도 들키지 않은 것을 확신하고 호나미는 뒤쪽 출입구를 통해 밖에 나갔다.

가슴이 두근거렸다. 그러나 머릿속은 차갑게 식었다. 자신이 앞으로 해야 할 일이 또렷이 보였다.

호나미는 역으로 발걸음을 서둘렀다. 역 앞에는 다양한 점포가 있다. 호나미가 발길을 향한 곳은 '퀵 리페어'라는 간판의 신발 수

선 가게였다.

"복제 열쇠를 만들고 싶어요."

호나미는 눈에 띄는 형광 분홍색 열쇠고리를 떼어내고 열쇠를 내밀었다. 무뚝뚝한 남자 주인은 군말 없이 작업에 들어갔다. 초조하게 열쇠가 만들어지기를 기다렸다. 지금 당장에라도 다테시나가 쫓아올 것 같아 겁이 났다.

"500엔입니다."

남자 주인이 원본 열쇠와 복제 열쇠 두 개를 카운터에 놓고 말했다. 호나미는 빠른 속도에 감탄하며 재빨리 요금을 지불하고 가게를 나갔다.

두 개의 열쇠를 꼭 쥐고 걸었다. 막 만들어진 복제 열쇠는 아직 미열이 남아 있어 따뜻했다. 그 온도에 용기를 얻으며 호나미는 패스트푸드점으로 돌아갔다. 다테시나는 자리에 앉아 햄버거를 먹고 있었다. 열쇠가 사라진 건 눈치채지 못한 듯했다.

호나미는 계산대 점원에게 열쇠고리를 단 원래 열쇠를 내밀며 말을 걸었다.

"저, 이게 바닥에 떨어져 있던데요."

여성 점원은 "어머, 감사합니다" 하고 열쇠를 받아들고는 남자 점장을 불렀다. 점장은 즉시 목소리를 높이며 점내를 돌기 시작했다.

"혹시 열쇠를 떨어뜨린 분 계십니까?"

손님들이 손을 멈추고 가방과 옷 주머니를 뒤지기 시작했다.

다테시나도 그중 하나였다. 점퍼 주머니와 청바지 뒷주머니를 뒤지다가 "아, 접니다" 하고 손을 들었다.

"손님, 확인을 위해 열쇠고리의 특징을 말씀해주시겠습니까?"

"진분홍색, 돌기 같은 게 달렸어요."

다테시나가 쌀쌀맞게 대답했다. 몹시 언짢아하는 목소리였다.

"예. 여깄습니다."

점장은 웃는 얼굴로 열쇠를 건네고 계산대로 돌아갔다.

호나미는 한숨을 내쉬었다. 저 남자는 누가 자신의 열쇠를 가져가 복제 열쇠를 만들었으리라고는 생각지도 못할 것이다.

허를 찔러줬다는 생각에 호나미는 내심 기분이 들떴다.

지금 당장에라도 빌라를 뒤져보고 싶다. 그러나 저 남자가 이곳에서 식사를 마친 후 곧장 집에 돌아갈 수도 있다. 맞닥뜨리거나 하면 큰일이다.

식사를 마친 다테시나는 하품을 한 번 하고 스마트폰을 만지작거렸지만 이내 천천히 몸을 일으켜 쓰레기를 버리고 가게를 나갔다.

다테시나는 잠시 걸어 주유소로 들어갔다. 직원에게 "수고하십니다"라고 말을 걸고 가게 안쪽으로 사라졌다.

이곳에서 일하는 걸까.

얼마 지나자 노란 유니폼으로 갈아입은 다테시나가 나왔다. 주유소에 들어온 차를 유도하기 시작한다.

그렇다면.

호나미는 혀로 마른 입술을 핥았다.

앞으로 몇 시간은 집이 비게 된다.

호나미는 주유소를 벗어나 곧장 다테시나가 사는 빌라로 향했다.

다테시나의 집에 들어갔다.

커튼이 쳐진 어두침침한 집은 술 냄새로 충만해 있었다. 신발 여러 켤레가 번잡하게 놓인 신발장 앞에 서서 안을 둘러봤다. 다다미 6장 넓이의 좁은 원룸은 난잡하기 그지없다. 신발장 바로 옆에는 구색만 겨우 갖춘 부엌이 있고 싱크대 위에 빈 컵라면 용기가 쌓여 있다.

용기 내어 안에 발을 들였다. 이곳저곳 버려진 휴지와 빈 과자 봉지, 잡지, 벗어 던진 옷 등을 발로 치우고 방 가운데에 섰다. 밥상 위에 놓인 재떨이에는 꽁초가 산을 이루고 있고, 그 옆에는 소주가 절반 정도 든 소주병과 며칠 동안 씻지 않아 얼룩진 유리컵이 놓여 있다.

바닥의 이불은 하루 종일 깔려 있을 것이다. 누런 베갯잇에서는 쿰쿰한 냄새가 풍겼다. 이불 주위에는 성인 잡지 여러 권이 아무렇게나 놓여 있다. 펼쳐진 잡지 페이지에는 차마 민망해서 볼 수 없는 짐승 같은 성행위 사진이 큼지막하게 실려 있었다.

추잡해.

기분 나쁜 집. 한시라도 빨리 벗어나고 싶지만 그럴 수는 없다.

다테시나에 대해 더 알고 싶었다.

호나미는 장갑 낀 손으로 옷장을 열었다. 잔뜩 구겨진 채 접혀 있는 옷과 속옷, 잡지와 만화책, 오래된 게임기 등이 어지러이 쌓여 있다.

호나미는 뒤진 다음에도 원상태로 되돌릴 수 있도록 스마트폰으로 방과 옷장 속 사진을 몇 장 찍었다. 그리고 소매를 걷어붙이고 옷장을 뒤지기 시작했다. 위에 쌓인 옷을 치우자 접힌 담요와 이불이 나왔다. 그 아래로는 골판지 상자가 겹겹이 쌓여 있었다.

첫 번째 상자를 뒤지자 안에는 롤러블레이드와 낡은 휴대폰, 디지털카메라 등 잡동사니가 가득 차 있다. 회원증 등 카드 종류가 우수수 떨어졌다. 그중 하나를 집어 드니 오래된 학생증이었다. 교복을 입은 어린 다테시나의 사진이 붙어 있고 생년월일이 적혀 있다. 고작 열아홉 살. 이 무절제한 곳은 도무지 그 나이 대 청년의 방으로는 보이지 않는다.

호나미는 연이어 상자 안을 뒤졌다. 그러나 결국 옷장에서 이렇다 할 것은 나오지 않았다. 호나미는 재차 방 안을 둘러봤다. 옷장 말고는 수납할 공간이 없다. 바닥에는 잡다한 것이 잔뜩 놓여 있을 뿐이다.

문득 호나미의 시선이 부엌으로 향했다.

혹시…….

발밑을 주의하며 부엌으로 향했다. 다다미 한 장 넓이의 조잡한 공간. 더러운 싱크대 아래로 여닫이문이 달린 수납공간이 보여서 열어봤다.

사진 앨범 한 권과 'DVD-R' 문구 외에는 아무것도 적히지 않은 DVD 케이스가 다섯 장 진열돼 있다. 정리 습관이라곤 없어 보이는 불결한 남자가 이곳만은 깔끔히 정돈했다. 분명 그의 비밀과 관련돼 있으리라고 호나미는 직감했다.

앨범을 열어봤다. 가제식 내지 각 페이지에 보통 사이즈 사진이 두 장씩 끼워져 있다.

모든 사진에 여자아이가 찍혀 있었다. 따로 포즈를 취하고 찍은 게 아니다. 걷거나 쇼핑하는 모습 등이 촬영돼 있다. 아마 당사자들은 찍히는 걸 몰랐을 것이다. 중학생 또는 고등학생으로 보이는 교복 입은 아이와 사복 차림의 아이도 있다. 스커트 안이 보일 법한 아슬아슬한 사진도 여러 장 있다. 디지털카메라로 찍은 것을 가정용 프린터로 출력한 것으로 보였다.

호나미는 이맛살을 찌푸리면서 앨범 페이지를 넘겼다. 그러다가 어느 지점에서 손이 턱 멈췄다.

딸이 찍혀 있다.

순식간에 머릿속이 새하얘졌다.

소중한 우리 딸 사진이, 이런 추잡한 남자의 손에······.

몰래 찍었는지 친구를 바라보고 즐겁게 웃는 사진이다.

호나미는 치미는 구역질을 꾹 참으며 앨범을 닫고 덜덜 떨리는 손을 DVD 케이스로 뻗었다. 여자아이들 사진과 함께 소중히 보관한 DVD에는 대체 어떤 영상이 담겨 있을까. 안 좋은 예감이 들었다. DVD 한 장을 손에 들고 TV 앞으로 간다. 플레이어 전원을 누르고 DVD를 넣은 뒤 재생 버튼을 누르자 TV 화면에 누르께한 무언가가 비쳤다.

그것이 여성의 알몸이라는 것을 이해하기까지 그리 오래 걸리지는 않았다. 아직 앳된 몸매의 낯선 여성이 역시 알몸 남성 아래에 깔려 있다. 손이 묶인 채 입에는 재갈이 물려 있지만 필사적으로 저항하는 모습이다. 정식으로 만들어진 성인용 영상이 아니라는 것을 절박한 분위기로 알 수 있었다.

화면에 비친 남자는 다테시나 히데키였다. 머리 모양이 다르고 얼굴이 조금 어려 보이지만 틀림없다.

여자아이의 두 눈에서는 눈물이 흐르고 있었다. 폭력을 당했는지 피와 땀으로 범벅된 몸에 이곳저곳 작은 상처가 나 있다. 여자아이가 발버둥 치며 포박된 손으로 다테시나의 어깨를 때렸다. 그러자 다테시나는 곧장 손바닥으로 소녀의 따귀를 때렸다.

그러더니 다테시나는 이쪽―카메라 쪽―을 가리켰다. 눈물에 젖은 여자아이의 눈이 공포로 크게 떠진다. 절망한 듯한 여자아이의 표정에 다테시나는 만족한 듯 웃으며 다시 여자아이를 유린하기 시작했다.

TV 앞에서 호나미는 몸을 부들부들 떨었다. 온몸의 핏기가 사라지고 머리카락까지 하얗게 세지 않았을까 싶을 정도로 극심한 충격에 휩싸였다.

호나미의 눈에는 화면 속 여자아이 얼굴이 딸의 얼굴과 겹쳐 보였다. 비명이 꼭 딸의 절규처럼 들렸다.

참지 못하고 TV를 껐다. 화면이 암전해도 호나미의 머릿속에는 다테시나의 잔인한 미소와 공포에 질린 아이의 얼굴, 피와 상처투성이 온몸이 뚜렷이 새겨졌다.

가엾게도, 가엾게도.

호나미는 손으로 입을 틀어막고 소리 죽여 오열했다. 눈물이 멈추지 않았다.

얼마나 무서웠을까. 얼마나 원통했을까. 이 아이는 이후 어떻게 됐을까. 여성으로서의 존엄을 잃고 인격을 살해당한 채 어디서 어떻게 살아가고 있는 걸까.

제발, 제발 무사히 살아 있기를. 그리고 부디 행복하기를⋯⋯.

호나미는 허리를 숙인 채 눈물을 흘리며 마음속으로 빌었다.

인간이 아니다.

역시 이 남자는 인간이 아니다.

호나미는 주저 없이 스마트폰을 들었다. 한시라도 빨리 경찰에 이 남자를 넘겨야 한다. DVD가 결정적 단서가 될 것이다. 비록 유키오 사건의 증거가 되지는 않겠지만 어엿한 강간 사건 증거물이다. 이것만 있으면 다테시나는 체포될 것이고 딸을 지킬 수 있다.

그러나 통화 버튼을 누르려던 손가락이 멈칫했다.

일본에서 강간은 친고죄다. 피해자가 신고하지 않는 한 사건이 성립하지 않는다.

즉, DVD를 넘겨봐야 체포되지 않는 것이다.

그렇다면 폭력은? 영상에도 폭력은 충분히 묘사돼 있다. 하지만 폭력이라면 사건이 성립해 체포된다더라도 대단한 형을 살지 않고 풀려 나올 것이다. 그래서는 의미가 없다.

호나미는 풀 죽어 다시 스마트폰을 주머니에 넣었다.

딸의 사진을 발견해 동요했지만 지금은 신중해야 한다. 피해자 아이를 위해서라도 나에게는 이 DVD를 유용하게 써야 할 사명이 있다. 또 냉정하게 생각해보면 지금 여기서 신고하면 열쇠를 훔쳐 복제하고 남의 집에 무단 침입한 사실도 털어놓아야 한다.

확실하면서도 안전하게 다테시나를 체포할 방법을 떠올려야 한다.

호나미는 간신히 마음을 가라앉히고 DVD를 다시 싱크대 아래에 넣었다. 딸의 사진이 머리를 스쳤다. 앨범에서 빼가고 싶은 충동에 휩싸였지만 집에 누가 들어온 걸 다테시나가 알아채면 모든 것이 물거품으로 돌아간다. 깊은 고민 끝에 그대로 두고 가기로 했다.

옷장에서 꺼낸 것을 원위치로 돌리고 현관문 옆 창문을 통해 밖에 아무도 없는 것을 확인하고 집을 나갔다. 자물쇠를 확실히 채우고 집을 향해 발걸음을 뗐다.

나는 반드시 딸을 지킬 것이다.

이 이상 희생자가 나오게 하지 않을 것이다.

호나미는 이때 이미 두 번째 희생자가 나왔을 가능성을 조금도 떠올리지 못했다.

14

아이이데 시 유아 연쇄 살해 사건 수사본부.

일요일 아침, 아이이데 경찰서 강당 입구에 붙은 종이가 바뀐 것을 사카구치는 참담한 심정으로 바라봤다. '아이이데 시 유아 살해 사건'에서 '아이이데 시 유아 연쇄 살해 사건'으로 바뀐 것이다.

두 번째 피해 아동 시신은 토요일 밤늦게 발견됐다. 모친에게서 아들이 사라졌다는 신고를 받고 근처를 탐방하던 경찰관이 발견했다. 시신은 해체 중인 폐병원 부지에 유기돼 있었다. 깨끗이 청소된 시신은 표면이 희석한 산소계 표백제로 닦여 있고 첫 번째 아동과 마찬가지로 성기가 손상돼 있었다. 동일범의 소행이 틀림없다는 견해가 나왔다.

통한의 극치였다. 매스컴도 어느새 소식을 알아채고 하나둘 몰려들고 있다. 따라서 이례적으로 아침부터 긴급 수사 회의가 열린 것이다.

"산본기 사토시가 시신으로 발견됐다는 게 사실인가요?"

다니자키가 창백한 얼굴로 계단을 뛰어 올라왔다. 화장기가 없고 머리카락도 빗지 않은 것을 보니 연락을 받자마자 부랴부랴 달려온 듯했다.

"그래."

사카구치는 비장한 목소리로 대답했다.

"……분해요!"

다니자키가 벽을 발로 찼다. 어제저녁 아이 모친인 산본기 나나에게서 아들이 사라졌다는 신고가 들어왔다. 아이이데 경찰서는 즉시 수색에 나섰다. 당연히 사카구치와 다니자키의 휴대폰에도 사토시의 사진과 함께 정보가 들어와 탐문 수사를 도는 동안 주위도 살피고 다녔다.

수사의 방향이 유키오의 부친 범인설에 쏠리고 있는 와중에 사카구치와 다니자키는 일부러 의식적으로 부친 이외의 인물이 범인일 가능성을 전제로 조사했다. 결코 진범을 놓치지 않겠다는 집념에서였지만, 두 사람 다 마음속 한구석으로는 부친이 범인이기를 바라고 있었다. 그에게는 감시까지 붙여두고 있으니 사건 해결이 머지않았다고 생각했다. 이 이상 새로운 희생자도 나오지 않을 터였다.

그러나 이렇게 부친 범인설이 뿌리부터 뒤집힌 것으로 모자라 새로운 희생자까지 나와서는 수사본부가 입는 타격이 막대하다고 할 수 있었다.

"심지어 그게 정말인가요? 이번 시신은……."

다니자키가 핏기 없는 입술을 떼려고 할 때 강당 안에서 "어이, 시작한다" 하고 누군가 말을 걸었다. 형사들은 일제히 분통에 가득 찬 얼굴로 자리에 앉았다.

"다들 알다시피 어제 행방불명된 산본기 사토시가 시신으로 발견됐다."

사토다가 우거지상을 하고 마이크를 쥐었다.

"장소는 시로타 병원 부지. 이곳이다."

스크린에 비친 지도에 붉게 표시돼 있다.

"발견 시각은 금일 새벽 1시. 아이가 마지막으로 목격된 건 어제 아침 9시 넘어서고, 사망 추정 시각은 어제 오후 2시에서 4시 사이. 감식반, 시신 상태 설명을 부탁하네."

그러자 감식반원이 일어섰다.

"시신은 알몸 상태였고 유키오 때와 마찬가지로 꼼꼼히 청소한 뒤 산소계 표백제로 닦인 상태였습니다. 살해 수법도 똑같이 경추 압박입니다. 손가락 자국이나 밧줄, 노끈 등의 삭조흔이 없다는 점에서 등 뒤에서 팔로 압박한 것으로 추정합니다. 또 지난 시신처럼 성기가 제거돼 있고 잘린 단면도 일치해서 같은 종류의 날붙이, 면도칼을 쓴 것으로 보입니다. 이러한 사실로부터 동일범의 소행이 틀림없는 것으로 판단됩니다. 다만 지난번 유키오 사건과 크게 다른 점이 하나 있는데……."

감식반 남자는 거기서 말을 끊고 그늘진 얼굴로 스크린에 사진을 띄웠다. 다니자키가 옆에서 나직이 "역시 사실이었네요" 하고 떨리는 목소리로 중얼거렸다.

"이번에는 손가락이 잘려나갔습니다. 손가락 열 개 전부입니다. 성기와 마찬가지로 살해 이후 훼손이 이뤄진 것으로 보입니다."

"깨끗하게 잘려나갔군."

사토다가 말을 보탰다.

"네. 그렇습니다."

감식반원이 사진을 확대했다.

"뼈까지 깨끗하게 잘려져 있습니다. 단면에서 날을 왔다 갔다 한 흔적 등이 없는 점으로 보아 메스 같은 의료기구나 톱 형태의 흉기로 보기는 어렵습니다. 아주 예리한 동시에 두께가 어느 정도 있는 날붙이로 단숨에 내려쳐 자른 것으로 보입니다. 아이 손가락은 성인 것에 비해 가늘어서 일반 가정에 있는 중식 칼 같은 걸로도 충분히 잘립니다. 제조사 등은 현재 조사 중입니다."

떠올리는 것만으로 속에서 천불이 나고 울화통이 터졌다.

"그건 곧 성기를 절단한 것과 손가락을 절단한 게 각각 다른 도구라는 뜻인가?"

사토다가 물었다. 담담히 회의를 이어가고 있지만 충혈된 눈에서는 범인을 향한 분노가 느껴졌다.

"그렇습니다. 성기 쪽은 면도칼 같은 것을 앞뒤로 움직여 제거했습니다."

다니자키는 감식반원의 말에 혼자 고개를 끄덕이고 수첩에 '성기-면도칼, 손가락-중식 칼 종류'라고 적었다.

"그리고 살해 추정 시각 말인데…… 그때 야구치 유키오의 부모는 이곳 아이이데 경찰서에 있었다지?"

사토다가 담당자에게 확인했다.

"네. 저희가 직접 응대했습니다. 따라서 야구치 유키오의 부친은 결백합니다."

한숨 소리가 곳곳에서 새어 나왔다.

범인은 다른 곳에 있다.

어디선가 경찰을 비웃고 있을 것이다.

그런 상상이 형사들의 머릿속을 맴돌았다.

"원점으로 돌아갔다는 말인가……."

뒤쪽에서 누가 툭 내뱉었다.

아니, 이건 원점 수준에 그치지 않는다. 새로운 희생자가 나왔다. 작은 위안거리라고는 임의로라도 부친을 용의자 취급하지 않았다는 점이다.

담당자가 저마다 수사 보고를 시작했다. 사카구치 조 차례가 와서 사카구치가 몸을 일으켰다.

사카구치는 진척 상황을 얼추 보고하고 "어제 갑자기 떠오른 게 있습니다만" 하고 덧붙였다.

"범인과 아이가 접점을 지닐 만한 곳으로 학원 같은 곳이 떠오릅니다. 유키오는 다니지 않았다고 합니다만 사토시는 어땠습니까?"

"모친 말로는 유치원 외에는 아무 데도 보내지 않았다더군."

"아이가 견학이나 체험 학습, 시합 관전이나 발표회 등에 가지 않았는지, 유키오의 부모와 함께 물어보는 게 어떨까 싶습니다."

"그렇군. 견학이나 체험 학습이라. 어쩌면 그런 쪽의 연결 고리가 있을지도 모르겠군. 이마이, 야베, 그쪽과 관련해 사토시의 모친에게 물어보도록. 유키오 쪽도 부탁하네."

사토다가 담당자들에게 지시를 내렸다.

"계장님, 그리고 하나 더 있습니다."

또다시 사카구치가 말을 이었다.

"이번에도 아이가 홀연히 사라진 것을 고려하면 납치 후 운송 수단으로 자동차 등 눈에 띄는 게 아닌, 좀 더 작고 빠르고 주변에 녹아드는 도구가 쓰이지 않았을까 싶습니다. 이를테면 검도할 때 쓰는 호구 가방이라든지."

"호구 가방?"

강당 곳곳에서 어리둥절해하는 목소리가 들렸다.

"네. 지금은 바퀴가 달린 타입도 나온다고 합니다."

"아이 한 명 정도는 들어가겠군."

사토다가 고개를 끄덕이자 다른 수사원이 손을 들었다.

"그럼 골프백도 가능하지 않을까요?"

"등산이나 트래킹용 배낭도 꽤 큰 편입니다."

다른 의견도 나왔다. 사카구치는 고개를 끄덕이고 설명을 이었다.

"대형 상자나 여행용 가방 등 '커다란 짐'으로 인식될 만한 것이라면 사람들이 별로 주목하지 않았을 수 있습니다. 따라서 근처 스포츠용품점이나 인터넷 통판 업체 등을 접촉해 최근 그런 물건을 구입한 이가 있는지 조사해보고자 합니다."

"근처에 스포츠용품점이 몇 곳 정도 있지?"

"조사해봤습니다만 아이이데 시내에 총 다섯 곳, 두 피해자 아동 집 근처에는 아이이데 역 앞에 한 곳, 국도 옆에 한 곳뿐이었습니다. 최근에는 인터넷 구매자가 늘어서인지 그 두 곳밖에 없습니다."

사토다는 스크린에 비친 지도를 바라봤다.

"오케이. 거기까지 조사했다면 그 두 곳은 자네들에게 맡기지. 시내 다른 가게와 인터넷 업체 쪽에도 인원을 배분해야겠어. 또 그 점을 고려해 CCTV 영상 분석도 진행하겠네. 모두 탐문 수사에서도 커다란 스포츠용품 가방을 든 사람이 있었는지, 또 그런 걸 가지고 있을 만한 사람으로 짚이는 이가 있는지에 대해서도 조사하도록. 사카구치 형사, 새로운 착안점을 제공해줘서 고맙군."

"모두 다니자키 형사 덕분입니다."

사카구치는 자리에 앉으며 다니자키를 격려하듯 그녀를 향해 고개를 끄덕여 보였다.

사카구치와 다니자키는 곧장 첫 번째 스포츠용품점으로 향했다.

"성기에 쓴 흉기와 손가락에 쓴 흉기가 다른 건 왜일까요?"

다니자키가 걸어가며 의문을 제시했다.

"뼈 때문이겠지. 성기에는 뼈가 없잖아."

"실은 아까 좀 찾아봤는데요."

다니자키가 사카구치에게 스마트폰 화면을 보였다. 화면에 음경의 단면도가 표시돼 있다.

"음경에는 뼈가 없다고 해도 대신 백막이라는 튼튼한 막이 있고, 그걸 다시 두 종류의 근막이 감싸고 있어요. 아무리 아이 성기라도 쉽게 잘리지 않았을 테고 실제로도 날을 앞뒤로 움직인 흔적이 있댔죠? 그건 곧 절단에 애를 먹었다는 뜻이에요. 손가락은 단칼에 깨끗이 잘리는 흉기를 썼으면서 왜 성기에 똑같은 걸 쓰지 않았는지가 이상해요."

"흐음. 듣고 보니 그렇군."

사카구치는 다니자키에게 스마트폰을 넘겼다.

"성기에 어떤 특별한 집착이라도 있는 걸까."

"그것도 그렇지만 왜 이번에는 손가락도 잘랐을까요. 성기에는 병적인 집착이 있어 전리품 삼아 가져갔을 수 있지만 손가락에는 대체 어떤 의미가?"

"손가락에도 집착이 있을지 모르지."

"손가락과 성기를 자르면서 성적으로 흥분한다는 뜻인가요." 다니자키가 한숨을 내쉬었다. "대체 어떤 놈일까요……"

"지금까지 나온 정보를 종합하면 성적으로 매우 억압된, 뒤틀린 인간상을 떠올릴 수 있습니다."

갑작스럽게 돌아온 대답에 사카구치와 다니자키는 무심코 발걸음을 멈췄다. 휴대폰 판매점 앞에 놓인 TV에서 뉴스가 방송되고 있었다. 26인치 화면에 백발의 남성이 나와 있다. 자막에는 '범죄심리학 박사 유아사 노리히코'라고 적혔다.

"또 성기를 절단해 가져가는 엽기성은 2차 성징 발현 전, 즉 음모가 나고 성기가 발달하기 전인 어린 성기를 향한 기이한 동경

또는 집착과 연관된 것으로 추측합니다. 그런 점에서 범인은 어린 시절 성적 학대를 받은 남성이 아닐까 추측합니다. 또 살해 후 성폭행을 가했다는 점에서 시체 성애자인 것이 확실합니다."

"성적 트라우마를 품은 시체 성애자라."

두 사람은 얼추 설명을 다 듣고 다시 발걸음을 뗐다.

"아직 손가락에 대한 정보는 안 나오네요."

"그러네."

"결국 지금껏 소아 성애자에 의해 발생한 사건 속 범인과 비슷한 녀석일까요?"

"그럴 가능성이 높아 보여."

조금만 더 가면 목적지가 나오는 지점에서 건널목 차단기가 내려갔다. 붉은빛을 깜빡이는 경보기를 바라보며 다니자키가 입을 뗐다.

"하지만 왠지 이번 사건은 마음에 걸려요……. 양극성이랄까…… 뭔가 뒤죽박죽된 느낌이에요."

"양극성? 뒤죽박죽?"

"네. 분명 범인은 소아 성애자에 병적이고 기이한 집착이 있는 것 같지만, 그와 동시에 뭐랄까…… 격렬한 증오 같은 것도 느껴진다고 해야 할까요."

"그야 죽인 것도 모자라 시신을 훼손하기까지 했으니."

"하지만 그러면서도 한편으로 애정 같은 게 언뜻 엿보이기도 해요."

"애정? 집착이 아니라?"

"네. 시신을 다루는 방식이 조금 상냥하다고 할까요."

"상냥하다고? 그게?"

"뭐랄까…… 왠지 여성적인, 감싸는 듯한 상냥함이요."

"대체 어디에서 그런 게 느껴진다는 거지?"

"유키오의 시신은 현장 바닥에 있는 흙에 더러워지지 않도록 골판지 상자 위에 올려져 있었고, 시신 위에도 이불처럼 상자를 덮어둔 상태였어요. 사토시 역시 아래에 상자가 깔려 있었고 비닐 시트가 덮여 있었죠. 그리고 두 아이 다 머리 바로 아랫부분에 상자 날개 부분이 겹쳐져 있었어요."

"날개 부분? 뚜껑에 해당하는 부분 말인가?"

"네. 보통 골판지 상자를 최대한 작고 납작하게 만들 때 날개 부분을 접어서 겹치잖아요. 그 이중으로 겹쳐진 곳 위에 머리를 올려뒀어요. 그 부분만 아주 살짝 솟아 있어서 꼭 베개처럼 보였어요. 우연히 그렇게 됐을지도 모르지만요."

"접히지 않는 부분을 일부러 접어서 만들었으면 몰라도 원래 접히는 부분을 접었을 뿐이잖아. 거기서 애정 같은 게 느껴진다고?"

"그냥 왠지 느낌이 그래요. 그리고 양극성은 성기와 손가락에 쓴 흉기에서도 느껴져요. 왜 굳이 다른 종류를 썼을까요? 게다가 면도칼과 중식 칼은 정반대잖아요."

"흐음." 사카구치는 머리를 긁적였다. "지금껏 난 이런저런 범행 현장을 봐왔어. 동일범도 흉기를 여러 개 써서 다양한 살해 수법을 시도하기도 해. 양극성이라든지 뒤죽박죽 운운할 건 아니야."

"그런가요……. 제가 아직 현장 경험이 적어서 마음에 걸리는 것뿐일까요."

그때 다니자키의 스마트폰이 울렸다.

"이제는 매너 모드로 하고 다닐 때도 됐잖아."

"죄송합니다." 다니자키는 스마트폰을 꺼내 화면을 보고 이맛살을 찌푸렸다.

"왜 그래?"

다니자키는 대답 대신 사카구치에게 화면을 보여줬다. 그때 그 신고자 여성이다.

"내가 받을까?"

"아뇨, 제가 받을게요. 여보세요. 다니자키입니다. 아뇨, 이쪽이야말로 신세 지고 있습니다. 네. 맞습니다. 희생자가 또…… 네."

푸념 전화일까. 사카구치는 내심 한숨을 쉬었다. 사건이 발생하면 꼭 경찰의 근무 태만 때문이라는 지적이 들어오고는 한다.

"……네? 범행을 목격하셨다고요?"

다니자키가 소리 높여 말하고 서둘러 주머니에서 수첩과 펜을 꺼냈다. 사카구치도 스마트폰 쪽에 귀를 기울였다.

"자세히 들려주시겠습니까?"

—어제 오후 2시경 그 흰색 점퍼를 입은 남자가 남자아이 손을 끌고 갔어요. 수상하다 싶어 따라갔더니 시로타 병원 부지로 들

어가 목을 졸라 살해했어요.

"동일 인물이 틀림없습니까?"

—네. 틀림없어요. 이번에야말로 체포해주시는 거죠?

다니자키와 사카구치는 얼굴을 마주 봤다. 동일 인물이라는 건 다테시나 히데키를 뜻한다.

다테시나의 알리바이는 담당 형사가 이미 확인했다. 그는 어제 오후 2시경 패스트푸드점에 들러 40분 남짓 그 안에 있었다. 열쇠를 떨어뜨리는 바람에 그의 인상은 점원들의 뇌리에 남았다. 식사를 마친 뒤에는 도보로 아르바이트를 하는 주유소로 향했고, 3시부터 밤까지 일했다. 비록 패스트푸드점에서 주유소로 향한 시간 동안에 공백이 있지만 그는 시신 유기 현장인 시로타 병원에서 꽤나 떨어져 있었다. 그 시간에 아이를 살해하고 성폭행을 가한 후 시신을 처리하기 어렵다는 점에서 알리바이가 성립했다.

만약 이 전화가 사실이라면 떠올릴 수 있는 건 두 가지다. 지난번 목격한 수상한 자와 동일 인물—다테시나 히데키—은 아니다. 또는 목격한 시간대가 다르다.

"다시 한번 확인하겠습니다. 어제 토요일 오후 2시경이 맞습니까?"

—네, 맞아요.

다니자키는 사카구치를 보고 고개를 절레절레 흔들었다. 오후 2시라면 다테시나일 리 없다.

—그리고 말이죠. 저, 더 중요한 정보가 있어요.

상대의 목소리가 한층 심각해졌다.

─실은 그 남자 말인데요. 다테시나 히데키라는 이름의 강간범이에요.

사카구치와 다니자키는 소스라치게 놀라 눈을 마주 봤다.

─아주 위험한 인물이에요. 이렇게 잔인한 짓을 저지를 사람은 그밖에 없어요. 그러니 얼른 지금 가서 체포해주세요. 부탁드려요.

다니자키는 사카구치의 낯빛을 살폈다. 사카구치가 고개를 끄덕였다.

"그 정보는 이미 이쪽에서도 파악하고 있습니다. 하지만……."

그러자 수화기 너머에서 헉하고 숨을 들이마시는 소리가 들렸다.

─경찰이…… 알고 있었다고요?

"아뇨, 그게 아니라 일단 조사를……."

─왜 체포하지 않는 거죠?

"저희도 현재 수사를 진행 중입니다. 현 단계에서는 그럴 때가 아니라고 판단했습니다."

─하지만…….

상대는 틈을 주지 않고 반박에 나섰다.

─살해 후 뭔가를 묻었던 것 같아요. 근처 시민 농원이에요. 그러니 그곳을 수색해주세요. 분명 거기서 뭔가 증거가…….

"알겠습니다. 그건 이쪽에서도 조사해보겠습니다. 저, 하나 여쭙고 싶은 게 있는데 괜찮겠습니까?"

—네.

스피커를 통해 당당한 목소리가 들렸다.

"정말로 남자가 목을 조르는 모습을 목격하신 겁니까?"

—몇 번을 말씀드려야 알겠어요?

"그럼 왜 그 당시에 신고하지 않으셨죠?"

상대는 갑자기 침묵에 잠겼다.

—그건…….

당황한 듯 말을 더듬거린다.

—잘 안 보였어요. 만약 제가 잘못 본 거면 큰일이니…….

순식간에 대답이 모호해진다. 사카구치는 고개를 절레절레 저었다.

목격하지 않은 것이다. 뉴스를 보고 사망 추정 시각과 시신 유기 장소를 알아내고 어떻게든 그 남자를 범인으로 몰고 싶은 마음에 전화한 것이 분명하다.

"그 말씀은 즉 정확히 보신 건 아니라는 뜻입니까?"

—……네. 그럴지도 모르겠네요.

그전까지 자신감은 온데간데없이 상대는 허둥지둥 전화를 끊었다.

"고생 많았군." 사카구치가 다니자키를 위로했다. "근데 정말 놀랐어."

"네. 어떻게 다테시나를 알았을까요?"

"근방에 소문이 돌고 있을지 모르지. 요새는 미성년 용의자도 인터넷에서 조금만 검색하면 사진과 본명을 알 수 있는 시대야. 주부들끼리의 연락망도 얕볼 수 없고."

"수상쩍게 본 남자가 실은 강간범이었다는 걸 깨닫게 되면 일반인들은 분명 이번 사건의 범인이라고 단정 지을 수도 있겠어요."

"그러니 목격하지도 않았는데 정보를 끼워 맞춰서 전화한 거지. 이런 유의 신고는 많은 편이야. 아마 경찰서 전화기도 지금쯤 불나고 있을걸?"

"결정적 제보인 줄 알고 많이 기대했는데 말이죠."

다니자키가 아쉬워하며 수첩을 집어넣었다. 두 사람은 스포츠 용품점으로 발걸음을 서둘렀다.

첫 번째 점포에 들어가 사정을 설명하자 가게 주인은 탐탁지 않은 반응을 보였다.

"뭐 협력은 해드리겠지만 역시 개인 정보라서요. 저희 고객 리스트를 근거로 경찰이 연락했다는 소문이 돌면 손님들도 안 좋아하실 겁니다."

"아, 모든 고객 리스트가 필요한 게 아니라 최근 호구 가방과 골프백 등 대형 가방을 구매한 고객만 알고 싶습니다."

"우리 가게에 오는 손님 중에 이상한 사람은 없어요."

주인은 구시렁거리면서도 수첩을 꺼내 왔다. 고령이라 그런지 컴퓨터를 써서 관리하지는 않는 듯하다.

"호구 가방이나 골프백 같은 건 매일 팔리는 물건이 아니긴 하지만. 음, 며칠 전까지 거슬러 가야 하죠?"

"음, 반년 정도."

"반년이요?"

주인은 돋보기안경을 고쳐 쓰고 수첩을 펼쳤다.

"아." 주문표를 확인하던 다니자키가 몇 페이지 펼치더니 입을 열었다. "이것 좀 보세요."

전표에 '다나카 마코토'라고 적혀 있다. 구매 품목은 호구 가방. 주문일은 3주 전. 물건을 가져간 날은 저번 주 토요일. 유키오가 납치당해 살해된 날이다.

"음. 이 아이 호구 가방은 오래 써서 낡은 느낌이었는데."

사카구치가 말했다.

"네. 저희가 본 건 호구가 든 낡은 가방이었죠. 즉, 다나카 씨는 호구 가방을 하나 더 가지고 있었다."

마치 중요한 해답이 숨겨져 있기라도 한 것처럼 다니자키는 전표 위를 손으로 쓱 훑었다.

"그리고 이날은 사서 막 받은, 텅 빈 새 가방을 들고 있었다……."

두 사람의 머릿속에서 모호한 뭔가가 조금씩 형태를 갖춰가기 시작했다.

15

월요일 방과 후. 교실에서는 담임교사 사토와 마코토, 마코토의 어머니가 서로 마주 보고 앉아 있었다.

"국공립 이과 계열을 지망한다는 말씀이시군요."

"네. 잘 부탁드립니다."

학부모와 함께하는 진로 상담일이다.

"목표 대학은 대충 정했니?"

사토의 말투가 마코토 앞에서는 사근사근해진다.

"아, 아뇨……. 뭐 도쿄에서 멀지 않은 학교로 생각하곤 있는데."

"음, 너라면 제법 상위권을 노려봐도 될 것 같다." 사토가 학생 성적과 모의고사 결과가 적힌 파일을 펼쳤다. "국공립 의료 계열은 이과 심화 과목이 필수인데 넌 잘하잖아. 특히 생물을 좋아하지?"

"아, 네."

"솔직히 난 네 진로 걱정은 별로 하지 않는다. 우리 마코토는 늘 열심히 하고 똑똑한 데다 노력파니까."

사토는 듣는 사람이 부끄러워질 만큼 마코토를 추어올렸다. 그러나 마코토는 멍하니 책상만을 바라봤다.

"마코토?"

옆에서 어머니가 무릎을 툭 치자 마코토는 화들짝 놀라 고개를 들었다.

"왜 그래? 정신이 다른 곳에 팔려 있네."

"아…… 아무것도 아니야."

"네 진로를 상담하는 날인데 그러면 쓰겠어?"

어머니가 쓴웃음을 지었다.

"죄송해요. 어디까지 얘기했죠?"

"선생님께서 칭찬해주셨어. 똑똑하고 매사 열심히 한다고."

"그래. '귀신 잡는 사토'님께서 모처럼 칭찬했는데, 못 들었다니 섭섭하네."

사토가 커다란 입을 벌리며 웃었다.

평소 마코토라면 덩달아 웃으며 맞장구쳤을 것이다. 사토 선생을 '귀신 잡는 사토'라고 처음 부른 사람이 마코토다. 별명을 붙인 당사자 앞에서 싫지 않은 것처럼 의기양양하게 말하는 걸 보니 스스로도 마음에 드는 모양이다. 스승과 제자의 거리가 점점 멀어지는 요즘 시대에 학생에게 얻은 별명은 소중할지 모른다.

"음, 감사합니다."

마코토는 무표정한 얼굴로 감정 없이 대답했다.

"응? 왜 그래? 너답지 않게. 무슨 일이라도 있었어?"

사토가 걱정하듯 마코토의 얼굴을 들여다봤다.

"아뇨. 별일 아니에요. 그냥 머릿속이 좀 멍해서요."

마코토는 서둘러 꾸며낸 미소를 짓고 고개를 좌우로 흔들었다.

"마코토, 다른 사람 일도 아니고 네 일이잖니. 그리고 앞으로의 인생을 좌우할 중요한 결정인데."

어머니가 옆에서 나무랐다.

"아닙니다, 어머님. 이걸로 모든 게 결정된다고는 생각하지 마십시오. 그렇게 몰아세우면 스트레스를 받을 수 있습니다. 이번 상담은 그저 3학년 코스를 정하는 겁니다. 게다가 마코토는 국공립 코스이니 정 안 되면 사립대학 코스로 옮기기도 쉽죠. 그리 걱정하지 않으셔도 됩니다."

사토가 자상하게 말했다.

"간호 계열 학부를 노리는 것도 미래를 확실히 대비한 선택이라 마코토답고요."

"느닷없이 간호사를 목표로 한다고 해서 놀랐어요. 다 스스로 생각하는 바가 있겠지만요."

그 뒤로 사토와 어머니의 대화가 계속 이어졌다. 마코토는 다시 정신이 다른 곳에 향했다. 두 사람의 대화에 귀 기울이는 척하는 게 고작이었다.

마코토의 머릿속은 산본기 사토시의 시신에 남긴 증거에 대한 문제로 가득 차 있었다. 자신도 모르는 사이에 볼을 긁혔다. 시신 손톱 사이에는 자신의 피부와 혈액이 남아 있을지 모른다.

그 사실을 깨달은 순간 마코토는 잠깐 부활동을 그만두고 부실에서 빠져나왔다. 어머니에게 급한 연락이 왔다고 적당히 둘러대고 도복을 벗고 티셔츠와 트레이닝복 차림으로 교문을 나섰다. 표백제는 체육관 화장실에 있던 것을 가방에 넣었다.

그러나 달려가면서 불현듯 깨달았다. 폐병원까지는 전속력으로 달리면 20분 남짓. 왕복 시간과 처리 시간을 포함하면 한 시간이나 부활동에 구멍이 생긴다. 평소라면 그것이 얼마나 부자연스러운지 금방 알 수 있을 텐데 머릿속이 혼란해 계산이 잘 되지 않았다.

어쩌지. 지금 돌아가서 조퇴할까.

그렇게 고민하고 있을 때 마코토의 시야 끝으로 경찰관의 모습이 보였다. 마코토는 무심코 멈춰 섰다. 경찰은 뭔가—아니, 누군가—를 찾는 것처럼 주위에 날카로운 시선을 보내며 걷고 있다.

산본기 사토시가 실종됐다는 소식이 이미 경찰의 귀에 들어갔다. 마코토는 그렇게 직감했다.

저렇게 찾는 것을 보면 아직 시신은 발견되지 않았다. 그러나 경찰이 폐병원에 주목하는 건 시간문제다. 아니면 이미 시신이 발견됐고, 지금은 근처에 있을지 모르는 범인을 찾는 걸까?

전력으로 달린 피로와 극심한 동요가 섞여 마코토의 심장은 통증이 느껴질 만큼 격렬히 뛰었다. 미친 듯이 뛰는 심장과 연동하듯 뇌가 회전했다. 그러나 아무리 궁리해도 이 같은 상황에 폐병원에 돌아가는 건 대놓고 자신이 범인이라고 선언하는 것과 마찬가지다.

마코토는 내심 혀를 차고 경찰에게 들키기 전에 발길을 돌렸다. 학교로 달려가며 이제는 모든 게 끝일지 모른다는 절망감이 가슴에 퍼졌다.

경찰은 선즈 마트를 조사하며 모든 직원의 DNA를 채취해 갔다. 만약 손톱 사이에서 피부나 혈액이 나오면 금세 누군지 밝혀질 것이다.

그러나 지금 나는 할 수 있는 게 아무것도 없다.

시신을 닦았을 때 모든 게 씻겨나갔기만을 기도할 뿐이다.

그리고 일요일 아침, TV 뉴스에서 산본기 사토시의 시신이 발견됐다는 소식이 나올 때는 다리가 모래가 되어 스르르 무너지는 것 같았다. 그날은 아르바이트를 할 때에도 모두의 입에서 시도 때도 없이 사건 이야기가 나왔다. 점장을 포함해 모든 선즈 마트 직원은 두 번째 희생자가 나온 사실을 가슴 아프게 받아들이고 있었다.

"미친 자식." 점장은 유독 분노했다. "그런 어린아이, 그것도 남자아이를 성욕의 배출구로 삼다니. 끝내는 살해까지 하고. 이런 최악의 인간쓰레기가 또 있을까?"

직원들도 말투가 험해졌다.

"기분이 더러워. 대체 어떤 낯짝을 한 놈일까? 마음 같아서는 내가 확 죽여버리고 싶네."

마코토는 최대한 대화에 끼지 않으려고 노력하며 하루를 보냈다. 일하다가 몇 번인가 작은 실수도 저질렀다. 지금 뒤를 돌아보면 형사가 서 있는 게 아닐까. 그런 생각이 머릿속을 맴돌았다. 어린이 검도 교실에서 아이들을 가르칠 때도 집중이 되지 않았다.

"엄마. 혹시 우리 집에도 형사가 왔었어?"

집에 돌아가 저녁밥을 먹는 자리에서 어머니에게 물어봤다.

"형사? 형사가 왜?"

어머니는 매주 빠지지 않고 보는 TV 드라마에서 눈을 떼지 않았다.

"요즘 이 주변에서 사건이 자주 일어나잖아. 혹시 탐문 수사 같은 걸 돌지 않았나 해서."

"글쎄. 우리 집에는 안 왔는데. 조금 떨어진 이곳까지 오려나?"

대화는 거기서 끝났지만 마코토는 살짝 안도했다. 어쨌든 지금까지는 괜찮다. 단지 그것만으로도 좋았다.

손톱 사이에서는 아무것도 나오지 않았을 것이다. 그래도 이 이상 일을 저지르지 않는 게 좋다. 체포되면 모든 게 물거품이다. 이제는 그냥 얌전히 있자. 그러면 괜찮을 것이다.

그렇게 되뇌며 월요일에는 평소처럼 등교하고 아무렇지 않게 친구들과 지내려고 했다. 그러나 수사가 급진전될 수 있다는 불안감은 지워지지 않았다.

내게는 진로니 미래니 하는 것이 더는 없을지도 모른다.

답답한 마음으로 수업을 듣다가 차례가 되어 진로 상담실에 온 것이다.

"아무튼."

사토의 굵직한 목소리에 마코토는 정신을 차렸다.

"부모님께서도 이해하신다면 문제 될 게 있겠습니까. 상담이 원활하게 끝나서 천만다행입니다. 부모 자식 간에도 의견을 일치시키지 못한 채 이곳에 와서 입씨름을 하는 경우도 종종 있어서요. 다행입니다, 다행."

"아무쪼록 마코토를 잘 부탁드려요."

어머니가 싹싹하게 대답했다. 어머니는 성격이 밝고 사근사근하다. 온화한 분위기 속에서 진로 상담이 끝났다.

"이제 어떡할래? 같이 집에 갈래? 아니면 어디서 차라도 한잔하고 갈까?"

어머니는 불편해 보이는 손님용 녹색 슬리퍼를 신고 복도를 걸었다.

"오늘 아르바이트야."

"응, 그래? 너무 무리하지 마. 슬슬 입시 준비도 시작해야지."

"알고 있어."

"그럼 말이 나온 김에 선즈 마트에 들렀다 갈까. 오늘 고기 세일하는 날 맞지?"

"아르바이트할 때는 오지 말랬잖아!"

마코토는 일할 때 가족이 오면 늘 신경이 곤두섰다. 그래서 평소 근무 시간에는 부모님께 다른 곳에서 물건을 사달라고 부탁했다. 하지만 어머니는 가끔 "오늘은 선즈 마트에 가볼까"라며 장난 섞어 말하고, 그럴 때마다 두 사람은 아웅다웅한다. 그러나 지금은 무심코 필요 이상 거칠게 반응해버렸다. 조바심과 초조함을 억누를 수 없었다.

"장난이잖아. 왜 그래."

어머니가 살짝 당황하며 쓴웃음 지었다.

"무슨 일이라도 있니?"

"……아무것도 아니야."

그때 멀리서 "마코토!" 하고 부르는 소리가 들렸다. 소리가 들린 쪽을 돌아보니 모모코가 상담실로 향하며 손을 흔들고 있다. 옆에 있는 모모코의 어머니가 이쪽을 향해 인사했다. 어머니도 "아아, 안녕하세요" 하고 가볍게 고개를 숙였다. 모모코와 모모코의 어머니는 그대로 상담실로 들어갔다.

"모모코도 오늘 면담인가 보네. 못 본 사이에 많이 컸다. 머리카락이 길어서 그런가? 전에 우리 집에 왔을 때는 어깨까지 왔지? 모모코는 어떤 코스로 정했으려나?"

"똑같아. 국공립."

"어머, 그래? 사립대학일 줄 알았는데. 혹시 네 영향이니?"

"……그럴지도."

"역시 사이가 좋네. 저번에 모모코의 어머니를 봤을 때도 네 덕분에 모모코가 공부를 열심히 한다고 기뻐하더라. 언젠가 회사를 물려줄 생각인가 봐. 자연식품 회사를 경영하잖니. 대단하지, 대단해. 아마도 오늘은 휴가를 쓴 모양이네. 열심히 일하면서도 언제나 아이가 최우선. 훌륭한 어머니의 표상 아니니?"

어머니가 감탄한 듯이 한숨을 내쉬었다. 마코토는 반응하지 않았다.

"엄마도 나름대로 일과 육아를 잘 병행해 왔다고 생각하는데, 우리 마코토 반응을 보니 자신이 없어지네."

그렇게 은근슬쩍 속을 떠보며 마코토를 곁눈질한다.

"아니, 별로 그런 건……." 마코토는 한숨을 휴 내쉬었다. "……
못되게 굴어서 미안."

그러자 어머니는 우후훗 하고 웃었다.

"괜찮아, 괜찮아. 우리 마코토가 고민 같은 것만 없으면 돼."

애정이 듬뿍 담긴 인자한 어머니의 목소리. 마코토는 무심코 입
술을 꾹 깨물었다.

만약 내가 체포된다면, 그리고 내가 저지른 일이 밝혀진다면 이
인자한 어머니는 어떻게 될까?

"그러니까 마코토. 혹시라도 무슨 일이 생기면 언제든 엄마한테
말해야 해. 엄마는 늘 자식 편이니까. 너도 알지?"

마코토는 더더욱 숙인 고개를 들지 못했다. 어머니의 얼굴을
똑바로 볼 자신이 없었다.

"그럼 엄마 먼저 갈게."

어머니는 상냥하게 말하고 양손으로 마코토의 손을 부드럽게
감쌌다.

이미 남자아이 두 명의 목숨을 앗아간, 마코토의 손을.

어머니를 보내고 마코토는 부실에 들렀다. 진로 상담일이라 따
로 부활동은 없다. 그저 아르바이트 시간까지 혼자 있고 싶었다.

문을 열었다. 인적 없는 부실은 괴괴한 정적에 휩싸여 있다. 부
실 가운데에 놓인 벤치에 앉자 창문으로 들어오는 빛 사이로 떠
다니는 먼지가 보였다.

어쩌면 이 부실과도 곧 작별일지 모른다. 평범한 고등학교 생활, 평화로운 가정. 그런 것들을 조만간 잃어버릴지 모른다…….

마코토는 요란하게 탄식하고 머리를 감쌌다.

그때 주머니에 넣어둔 스마트폰이 진동했다. 꺼내보니 어머니에게 문자가 와 있었다.

'아까 자꾸 참견해서 미안. 엄마는 우리 마코토가 행복하기만 하면 돼.'

별것 아닌 문자에 눈시울이 뜨거워졌다. 사람 없는 부실에서 마코토는 잠시 눈물을 흘렸다. 그러고서 뉴스를 검색하기 시작했다. 지금까지는 일부러 찾아보지 않았다. 그러나 지금은 어쨌든 상세한 정보를 알고 싶었다.

아이이데 시 유아 살해

검색 키워드를 입력하자 화면에 결과가 표시됐다. 충격적인 제목에 마코토는 저도 모르게 숨을 들이켰다.

이번에는 손가락도 절단. 아이이데 시 유아 연쇄 살해 사건

……이게 뭐지?

마코토는 떨리는 손으로 스마트폰을 터치했다. 화면이 바뀌고 기사가 표시됐다.

두 번째 희생자가 된 산본기 사토시(5) 군은 시내에 있는 시로타 병원 부지에서 시신으로 발견됐다. 경찰은 야구치 유키오 사건과 동일범의 소행으로 보고 수사를 진행하고 있다. 시신은 알몸 상태였고 성폭행의 흔적

이 있었다. 또 성기와 손가락 열 개가 절단된 상태였다.

손가락이 절단됐다.

그 말은 즉, 마코토의 피부 조각과 혈액이 묻은 손톱이 발견될 염려가 없다는 뜻이다.

갑자기 온몸의 힘이 쭉 빠져 벤치 위에서 너부러졌다.

다행이야.

이번에도 별문제 없었어.

하지만 순간 당연한 의문이 머리를 스쳤다.

대체 누가?

그때 주위에 인적은 없었다. 그러나 그 누군가는 사토시의 시신을 발견하고 시간을 범한 것도 모자라 이번에는 손가락까지 잘라 가져갔다. 경찰이 순찰을 시작하기까지 그리 오래 걸리지는 않았을 텐데.

어떻게 아이가 죽은 걸 알았을까? 어떻게 장소를 알았을까? 그리고, 왜 손가락을 잘랐을까?

마코토는 어디선가 불쑥 나타나 아이 시신 앞에서 성욕을 느껴 시간을 범하고 만족한 듯 히죽거리는 남자의 모습을 떠올리고 등골이 오싹해졌다.

그러나 그에게 감사해야 한다.

그 덕분에 위기에서 벗어났다.

그가 누구라고 한들, 또 목적은 뭐였다고 한들 마코토에게는 행운을 가져다주었다.

마코토는 소리 죽여 웃었다.

하늘은 내 편이야. 역시 내 행동은 틀리지 않았어.

그때 노크 소리가 들렸다. 마코토는 순간 몸이 굳었다. 문을 열고 고개를 들이민 사람은 와타누키였다.

"아, 뭐야. 선수를 빼앗겼군."

와타누키는 성큼성큼 걸어 들어와 그대로 벽 쪽으로 갔다.

"공기가 탁하네. 창문 좀 열까. 아, 문도 열어둬야겠다."

창문과 문을 열자 기분 좋은 산들바람이 들어왔다. 창문 바로 앞을 학생들이 지나간다. 얼굴을 아는 아이라도 있는지 와타누키가 "여어" 하고 손을 들었다. 그러고는 벤치 끝에 털썩 앉았다.

"역시 다들 생각하는 건 비슷한가 봐. 진로 상담일은 뭔가 답답해. 어딜 가든 부모님들이 있고. 넌 끝났어?"

"응. 조금 전에. 넌?"

"방금 끝내고 왔어. 국공립을 목표하려면 좀 더 열심히 하래."

와타누키는 머리를 긁적였다.

"너라면 잘할 거야."

"어쨌든 노력해봐야지. 간호사를 목표로 한다고 하니 부모님도 둘 다 좋아하셨고."

"그래?"

"응. 두 분 다 아들에게 인정받았다고 생각하시는 것 같아. 역시 난 효자라니까."

와타누키는 쑥스러운 듯이 웃었다.

"아 참. 주말에는 미안했어. 대회가 얼마 안 남았는데 부활동을 쉬어서. 부모님 따라 호스피스 케어 관련 세미나에 다녀왔거든. 이런 걸 미리 배워두는 것도 좋다고 해서."

"그렇구나. 대단하네."

"특훈 코스는 잘 마쳤어? 다들 내가 없어서 대충한 거 아니야?"

"아니. 다 잘했어. 여자 부원들은 좀 아쉬워하는 것 같더라. 1학년들은 거의 너 보려고 오잖아."

"무슨 소리야."

"무슨 소리긴. 아, 그러고 보니 우리 반에 우에다 아사미라고 알지? 전에 시합 보러 왔던."

"어. 기억날 것 같은데 왜?"

"아무래도 걔가 널 마음에 두고 있는 것 같아. 기회가 될 때 넌지시 떠봐달라 하더라고. 근데 이래서는 전혀 넌지시가 아니네. 중개 역할 같은 건 해본 적이 없어서."

"……마코토."

느닷없이 와타누키의 목소리가 진지하게 변했다.

"너…… 내 마음 알잖아?"

두 사람 사이에 침묵이 깔렸다.

"1학년 때부터 줄곧 너만 봐왔어. 말은 안 했지만 너도 알지? 내가 너를……."

"와타누키." 마코토가 날카롭게 말을 잘랐다. "부탁이니까 그 이상······.”

“알아. 미안. 나도 이럴 생각 없었어. 계속 내색 안 하려고 했는데. 네가 나랑 거리를 두고 싶어 하는 게 느껴져서.”

“너라서 하는 소리가 아니야. 그냥 난 누구와도······.”

“알겠어. 신경 쓰지 마. 잊어줘. 미안.”

와타누키는 남자다우면서도 자상하다. 마코토가 남성에게 품는 공포를 처음 만났을 때부터 알아차렸을 것이다. 그러니 지금껏 입 밖에 꺼내지 않았고, 이렇게 둘만 있을 때도 창문과 문을 연 다음 최대한 멀찍이 떨어져 앉아준다. 그래서 와타누키 앞에서는 마코토도 마음을 열 수 있었다.

“음, 난 먼저 갈게.” 와타누키는 미련 없이 몸을 일으켰다. “그럼 내일······ 어?”

와타누키는 마코토의 얼굴을 오늘 처음 정면으로 보고 웃음을 터뜨렸다.

“여긴 또 왜 이래?”

와타누키는 놀리듯 마코토의 볼을 가리켰다.

“아······ 고양이가 할퀴었어.”

“뭐야, 바보같이.”

장난 섞인 말투. 조금 전 두 사람 사이에 피어난 긴장감을 누그러뜨리려는 것이다.

“조심해. 예쁜 얼굴 상할라.”

“네 상관할 바 아니야.”

218

"정말 쌀쌀맞다니까."

"아직도 안 갔어?"

"참, 우리 엄마가 너더러 '로마의 휴일'인가 뭔가 하는 고전 영화에 나오는 여배우랑 닮았다더라. 그럼 이만."

와타누키가 손을 흔들며 부실에서 나갔다.

또다시 홀로 남은 마코토는 한숨을 쉬었다.

지금껏 그 여배우와 닮았다는 말은 몇 번인가 들은 적이 있다. 마코토처럼 짧은 머리에 얼굴이 조그마한, 오드리 헵번이라는 이름의 배우다.

마코토는 어린 시절부터 귀엽다, 예쁘다는 말을 자주 듣고 자랐다. 그러나 외모가 예쁜 것은 행복과 이어지지 않았다. 그래서 머리카락을 짧게 자르고 일부러 거친 말씨를 쓰며 남자처럼 행동해왔다.

그래도 결국 여자로 보인다니······.

마코토는 그늘진 얼굴로 고개를 숙인 채 입술을 깨물었다.

아르바이트를 갈 기분이 아니어서 점장에게 전화를 걸어 감기에 걸렸다고 거짓말했다. 사람을 만나고 싶지 않았다. 이곳에 잠시 혼자 있고 싶었다.

우두커니 앉아 있자 창밖에서 앳된 아이 목소리가 들렸다. 교내에 어린아이가 있다는 것에 놀라 창가로 가자 2층 인문계열 동아리 부실에서 누군가가 TV를 보고 있는 듯했다.

마코토는 실망하고 다시 벤치로 돌아갔다.

TV 소리만 귀에 들어온다. 초등학생 정도 되는 남자아이 몇 명이 웃고 있다. 그 소리에 섞여 어린 소녀의 흐느끼는 울음소리가 들렸다. 드라마일까. 아마도 어린 여자아이가 남자아이들에게 괴롭힘을 당하는 내용으로 보인다.

장난스러운 남자아이 목소리에 섞여 소녀의 흐느낌이 더욱 커진다. 소녀는 지금 어떤 얼굴을 하고 있을까. 소리만 들리는 만큼 더더욱 상상하게 됐다. 듣고 있는 동안 가슴 속 깊은 곳이 술렁이기 시작했다. 위험을 회피한 지 얼마 되지 않았는데 또다시 새로운 충동이 싹트고, 급속도로 자라난다.

이 이상은 위험해. 그만두는 게 좋아. 머리로는 그렇게 이해했다. 그러나 격한 감정이 파도가 되어 마코토의 가슴을 꿰뚫으려 했다.

마코토는 눈을 감고 고개를 치켜든 채 심호흡을 여러 번 했다.

왜 이러는 걸까. 유키오도, 사토시도 죽었는데. 몇 번이나 반복해서 폴라로이드 사진과 절단한 성기를 확인했는데.

더는 위험한 짓을 벌이지 않는 게 좋다. 움직이지 않는 게 좋다.

심호흡을 몇 번 더 하자 가까스로 충동이 가라앉았다.

하지만, 딱 한 명 정도는 괜찮지 않을까……?

일단 한번 잔잔해진 마음에 충동이 빗방울처럼 떨어지자 파문이 점차 확산되어 간다.

그래…… 한 명이라면…….

맞서 싸우던 머리와 가슴이 타협한다.

220

마코토는 주머니에서 스마트폰을 꺼냈다. 동영상 저장 폴더를 열자 여자아이가 찍힌 섬네일 사진이 여러 개 표시됐다. 그중 하나를 클릭해 재생했다.

파랗고 노란 모자를 눌러쓴 아이들이 어린이집 앞뜰을 달리고 있다. 영상 끝에 '고토미 어린이집 운동회'라고 적힌 입간판이 보인다.

"가오루, 아쓰시, 요시에! 얼른, 얼른. 힘내렴!"

보육 교사가 결승점에 서서 붉은 기를 흔들었다. 호명된 아이들은 열심히 다리를 움직였지만 경기 규칙을 잘 모르는지 결승점과는 상관없는 방향으로 달려갔다.

"이쪽이란다, 이쪽!"

보육 교사와 학부모들이 흐뭇해하며 웃음소리를 높였다. 그에 휩쓸려 마코토도 입가를 올려 후훗 하고 웃음을 터뜨렸다.

"가오루……."

마코토는 보육 교사의 말투를 따라 하며 중얼거리고는 화면 안에서 움직이는 여자아이를 손끝으로 쓱 문질렀다.

16

호나미는 다테시나가 사는 빌라 앞에 서 있었다.

화요일 새벽 3시. 바늘 떨어지는 소리조차 들릴 만큼 주택가에는 정적이 감돌고 있다.

주위에 아무도 없는 것을 확인하고 장갑을 낀 다음 가방에서 복제 열쇠를 꺼냈다.

일요일 뉴스에서 두 번째 희생자 산본기 사토시의 시신 발견 소식을 들은 호나미는 다니자키라는 형사의 휴대폰으로 전화를 걸었다. 다테시나가 살해하는 모습을 목격했다고 하면 수사가 급진전되리라 예상했다.

그러나 예상과 달리 목격 증언은 받아들여지지 않았다. 다테시나 히데키가 강간범이라는 소식까지 전했지만 두 형사는 그 역시 파악하고 있었다.

"왜 체포하지 않는 거죠?"

무심결에 따지는 투로 물었다.

"저희도 현재 수사를 진행 중입니다. 현 단계에서는 그럴 때가 아니라고 판단했습니다."

다니자키는 그렇게 답했다.

강간 전과를 알고 있다면 이미 그에 대해 조사도 했을 것이다. 그럼에도 체포하지 않는 건 알리바이가 성립해 범행이 불가능했다고 결론 내려서일까.

"살해 후 뭔가를 묻었던 것 같아요. 근처 시민 농원에요. 그러니 그곳을 수색해주세요. 분명 거기서 뭔가 증거가……."

호나미는 물고 늘어졌다. 어떻게든 결정적인 증거를 찾아내 주기를 바랐다. 그러나.

"그럼 왜 그 당시에 신고하지 않으셨죠?"

다니자키가 되받아친 말에 호나미는 말문이 막혔다. 그 이상 대화를 잇지 못하고 단념한 채 전화를 끊었다.

거실에 우두커니 잠시 서 있었다. 물론 실제로 사건을 목격한 건 아니다. 그가 그 시각에 패스트푸드점에 있었던 것과 주유소에 있었던 것도 당연히 알고 있다. 그러나 그가 위험하다는 사실에는 변함이 없다. 그런 위험한 인물이 거리를 활보하고 있는 것이다.

불현듯 다테시나의 집에서 발견한 딸 사진을 떠올리고 호나미는 몸을 부르르 떨었다.

경찰은 아무것도 해주지 않는다.

게다가 법적 미성년자인 다테시나가 체포돼도 극형에 처해지지는 않을 것이다. 그는 언젠가 다시 이 사회에 돌아올 것이다.

그렇다면 차라리……

호나미는 말없이 자신의 양손을 내려다봤다.

차라리, 이 손으로…….

호나미는 집 문에 귀를 대고 내부 상황을 확인했다. 얇은 문 너머로 코 고는 소리가 희미하게 들린다. 호나미는 숨을 크게 한 번 들이마셔서 마음을 가라앉히고 복제 열쇠를 집어넣었다.

문을 살짝 잡아당겼다. 체인이 걸려 있어서 10센티미터 정도 열리고 멈췄다.

호나미는 인터넷에서 미리 조사한 대로 체인에 끈을 통과시키고 문을 다시 닫았다. 그리고 끈을 그대로 문 위 틈새 쪽으로 들어 올렸다. 체인이 팽팽해지는 게 느껴졌다. 한 번으로 되지 않아서 여러 번 끈을 위아래로 움직이자 어느 순간 걸리는 느낌이 사라졌다. 분리된 것이다.

슬며시 문을 열어 다테시나가 잠에서 깨지 않았는지 확인하고 안에 들어갔다. 어두운 집 안에는 소형 전구의 침침한 불빛만 켜져 있다. 암흑 속에서 땅이 울리는 듯한 코골이 소리가 들렸다. 주변은 쉰내로 가득 차 있다.

더러워.

이 역겨운 남자에게서 딸을 지켜야 해.

사랑스럽고 소중한 내 딸.

수많은 시련 끝에 신이 내려주신, 단 하나의 우리 딸……

자궁 외 임신 이후 호나미는 잃어버린 아이만을 떠올리며 눈물이 마를 날이 없었다.

"치료를 잠시 중단하고 휴식을 취하시는 게 어떻습니까?"

의사의 권유대로 호나미는 치료를 중단하기로 했다. 남편은 호나미의 기분이 조금이라도 나아지도록 함께 쇼핑하고 여행을 갔다. 그러나 무엇을 보고, 어떤 맛있는 음식을 먹어도 호나미의 머릿속에는 '우리 아이한테 보여주면 좋았을 텐데' '우리 아이한테 먹이고 싶어'라는 생각만 들었다. 극복하기 위해서는 앞으로 나아갈 수밖에 없다고 생각한 호나미는 결국 다시 병원을 찾았다.

"그럼 체외 수정을 해봅시다. 정자와 난자를 몸 밖에서 수정해 분할한 배아를 자궁에 옮기는 방법입니다. 원래 난관이 하는 일을 의료 기술이 대신하는 거죠. 호나미 씨처럼 난관 폐색 증세가 있는 분이나 난관을 절제한 분들께 효과적입니다."

의사는 정중하게 설명해줬다.

"다만 현 의료 기술로 난자를 채취하는 건 난소에 바늘을 찔러 넣어 난포를 통째로 빨아들이는 방법뿐입니다. 채란 수술이라고 합니다. 최대한 통증이 적도록 해볼 테니 함께 노력해보죠."

그날 이후 질 좋은 난자를 많이 얻기 위해 호르몬제를 투여해 배란 유도를 시작했다.

간신히 채란 수술로 채취한 서른 개의 난자 중 이식 가능한 수정란이 된 건 고작 네 개였다. 그 후 운 좋게도 첫 번째 이식으로 착상에 성공해 혈액에서 임신 호르몬이 검출됐다. 그러나 호나미는 마냥 기뻐할 수 없었다. 지난번에는 난관에 착상했기 때문이다. 안절부절못하며 지내다가 일주일 후 초음파 검사에서 자궁 안에 아기 주머니가 확인됐을 때는 주체할 수 없는 감동을 느꼈다.

"여기예요! 아이가 확실히 자궁 안에 있어요!"

간호사도 모니터를 보며 함께 기뻐해주었다. 태어나 처음 받은 초음파 사진을 가슴에 품고 가벼운 발걸음으로 산모 수첩을 받으러 갔다. 늘 사고 싶었던 임신 관련 잡지를 사고 가족과 친척, 친구들에게 소식을 알렸다. 야스히코와 함께 임부복도 고르기 시작했다.

불임 클리닉을 졸업하는 임신 10주째까지는 매주 초음파 검사를 받아야 했다. 사진 속 작은 우리 아이를 만나는 게 기뻐서 호나미는 매주 부리나케 병원에 달려갔다.

"네. 순조롭습니다. 난황낭이 보입니다."

의사가 미소 지으며 말했다.

"난황…… 낭이요?"

"아기의 영양 공급원입니다. 탯줄과 태반에서 영양을 공급받기 전까지 이곳에서 영양을 섭취합니다. 다시 말해 아기의 도시락통 같은 거죠."

"어머, 도시락통이요? 귀여워요."

호나미는 사랑스러운 눈길로 모니터를 보며 웃었다.

"근데 스스로 영양을 섭취하다니, 아기들도 참 대단하네요."

"대단하죠. 지금은 비록 올챙이 같지만 곧 꼬리가 사라지고 팔다리가 생깁니다. 인간이 오랜 세월 동안 이뤄낸 진화를 아기는 고작 열 달 만에 완료하는 겁니다."

임신이라는 것은 알면 알수록 신비했다. 자연스럽게 얻어진 거라면 이렇게까지 감동하지 않았을지 모른다. 그런 의미에서 불임 치료는 소중한 경험이었다. 호나미는 그때 그렇게 생각했다.

매주 받은 초음파 사진에 호나미는 매직펜으로 기록을 남기기 시작했다.

7주째. 심박 확인. 크기 9밀리미터. 귀와 눈, 입술이 만들어지는 중이라고 한다. 2등신이 됐다!

8주째. 크기 12밀리미터. 팔이 나왔어?

9주째. 크기 20밀리미터. 헤엄쳤다! 손을 흔드는 것처럼 보였다!

그리고 10주째. 드디어 치료를 끝내는 날이 왔다. 호나미는 그간 감사의 마음을 담아 유명 케이크 가게의 케이크를 사들고 병원으로 향했다. 마지막이라고 생각하자 왠지 아쉬운 기분도 들었다.

"드디어 졸업이군요. 출산 병원은 정하셨습니까?"

"네. 야마우치 산부인과에서 낳으려고 해요."

"야마우치 산부인과 말이군요. 저희 쪽에서 그곳에 가는 분이 많습니다."

의사와 잡담을 나누며 호나미는 평소처럼 진찰대 위에 올라갔다. 의사가 "자, 그럼 아이를 진찰해보죠" 하며 초음파로 태내를 비췄다. 갑자기 모니터를 본 순간 의사의 얼굴이 굳어졌다. 몇십 초의 침묵 후 의사는 낮은 목소리로 호나미에게 말했다.

"너무 상심하지 않으셨으면 합니다. ……안타깝지만, 아기의 심장이 멈췄습니다."

그 순간 호나미의 시야가 기우뚱 흔들렸다. 눈앞의 흑백 모니터에는 막 3등신이 된 태아가 희미하게 비치고 있었다. 그렇지만 지난주와 같은 움직임이 아니었다.

"거짓말!"

호나미는 버럭 소리쳤다.

"거짓말 마세요! 대체 왜?"

진찰대 위에서 호나미는 얼굴을 감싸고 울음을 터뜨렸다.

그때 짐을 너무 많이 들어서? 무거운 몸을 이끌고 달려서? 얇은 옷을 입어서?

호나미는 자기 자신을 책망했다.

간신히 내 배 속에 들어와 주었는데.

간신히 지금까지 자라나 주었는데.

미안해.

자궁 내 태아를 제거하는 수술을 마치고 정신이 반쯤 나간 호나미를 위로한 건 세 개 남은 배아의 존재였다.

저 아이들이, 세상의 빛을 볼 수 있도록…….

그러나 두 번째에서 네 번째 이식은 착상조차 되지 않고 끝났다. 또다시 고생 끝에 채란하고 다섯 번째 이식을 거쳐서야 비로소 임신이 이뤄졌다.

호나미는 매일매일 겁에 질려 있었다. 의사에게 잘 진행되고 있다는 말을 들어도 기쁨보다 불안이 앞섰다. 남편이 아닌 다른 누구에게도 임신 사실을 알리지 않았다.

그러던 어느 날, 좋지 않은 예감은 적중했다. 지난 임신처럼 10주째에 태아의 심장이 멈춰버린 것이다.

하느님, 대체 왜죠?

왜 또 저에게서 거둬가시는 건가요?

호나미는 가슴을 쥐어뜯으며 울부짖었다.

다음 날 수술 예약을 하고 비틀거리는 발걸음으로 병원을 나섰다. 전철 안에서 남몰래 배를 쓰다듬었다.

지금도 아기는 이 안에 있다. 하지만 더는 살아 있지 않다.

전철 안에서 울음을 터뜨리는 아이를 볼 때는 가슴이 찢어질 것 같았다. 이곳저곳에서 기적이 일어나고 있다. 그러나 오로지 나에게만 일어나지 않는다……

"두 번째도 유산된 건 아무래도 신경 쓰입니다. 정밀 검사가 필요해 보입니다."

수술을 마치고 의사는 호나미에게 말했다. 이런저런 검사를 마친 결과 호나미의 혈액은 응고가 잘 되는 탓에 태아에게 영양 공급이 원활하게 이뤄지지 않는다는 게 밝혀졌다.

"그럼…… 제 몸에 원인이 있다는 말인가요? 저 때문에 아이들이……"

호나미는 경악했다.

"아뇨. 그 누구의 탓도 아닙니다. 스스로를 책망하시면 안 됩니다. 그리고 방법이 없는 것도 아닙니다."

의사는 호나미를 위로하며 자상하게 말했다.

"다음번 이식으로 임신이 되면 혈액 응고를 막는 주사를 놔보죠. 열두 시간 단위로 하루 두 번. 직접 놓으시는 겁니다. 출산일까지 반복하셔야 합니다."

"그것만 하면…… 아이가 세상에 나올 수 있는 건가요?"

호나미는 매달리듯 물었다. 그러나 의사는 힘없이 고개를 흔들었다.

"그건…… 오로지 신만이 알 수 있습니다."

이제 남은 배아라고는 단 하나. 육체적, 정신적, 그리고 경제적으로도 한계에 달한 호나미는 이번을 마지막으로 끝내자고 마음먹었다. 이 하나에 모든 희망을 걸고 호나미는 여섯 번째 이식에 임했다.

다행스럽게도 마지막 배아는 착상했다. 그로부터 매일 두 번 스스로 주사를 놓기 시작했다. 직접 주사를 놓는 건 처음이라 두려움이 앞섰지만 아기를 위해서라면 해낼 수 있었다.

이번에는 아이를 꼭 만나고야 말겠어. 오로지 그 일념뿐이었다.

주사 자국은 내출혈을 일으켜 복부와 허벅지에 단단한 응어리를 만들었다. 일과 집안일을 할 때, 그리고 앉아 있거나 누워 있어도 욱신거리는 통증 때문에 몸을 움직이기 힘들었다. 그러나 호나미는 앓는 소리를 내지 않았다. 세상의 빛을 보지 못한 세 아이는 더욱 힘들었을 테니까.

주사 덕분인지 그간 넘지 못한 10주의 벽을 넘어 아기는 순조롭게 자라났다. 배가 점점 불러 산만 해졌다.

출산 예정 달에 접어들자 주사 대신 링거를 스물네 시간 맞는 입원 생활이 시작됐다. 그러나 여기까지 와도 정말로 아기가 잘 태어나줄지 불안감은 끊이지 않았다. 출산하고 연이어 퇴원하는 여성들을 보며 나한테는 저런 날이 오지 않을 수 있다며 눈물을 머금었다.

호나미는 매일매일 기도했다.

하느님, 이번에야말로, 이번에야말로 꼭 부탁드려요. 당신의 손에서 제게 아기를 넘겨주세요.

예정일 하루 전날 진통이 시작돼 거친 파도 같은 통증을 견디면서도 호나미는 계속해서 기도했다. 머릿속에서 만에 하나의 가능성이 떠나지 않아 두려웠다.

따라서 마침내 우렁찬 아이 울음소리를 귀에 접한 순간, 호나미의 가슴을 채운 것은 환희가 아닌 '이제는 걱정하지 않아도 돼' 하는 해방감이었다. 나중에 야스히코에게 들으니 땀투성이가 되어 "이제는 괜찮아, 괜찮아"라는 말만 반복했다고 한다.

"예쁜 공주님이랍니다."

간호사가 호나미의 가슴에 아기를 안겨주었다.

따스했다.

지금까지 잃은 우리 아이들도 이 아이와 함께 돌아와 주었다고 생각했다. 그중에는 분명 여자아이도, 남자아이도 있었을 것이다. 그래서 성별에 구애받지 않는 이름을 지어주기로 마음먹었다.

이 아이를, 세상에서 가장 소중한 보물처럼 지킬 것이다.

내 모든 것을 바쳐서라도.

많은 고비를 거쳐 가까스로 내 품에 들어와 준 아이.

그날 호나미는 그렇게 기도했다.

그러니까, 하고 다테시나의 집에 들어가면서 호나미는 속으로 중얼거렸다.

그러니까 내가 반드시 딸을 지킬 거야.

수단과 방법을 가리지 않고.

호나미는 가방에서 전기 충격기를 꺼내 손에 쥐었다. 도중에 그가 눈을 뜨면 사용할 것이다. 계획을 성공시키려면 사용해서는 안 되지만 들켜서 시끄러워지는 것보다는 낫다.

소형 전구 불빛에 의지해 발소리를 죽이고 다테시나에게 다가갔다. 창가 옆 이불 위에 엎드려 누운 채 요란하게 코를 골고 있다.

밥상 위에 놓인 소주병을 위로 들어봤다. 비어 있다. 다행이야. 다 마셨구나. 전구에 비추자 병 바닥에 침전한 흰색 가루가 희미하게 보였다.

처음 이 집에 들어왔을 때 술은 절반 정도 남아 있었다. 그리고 어제 점심에는 5분의 1로 줄어 있었다. 자기 전 마시는 술이라고 추측한 호나미는 그 안에 가루로 만든 수면유도제를 넣었다. 정량의 3배. 그것도 알코올과 함께 복용했으니 효과는 갑절이 될 것이다.

전기 충격기로 몸을 툭툭 쳤다.

일어나지 않는다.

이번에는 조금 더 세게 쳐봤다.

눈을 뜰 기색이 없다.

지금이야.

호나미는 가방에서 포장용 비닐 끈을 꺼냈다. 커튼레일에 끈을 걸어 다테시나의 머리 바로 위에 닿을 정도로 커다랗고 긴 고리를 세 겹으로 겹쳐 만들었다. 그리고 가만히 다테시나의 머리를 양손으로 들어 올렸다.

순간 코골이가 멈췄다.

긴장감이 호나미의 온몸을 타고 흘렀다. 여기서 깨어나면 계획은 실패한다. 호나미는 다테시나의 머리를 손에 든 채 숨을 멈췄다.

잠시 후 코골이가 다시 시작됐다.

다행이야. 호나미는 눈을 감고 심호흡을 했다. 신중하게 다테시나의 머리를 고리 안에 집어넣었다.

정확히 끈 바로 위에 목덜미가 닿자 호나미는 머리에서 손을 뗐다. 머리가 베개에서 몇 센티미터 위로 뜬 상태로 흔들거렸다. 커튼레일이 달각거리는 마찰음을 냈다.

끈에 목을 맨 상태로 다테시나는 괴로운 듯 신음했다. 호나미는 전기 충격기를 꾹 쥐고 숨을 참으며 만약의 사태에 대비했다. 그러나 거친 호흡이 몇 번 이어지는가 싶더니 아무 일 없이 신음이 뚝 끊겼다.

……죽었어?

그럼에도 호나미는 두려운 마음에 전기 충격기를 손에서 떼지 않았다.

축 늘어진 다테시나의 얼굴을 슬며시 들여다봤다. 시뻘겋게 부풀어 올라 있다. 정말로 죽은 걸까. 호나미는 그의 귀 아래를 만져봤다. 장갑 너머라 맥박이 잘 느껴지지 않았다.

마음을 굳게 먹고 전기 충격기를 내려놓은 다음 장갑을 벗고 다테시나의 코앞에 손을 갖다 댔다.

호흡이 없다.

드디어 다테시나에게 벌을 내렸다.

온몸이 부들부들 떨렸다. 그러나 어떻게든 기운을 북돋워 네발로 기듯 부엌으로 향했다. 싱크대 밑 문을 열어 DVD와 사진 앨범들을 가방에 넣었다. 두 번 다시 세상 빛을 보지 못하게 처분할 생각이었다.

이걸로 됐어.

이제 하나 남았어.

호나미는 마음을 추스르고 희미한 불빛 아래에서 몸을 일으켰다.

17

아이이데 역 근처에 있는 스포츠용품점 두 곳에서 반년 동안 골프백이나 등산용 배낭, 검도용 호구 가방을 구입한 사람은 총 89명이었다. 두 번째 점포의 고객 관리가 어설펐던 탓에 구입자 리스트를 작성하는 데 시간이 걸려 결국 밤이 돼서야 결과가 나왔다.

89명 중에는 다나카 마코토도 있었다. 아이이데 경찰서로 돌아가는 길목에서 다니자키는 스마트폰으로 '어린이 검도 교실'을 검색했다.

"오늘도 수업이 있는 것 같네요."

다니자키가 검도 교실 홈페이지를 사카구치에게 보여줬다.

"한번 들러볼까요? 만날 수 있을지 몰라요."

"무슨 소리야. 가서 계장한테 보고부터 해야지. 회의도 있고."

"근데 어차피 가는 길에 있어요. 이것 보세요."

다니자키가 지도를 띄워 보여줬다. 검도 교실이 있는 공민관은 분명 아이이데 경찰서까지 가는 길목에 위치해 있었다.

"저, 갑자기 화장실에 가고 싶어졌어요. 공민관에 들러야겠어요."

"그래, 그래. 알겠어."

사카구치는 한숨을 내쉬었다. 몇 분 정도 들렀다 가는 것 정도 야 괜찮을 것이다.

공민관에 들어가자마자 다니자키는 다목적실로 향했다.

"실례하겠습니다."

미닫이문을 열었다. 불은 켜져 있지만 안에 아무도 없다. 사카 구치는 손목시계를 확인했다. 오후 8시가 지나 있었다.

"수업을 보러 오셨나요?"

칸막이 안에서 목소리가 들리더니 운동복 차림을 한 노인이 느 릿느릿 걸어 나왔다.

"오늘은 이미 끝났습니다만. 아, 전단이라면 저쪽에……."

사카구치와 다니자키는 전단을 찾으러 가는 노인에게 경찰수 첩을 꺼내 보였다. 노인은 당황한 듯 이맛살을 찌푸렸다.

"경찰이십니까?"

"이곳에서 다나카 마코토라는 분이 검도를 가르친다고 들었습니다만."

다니자키가 운을 뗐다.

"마코토 선생 말인가요? 네. 1년쯤 전부터 가르치고 있습니다."

"이곳에는 어떤 경위로?"

"아이이데 1고등학교 검도부 고문이 제 친구라서요. 강사를 찾는다고 하니 마코토 선생을 소개해줬습니다. 원래 아르바이트로 고용할 생각이었는데 내신 점수를 따려면 봉사활동으로 해야 한다더군요. 열심히 아이들을 가르치고 있죠."

"오늘도 오셨습니까?"

"네. 오기는 왔습니다만. 저, 근데 대체 무슨 일로……."

"얼마 전 어린아이들이 살해된 사건을 알고 계시죠? 그 수사의 일환입니다."

다니자키가 그렇게 알리자 노인이 눈을 크게 떴다. 사카구치가 서둘러 옆에서 보충했다.

"아, 특별히 걱정하지 않으셔도 됩니다. 최근 반년간 새 호구 가방이나 골프백을 구입한 이들을 모두 조사하고 있어서요."

"아아, 그렇군요."

노인은 그제야 안심한 표정을 지었다.

"다나카 씨께서 계실 것으로 예상하고 왔는데 아무래도 돌아간 모양입니다."

다니자키가 교실 안을 걸으며 말했다.

"6시 반까지는 수업을 마치고 돌려보내고 있습니다."

"혹시 이곳 교실에 이 아이들이 견학하러 온 적 있습니까?"

다니자키가 피해자 아동 두 명의 사진을 보여줬다. 노인은 목걸이 형태의 돋보기안경을 쓰더니 사진을 뚫어지게 바라봤다.

"아, 이 아이라면 온 적이 있는데."

노인의 손가락이 유키오를 가리켰다.

"……확실한가요?"

다니자키가 재차 확인했다.

"견학이 아니라 시합 관전이었죠. 하지만 이 아이는 모르겠습니다."

"그렇군요. 협조해주셔서 감사합니다."

두 사람은 노인에게 감사 인사를 하고 공민관을 나섰다.

"다나카 마코토와 유키오의 접점이 나왔군요."

다니자키는 경찰서로 발걸음을 서두르며 흥분한 목소리로 말했다.

"그래. 호구 가방 구입자 중 유키오와 확실한 접점이 있는 인물이 되겠군. 계장에게 보고하고 내일이라도 당장 만나러 가볼까."

"네. 꼭 그래야겠어요."

그러나 경찰서에 돌아간 뒤 이뤄진 수사 회의에서 유키오와 사토시가 같은 외국어 학원 영어 회화 체험 교실에 다녔다는 것과, 유키오와 사토시가 다니는 유치원 양쪽에 자매를 다니게 하는 보호자가 있고, 심지어 그들이 두 달 전 골프백을 구입한 사실 등이 밝혀졌다.

다니자키가 다나카 마코토와 유키오의 접점을 보고했지만 사토다는 선즈 마트 담당자에게 확인하겠다고 하고 사카구치와 다니자키에게는 외국어 학원 관계자들의 조사를 지시했다.

얼핏 본 다니자키의 얼굴에는 사토다의 판단을 이해 못 하겠다는 마음이 또렷이 읽혔다.

"잠깐 얘기 좀 하지. 커피 한잔 어때?"

수사 회의를 마치고 사카구치는 다니자키에게 제안했다. 그러나 다니자키는 "괜찮아요" 하고 고개를 저었다.

"조금 더 유연하게 생각하도록 해. 팀플레이야. 모두 목적은 같아. 안 그래?"

"……알아요. 그렇지만."

다니자키는 굳은 미소를 보이고 빠른 걸음으로 강당을 나갔다. 그녀의 뒷모습을 보며 사카구치는 "모르는 것 같은데" 하고 한숨 섞어 중얼거렸다.

다음 날 아침 예상대로 다니자키는 불만 가득한 얼굴로 나타났다.

"다나카 마코토를 맡고 싶었어요."

외국어 학원으로 향하는 길에 다니자키가 말했다.

"심정은 이해해. 하지만 지금껏 미야모토가 다나카를 조사했잖아. 사토다 계장의 지시는 합당해."

사카구치는 선즈 마트 담당 수사원의 이름을 대며 달랬다.

"하지만……."

다니자키는 입술을 깨물었다.

"오히려 다나카보다 외국어 학원 쪽이 더 신경 쓰이지 않나? 유키오와 사토시 양쪽에 다 접점이 있다고."

"저도 이상하기는 해요. 왜 이렇게 다나카 마코토가 신경 쓰이는지. 왜 이렇게 이번 사건에 여성적인 뭔가가 느껴지는지."

"감을 중요시하는 건 괜찮아. 하지만……." 사카구치는 조금 군은 얼굴로 다니자키를 마주 봤다. "사토다 계장이 이야기한 앞으로의 수사 방침을 잘 들었지?"

"……네, 들었어요."

"제3의 피해자가 나오는 상황을 막기 위해 조금이라도 수사 효율을 높인다. 따라서 조사는 남성부터 진행한다. 시신 유기 현장에 혈흔이 없다는 점에서 시신 훼손은 다른 곳에서 이뤄졌을 가능성이 높다. 유키오 사건 이후 시신 훼손이 이뤄진 곳을 찾아내려고 노력했지만, 인적이 드문 외부에서는 어디에서도 혈액 반응이나 다른 흔적 등이 나오지 않았다. 즉, 자택에서 시신 훼손이 이뤄졌을 가능성이 매우 높아진 것이다. 그러니 혼자 사는 남성에게 주의를 기울여야 한다."

"……네."

"다나카 마코토는 가족과 함께 살고 있지. 그날 밤 가족이 집에 있었는데 어떻게 아이를 데려가 죽이고 성기를 잘라냈겠어? 사토시 때 역시 마찬가지야. 그리고 다나카 마코토에게는 알리바이가 있잖아?"

"유키오 사건 때는 가족이 집에 있었다고 증언했을 뿐이에요."

"하지만 사토시 때는 아르바이트를 하고 있었지. 그날은 우리도 다나카를 만났어. 그렇지 않나?"

"……네."

다니자키는 순순히 고개를 끄덕였다.

"지금 우리 임무는 외국어 학원을 조사하는 거야. 지금은 거기에 집중해. 알겠어?"

사카구치가 외국어 학원 빌딩에 들어서자 다니자키도 묵묵히 따라왔다.

학원에는 영어 외에도 한국어, 중국어, 프랑스어 교실이 있었다. 사카구치는 사무원과 강사를 효율적으로 조사하기 위해 우선 남성들에게서 이야기를 듣기로 했다. 다니자키에게도 이론은 없어 보였다.

조사 대상들은 대부분 협력적이고 주소도 순순히 알려주었다. 저녁이 되어 데스크가 마칠 시간이 되자 사카구치는 그날 조사를 마치고 다음 날 아침 10시에 재방문하겠다고 알리고 학원을 나갔다.

"이 근처에 사는 남성 관계자가 몇 명 있군. 서에 돌아가기 전 잠시 들러볼까."

주변에 인적이 드문 곳은 없는지, 사람이 살지 않는 집이나 폐허

등은 없는지 직접 걸으며 확인하고 주소지도 확인하고 싶었다.

"네."

다니자키는 곧장 스마트폰으로 지도를 검색해 주소 리스트와 대조했다.

"나카가키 씨 집이 이곳에서 가깝네요. 첫 번째로 들러 봐요. 다음으로 해크먼 씨. 그리고 오우 씨……."

아침부터 다니자키가 일하는 모습은 담담한 동시에 정확했다. 학원에서도 이런저런 정보를 얻어냈다. 머릿속으로는 줄곧 다나카 마코토를 신경 쓰고 있겠지만 한마디도 입 밖에 내지 않았다. 그래서 사카구치도 굳이 입에 올리지 않았다.

사무장인 나카가키, 영어 회화 강사 해크먼의 주소와 집 주변을 확인하고 다음으로 중국어 회화 강사인 오우의 집으로 향하는 길에 다니자키가 입을 열었다.

"저, 사카구치 선배. 다나카 마코토 말인데요……."

드디어 올 게 왔다고 생각하며 사카구치는 "어, 왜?" 하고 대답했다.

"내일도 외국어 학원에 와야 하는 건 알지만…… 짬을 내서 이야기를 들을 수 있을까 해서요."

"역시 아직 신경 쓰고 있었군. 아니, 뭐 개인적으로도 신경 쓰이는 일에 어느 정도 집착하는 건 나쁘지 않다고 생각하지만."

"선배도 수사 방침에 휩쓸리지 말라고 하셨죠."

"그래. 그런 말을 했고 지금도 그건 내 신조야. 하지만 젊은 형사의 폭주를 막는 것도 내 임무지. 그리고 그런 것들을 떠나 애초에 다나카 마코토가 어떻게 성폭행을 가했겠어?"

"……남성 공범이 있을 수도 있죠."

"공범이라."

"어쨌든 다나카 마코토라면 조건이 갖춰져 있어요. 아르바이트하는 곳, 어린이 검도 교실, 그리고 호구 가방."

"사토시와의 연결 고리가 없잖아. 하지만 이 외국어 학원은 두 아이와 모두 접점이 있고 남성인 데다 혼자 살며 자가용을 가지고 있는 사람도 있지. 조건에 더 잘 맞지 않나?

그리고 백번 양보해 범인이 다나카 마코토와 다른 누군가로 구성된 2인조라고 쳐. 하지만 어쨌든 다나카 마코토의 파트너는 남자잖아. 그러니 남자부터 수사를 진행하는 게 결국 최단거리인 셈이야. 모르겠나?"

다니자키는 입을 다문 채 사카구치의 얼굴을 빤히 쳐다봤다.

"뭐야? 왜 그래?"

"지금 세상에서 가장 싫어하는 사람의 말로 생각하고 듣고 있어요."

사카구치는 무심코 너털웃음을 터뜨렸다. 그러고는 "어휴" 하고 한숨을 내쉬었다.

"길게 줘도 5분이야."

사카구치의 말에 대번에 다니자키의 얼굴에 희색이 돌았다.

"괜찮을까요?"

"점심시간을 반납해야 해."

"고마워요, 선배! 아이이데 제1고등학교 수업이 마치는 시각이 3시 반이에요. 그러니 그 뒤에 집으로 가보는 게 어떨까요?"

"뭐야. 벌써 그런 것까지 조사했나."

"네. 오늘 아침 학교 학생들을 우연히 만나 물어봤어요."

"정말 못 당하겠군."

두 사람은 그런 대화를 나누며 외국어 학원 관계자의 집과 주변을 돌았다.

다음 날 아침부터 다니자키는 힘이 넘쳤다.

"영양 만점 주스를 만들어 왔어요. 다나카 마코토의 집에 가면서 점심 대신 먹어요."

그러고는 외국어 학원 강사들의 조사를 척척 진행해 갔다.

유키오가 참가한 체험 교실 강사가 출근한 덕에 이야기를 들을 수 있었다. 영국인인 모리스는 온화한 성격의 40대 후반 남성이었고 그때 만난 아이가 살인 사건 피해자라는 소식을 듣자 충격을 받은 듯했다.

대화를 하다가 그가 왜건 차량을 소유하고 있다는 점, 낚시가 취미라 늘 커다란 아이스박스를 싣고 다닌다는 점도 밝혀졌다. 사건이 일어난 날에는 양일 다 주말이어서 낚시를 하러 갔다고 했다. 다니자키가 낚시를 하러 간 곳과 그날 날씨, 바다 상태, 보고 들은 것, 낚은 물고기 등을 연이어 캐물었다.

"실례지만 그날 그곳에 가신 걸 증명할 만한 게 있을까요?"

모리스는 조금 생각하더니 "보트를 빌린 영수증이 남아 있을지도 모르겠네요" 하고 지갑을 둔 직원실로 찾으러 갔다.

"신경 쓰이네."

사카구치가 툭 내뱉었다.

"네."

"만약 모리스의 알리바이가 증명되지 않을 경우 임의 동행하도록 하지. 그럼 다나카 마코토의 집에는 못 가게 될 텐데 괜찮겠나?"

"네. 물론이죠."

모리스의 알리바이는 금세 확인됐다. 대여한 보트는 소형 선박 조종사 면허가 필요한 것으로 그날 하루 직접 운전해 바다에 나갔다고 했다.

"혹시나 했건만."

3시가 되어 학원을 나가며 사카구치가 말했다.

"네. 하지만 드디어 이야기를 들을 수 있게 됐다고 생각하니 기뻐요."

"주소는 알고 있겠지?"

"네. 학원과 관련이 있을지 모른다는 구실로 미야모토 씨한테 문자로 물어봤어요. 잠시만요."

다니자키가 스마트폰 문자를 클릭하더니 "응?" 하고 고개를 갸웃했다.

"어라, 이 주소는……."

다니자키의 말을 사카구치의 휴대폰 착신음이 잘랐다. 화면에
는 아이이데 경찰서 번호가 표시돼 있었다. 서둘러 통화 버튼을
눌렀다.

"네, 사카구치…… 네?"

사카구치는 무심코 그 자리에 멈춰 섰다. 다니자키가 무슨 일
이냐는 듯이 사카구치의 안색을 살폈다.

"……알겠습니다. 지금 바로 가겠습니다."

사카구치가 전화를 끊었다. 안색이 변한 게 느껴졌다.

"다나카 마코토 조사는 못 하게 됐어."

"네? 그럴 수가……. 왜죠?"

"범인은 다테시나 히데키니까."

서둘러 발걸음을 돌리는 사카구치를 다니자키가 소스라치게
놀라 쫓아왔다.

"다테시나 히데키요? 대체 무슨 일이죠? 자수한 건가요?"

"아니……." 사카구치는 다니자키를 돌아보며 입을 뗐다. "자살
했다는군."

"……자살이요……?"

다니자키는 아연실색하며 눈을 휘둥그레 떴다.

다테시나 히데키가 근무 시간이 돼도 오지 않고 휴대폰도 받지
않아서 주유소 사장이 직접 그의 집을 찾아갔다. 사장은 다테시

나처럼 소년원 출신 젊은이를 적극적으로 고용하며 사회에 공헌하는 인물이었다. 특히 다테시나 히데키의 경우 소년원에 있을 때 단 한 명의 피붙이인 모친이 타계하는 바람에 후견인이 돼주었고, 정서 안정에 도움이 될 거라며 텃밭 가꾸기도 권했다.

현관문은 잠겨 있었고 문을 두드려도 반응이 없었다. 깊이 잠들어 있을지 모른다고 생각해 빌라를 관리하는 부동산에 연락해 문을 열었다.

문을 열자 곧장 창가에 놓인 이불 위에서 드러누운 채 목을 맨 다테시나의 모습이 눈에 들어왔다. 부동산 관리인과 주유소 사장은 황급히 끈을 커튼레일에서 분리했지만 끈이 이미 목 깊숙이 파고들었고 몸은 차갑게 식어 있었다고 한다. 주유소 사장은 밥상 위에 놓인 두 남자아이의 시신 사진을 발견하고 곧장 경찰에 신고했다.

사인은 목을 맨 데 따른 경부 압박 질식사였다. 혈액에서 알코올과 시판 수면유도제 성분이 나왔고, 밥상 위에 있던 소주병과 잔에서 같은 성분이 검출됐다. 이 같은 사실로 미뤄 자살 가능성이 높다는 견해가 나왔다.

싱크대 아래 수납장에서는 유키오와 사토시의 것으로 추정되는 성기, 또 절단할 때 쓴 것으로 보이는 면도칼이 발견됐다. 욕실에는 산소계 표백제도 있었다.

텃밭에서 나온 도구 상자에서는 피 묻은 흉기가 발견됐다. 텃밭에서 시신 훼손이 이뤄졌을 가능성이 있다고 판단해 더욱 심도 깊은 수사가 이어졌다. "텃밭에 뭔가 이상한 점 없었습니까?"라고 묻는 수사원의 질문에 주유소 사장은 "그러고 보니" 하고 이야기를 시작했다.

"다테시나는 밤낮이 뒤바뀐 생활을 해서 늘 한밤중에 밭에 갔는데, 한 달쯤 전 저도 텃밭 상태를 볼 겸 밤에 밭을 들러봤는데 안 보이더군요. 얼마 지나서 왔기에 뭐 했냐고 물으니, 차를 찾고 있다고 했습니다. 아르바이트 중에 우연히 예전 지인의 아버지를 만났다면서요. 네, 저희 주유소에서 기름을 넣은 고객이라더군요. 일하느라 말 걸 기회를 놓쳤지만 반가운 마음에 차가 사라진 방향에 있는 집과 아파트 주차장을 오가며 그의 차를 찾았다고 했습니다. 은색 스바루였다고 하는데, 그 차종을 타는 사람이 많아서 웬만해선 못 찾을 거라고 생각했지만 최근에 물어보니 찾았다고 했습니다. 하지만 지금 생각해보면 그 역시 범행을 숨기기 위한 거짓말이었을지 모르겠네요."

주유소 사장은 분통에 찬 목소리로 "제가 조금만 더 신경을 썼더라면……" 하고 중얼거렸다.

"어떻게 범죄와 알리바이를 성립시켰는지는 앞으로 검증해야겠지. 하지만 다테시나 히데키가 이번 유아 연쇄 살해 사건 범인이라는 점에는 의심의 여지가 없어 보이는군."

급거 강당에 불려온 형사들은 심각한 얼굴로 사토다의 보고를 들었다.

모두가 같은 감정을 느끼고 있었다.

유키오 사건이 일어났을 때 다테시나와는 몇 번인가 접촉했다. 신고도 들어왔다. 알리바이가 있어서 용의선상에서 제외됐지만, 그때 낌새를 알아챘다면 사토시가 죽지 않았을지 모른다. 그런 원통한 후회였다.

원통함은 앞으로도 남을 것이다. 그러나 희생자가 더 나올 일은 없다. 따라서 이제야 사건이 종결됐다는 감개는 있었다.

그 뒤로 사토다는 앞으로 검증에 투입될 이들을 호명했다. 사카구치와 다니자키에게는 다테시나의 살해를 목격했다는 예의 그 신고자에게서 다시 한번 자세한 이야기를 듣고 오라는 지시가 떨어졌다.

"설마 그 모순투성이 신고가 사실이었을 줄이야."

사카구치는 아이이데 경찰서를 나와 석양을 향해 걸으며 한숨을 쉬었다.

"네. 본부에 보고했을 때도 다들 한 귀로 듣고 흘렸지만, 설마 그런 식으로 자살할 줄은……."

다니자키도 분한 듯이 입술을 깨물었다.

"자살해버린 이상 완벽한 사건의 진상은 누구도 알 길이 없군."

"하지만 그걸 밝혀내는 게 경찰의 책무 아닐까요."

"그 말이 맞아. 그러기 위해 우리가 지금 할 수 있는 건 확실한 목격 정보 조서를 작성하는 일이겠지."

"네. 그래야죠. 아직 궁금한 것도 남았고요."

오르막길을 다 오르자 동네가 한눈에 내려다보였다. 차가운

바람이 흑갈색으로 물든 나무를 흔들고, 석양을 품은 하늘은 끝이 안 보일 정도로 높다. 겨울이 바로 코앞까지 와 있었다.

"응? 저건……."

다니자키가 가리킨 횡단보도 너머에 다나카 마코토가 있었다. 어린 소녀와 손을 맞잡고 도넛을 사고 있다.

"다나카 씨!"

다니자키가 큰 소리로 부르자 다나카가 돌아봤다. 그러나 순식간에 표정이 굳어지는가 싶더니 소녀의 손을 잡아끌고 황급히 사라졌다.

"미움을 샀나 보네요."

"형사는 원래 골칫거리 취급당하기 일쑤지."

"그건 그렇고, 꽤나 어린아이랑 함께 있네요."

다니자키는 멀어져 가는 다나카와 소녀의 뒷모습을 신호가 파란불로 바뀔 때까지 진지하게 바라봤다.

18

학부모 진로 상담 주간이어서 화요일에도 부활동은 없었다. 마코토는 수업을 마치고 학교를 나가 그대로 고토미 어린이집으로 향했다.

정시라고 하기에는 아직 이르다. 해 질 녘 울타리에 둘러싸인 어린이집 앞뜰에서는 아이 두 명이 놀고 있다. 벤치 위에도 가방이 두 개 놓여 있다. 보육 교사는 한 명 있을 뿐이다.

"가오루, 그네는 아직 위험해."

"네에."

가오루가 그네에서 폴짝 뛰어내렸다. 머리카락이 바람에 흔들리고 석양을 받은 피부가 윤기 있게 빛나고 있다.

"선생님, 쉬야 하고 싶어요." 다른 아이가 보육 교사에게 뛰어갔다. "나올 것 같아요."

보육 교사는 다리를 배배 꼬는 아이를 안고 서둘러 어린이집 안으로 들어갔다. 혼자 남은 가오루는 다시 그네 위에 엉덩이를 걸쳤다.

보는 이는 아무도 없다.

어린이집 안이라 그런지 방심하는 게 보였다. 문이 잠겨 있고 자물쇠가 채워져 있다. 하지만 넘지 못할 높이의 울타리가 아니다.

마코토는 천천히 앞뜰로 다가갔다. 그러고는 울타리 사이로 "가오루?" 하고 상냥하게 말을 걸었다.

가오루는 알아채지 못하고 정원을 두리번거렸다. 마코토는 다시 한번 가오루를 불렀다. 그제야 아이는 울타리 뒤에 선 마코토를 발견하고 그네에서 내려와 쪼르르 달려왔다.

마코토는 울타리 사이로 팔을 집어넣어 가오루의 양 옆구리를 붙잡고 그대로 들어 올렸다. 마코토의 키는 170센티미터. 품에 안은 채로 들어 올리면 정확히 울타리 꼭대기에 닿는다. 아이에게 울타리를 잡게 해 이쪽으로 넘어오게 할 수 있다.

　마코토는 '이대로 데리고 사라질 수도 있겠어' 하고 냉정하게 생각했다. 높이 들어 올려진 가오루는 천진난만한 미소를 지으며 마코토를 내려다봤다.

　건물 안에서 보육 교사가 아이를 데리고 나오는 게 보였다.

　"앗, 선생님이랑 앗군이 나왔다." 가오루가 몸을 비틀었다. "내려줘."

　"아직 안 돼."

　"왜?"

　"우리 가오루를 정말 좋아하니까."

　"응?" 가오루가 키득거리며 웃었다. "가오루도 엄청 좋아해. 엄마."

　그때 보육 교사가 아이와 함께 다가왔다.

　"응? 가오루네 언니구나."

　보육 교사가 인사했다.

　"언니가 조퇴하는 날에는 자기를 데리러 오는 걸 가오루도 아는 것 같아요. 그러니 이렇게 즐겁게……."

　"이러시면 안 되죠."

　느닷없이 마코토가 노려보며 말하자 보육 교사는 화들짝 놀라며 입을 다물었다.

　"조금 전 앞뜰에 아무도 없었어요. 문이 잠겨 있고 울타리도 있으니 안전하다고 생각하실지 모르지만, 얼마든지 데려갈 수 있는 상황이에요. 보세요, 이런 식으로."

마코토는 보란 듯이 가오루를 다시 울타리 꼭대기까지 들어 올렸다.

"그러네요. 죄송해요. 앞으로 더 주의하겠습니다."

보육 교사가 잘못을 인정하고 사과했다. 마코토는 그제야 가오루를 바닥에 내렸다. 가오루는 부리나케 달려가 마코토보다 먼저 문 앞에 도착했다.

"엄마!"

문이 열리자마자 가오루가 마코토의 허리를 꼭 껴안았다.

"가오루, 왜 자꾸 언니를 엄마라고 부르니."

보육 교사가 가방을 건네며 이상하다는 듯이 말했다. 마코토는 모호한 미소로 답하며 가방을 받았다.

"바이바이, 가오루."

남자아이가 손을 흔들었다. 그러자 가오루도 "선생님, 바이바이. 앗쿤도 바이바이" 하고 손을 흔들고 마코토와 함께 어린이집 문을 나섰다.

가오루는 마코토와 함께 집에 가는 게 어지간히 즐거운지 콧노래를 흥얼거렸다. 학교와 부활동, 아르바이트 시간과 맞지 않아서 어린이집이 마치는 시간에 가오루를 데리러 가는 일은 거의 어머니가 도맡고 있다. 그래서 마코토가 일찍 학교를 마치는 날 데리러 오면 반가운 마음에 떨 듯이 기뻐하는 것이다.

"우리 가오루, 잘 부르네. 그게 무슨 노래야?"

"채소 송. 엄마, 몰라?"

"모르겠네. 가오루가 알려줄래?"

"응. 일단 먼저 팔목을 빙글빙글 돌려야 해. 그리고……."

마코토의 손을 잡고 춤추려는 가오루를 "안 돼. 위험하니까 노
래만" 하고 나무라고 손을 꼭 쥐었다. 횡단보도 빨간불에서 멈춰
섰다. 차도와 가장 떨어진 곳에서 신호가 바뀌기를 기다린다. 마
코토는 보도를 달리는 자전거와 걸어가며 흡연하는 사람들에게
서 아이를 지킬 듯이 가오루의 대각선 앞에 섰다. 아래에서 박자
가 어긋나는 혀짤배기 노랫소리가 들려와 자기도 모르게 웃음이
새어 나왔다.

　작고 작은 마코토의 공주님.

　사랑스러운, 우리 딸.

　이 아이는, 내가 지켜줘야 해.

　마코토가 가오루를 출산한 건 3년 전 막 열네 살이 됐을 때
였다.

　두 살 많은 어린 시절 친구 다테시나 히데키에게 강간당한 건
열세 살 때 일이다.

　돌이켜보면 전조는 있었다. 마코토는 어렸을 때부터 이따금 다
테시나에게 음습한 폭력을 당했다. 눈에 띄지 않는 부분을 꼬집히
거나 발로 차이는 식이었다.

　"네가 우는 얼굴을 보고 싶어서 못 견디겠어."

다테시나는 흐느끼는 마코토를 보고 히죽히죽 웃으며 말했다.

아직 서너 살이었던 마코토는 이웃 오빠에게 반항할 수 없었다. 복수가 두려워 부모님에게도 털어놓지 못했다. 그리고 다테시나는 가끔 태도를 싹 바꿔 자상하게 대해줄 때도 있었다.

시간이 갈수록 마코토는 다테시나를 피했고, 함께 놀지 않았다. 그러다가 다테시나가 초등학교를 졸업하자 얼굴을 마주할 일이 거의 사라졌다.

마코토는 중학생이 된 해 겨울, 공원을 걷다가 오랜만에 다테시나를 만났다.

"유기견이 개천에 빠졌어." 다테시나는 마코토를 보며 말했다. "같이 구해주지 않을래?"

마코토는 개를 아주 좋아했다. 해가 완전히 졌고, 추운 날씨였다. 이대로 모른 척하면 개가 죽어버릴 수도 있다.

"어딘데?"

"역시 마코토는 착하다니까. 이쪽이야."

어두운 공원에는 인적이 없었다. 다테시나는 마코토를 으슥한 곳으로 데려가 "이쪽이야" 하고 덤불을 가리켰다. 덤불 안을 들여다보는 순간 뒤에서 떠밀렸고, 그대로 강간당했다. 성에 대한 지식이 많지 않았던 마코토는 두려운 마음에 별다른 반항도 하지 못하고 꼼짝없이 당할 수밖에 없었다.

"다른 사람한테 말하면 죽는다." 무시무시한 행위를 끝내고 옷을 입으며 다테시나가 엄포를 놓았다. "비디오카메라로 찍어뒀어.

어기면 그 즉시 인터넷에 뿌릴 거야."

마코토는 비틀비틀 집에 돌아가 진흙투성이 몸을 씻었다. 그러나 아무리 물로 씻어도 자신의 몸이, 존재가 혐오스럽게 느껴졌다.

그날 이후 마코토는 며칠 동안 감기에 걸렸다고 거짓말하고 다른 사람을 만나지 않고 방에 틀어박혔다. 침대에서 무릎을 감싸 안고 온종일 몸을 덜덜 떨었다. 비뚤어진 욕망에 가득 찬 다테시나의 얼굴이 머릿속을 떠나지 않았고, 몸에는 그날의 생생한 감촉이 남아 있었다. 시간이 지나도 잊히기는커녕 몇 번이나 몇 번이나 그 일이 떠올랐다. 그리고 어느 날 밤, 마침내 견딜 수 없게 된 마코토는 스스로 손목을 그었다.

눈을 뜨자 주변이 새하얬다. 죽었구나. 그렇게 생각했지만, 병원이었다. 침대에 누워 링거를 꽂고 있는 마코토 옆에서 부모님이 흐느끼고 있었다. 뒤이은 추궁에 마코토는 다테시나에게 강간당한 사실을 털어놓았다. 어머니는 걱정하며 마코토를 산부인과에 데려가 진찰받게 했다.

집에 돌아가자마자 부모님은 다테시나와 그의 어머니를 불렀다.

눈물을 흘리며 사죄하는 어머니 옆에서 다테시나는 시종일관 부루퉁한 얼굴로 고개를 돌리고 있었다. 억지로 끌려온 불만이 엿보였다.

"대단히 송구하지만, 이걸로 어떻게든 용서해주셨으면 합니다."

다테시나의 어머니가 지폐 다발이 든 봉투를 탁자 앞에 내려놓고는 다다미 위에 엎드려 고개를 조아렸다.

일방적인 합의 요청에 아버지와 어머니 모두 분노했다.

"이런 걸로 다 끝날 거라 생각하는 겁니까?"

"당치도 않습니다. 하지만 이 아이도 반성하고 있고⋯⋯."

"지금 장난합니까!"

아버지가 탁자를 쾅 내려쳤다.

"우리는 지금 당장 경찰서로 갈 겁니다. 좋게 말할 때 도로 가져가세요."

그러자 그전까지 잠자코 있던 다테시나가 불현듯 입을 열었다.

"그래도 되겠어요?"

다테시나의 눈빛은 교활한 기운을 머금고 있었다.

"정말 경찰서에 가시려고요? 그럼 그쪽이 더 곤란해질 텐데."

"그게 무슨 말이지?"

"우리는 지금 사귀고 있다고요. 그렇지?"

다테시나가 동의를 구하듯 천연덕스럽게 웃으며 마코토를 봤다. 마코토는 머릿속이 새하얘졌다.

"사귀고⋯⋯ 있다고?"

어머니의 목소리가 떨렸다.

"네. 당연히 사귀니까 그런 짓도 했죠. 자연스러운 거 아닌가요? 우리는 아직 어리긴 해도 서로 진지하게 사랑하고 있어요."

"마코토⋯⋯ 사실이니?"

아버지가 창백한 얼굴로 물었다.

"아니에요!"

마코토는 몸을 벌떡 일으키며 소리쳤다.

"사귀다뇨! 그게 무슨 말도 안 되는! 이 자식은 어렸을 때부터 절……."

"'증거'가 있잖아?"

다테시나는 히죽거리며 마코토를 올려다봤다. 마코토는 순간 핏기가 가셨다.

"사귀지 않으면 왜 공원까지 어슬렁어슬렁 따라왔어? 합의하지 않았다는 증거라도 있나?"

마코토는 아연실색한 채 서 있었다. 반박하려고 해도 목소리가 나오지 않았다.

"우리 딸은, 자살 기도까지 했어……!"

어머니가 분노로 떨리는 목소리를 쥐어짜냈다.

"그 정도로 저한테 홀려 있었나 보죠."

다테시나의 말에 가족 모두가 할 말을 잃었다.

"제가 헤어지자는 말을 꺼냈는데, 헤어지기 싫다며 흐느껴 울더라고요. 그런데 설마 손목까지 그을 줄은."

다테시나는 고개를 절레절레 흔들었다.

"게다가 차인 걸 복수하려고 이런 소동까지 일으키다니. 불쌍해서 그냥 사귀어주려고 했는데, 정 경찰서에 가실 거라면 다시 한번 고려해야겠네요."

다테시나는 양반다리를 풀고 마코토의 부모 쪽으로 다리를 쭉 뻗었다.

"가시려면 가세요. 어차피 쪽팔릴 건 그쪽 딸이니."

자리의 분위기가 얼어붙었다. 마코토의 입술이 하얗게 질리는 것을 보고 아버지가 무겁게 입을 열었다.

"아무튼 이건 다시 가져가십시오."

다테시나와 그의 어머니는 돈 봉투를 들고 다시 돌아갔다.

"다 내 탓이야."

마코토의 어머니가 울먹였다.

"소중하게 아끼고 사랑으로 키우려고 했는데 정작 가장 필요할 때 지켜주지 못했구나. 가엾게도, 우리 딸. 미안해. 정말 미안해. 엄마가 조금 더 신경 썼더라면……."

어머니는 연신 용서를 빌고 마코토를 끌어안고는 "지금 당장 경찰서로 가자"하고 자상하게 말했다.

"우리 딸은 잘못한 거 하나도 없어. 그놈에게 당한 걸 그대로 털어놓으면 경찰도 잘 헤아려줄 거야. 현장에 증거가 남아 있을지도 모르고, 최대한 상세하게만 설명하면……."

그러나 마코토는 현장을 떠올리는 것만으로 몸이 부들부들 떨렸다. 상세하게 이야기해야 하는 상황을 견딜 수 있을 리 없다. 게다가 경찰이 믿어줄 때까지 굴욕적인 그날의 일을, 생면부지의 타인 앞에서 계속해서 설명해야 하는 것이다.

"……안 갈래."

마코토는 어머니의 손을 뿌리쳤다.

"경찰서에는 절대 안 가!"

그렇게 절규한 순간, 필름이 끊긴 것처럼 의식이 사라졌다. 마코토는 그대로 정신을 잃었다.

그날 이후 마코토는 방에 틀어박히게 됐다.

학교에도 가지 않고, 방문을 걸어 잠그고 지냈다.

어머니는 마코토를 경찰서에 데려가기 위해 끊임없이 설득했다. 어머니의 목소리는 비통함으로 가득 차 있었고, 나중에는 거의 애원하는 듯했다. 마코토는 어머니의 목소리를 듣기도 괴로워서 침대에서 이불을 뒤집어쓴 채 귀를 틀어막았다. 누구와도 만나고 싶지 않았다. 더럽혀진 자신을 내보이고 싶지 않았다.

어느 날 아침, 심한 욕지기를 느끼며 눈이 떠졌다. 서둘러 침대에서 내려온 마코토는 화장실에 달려가 위 속에 있는 내용물을 모조리 게워냈다. 그 후 아무것도 입에 담지 못했다.

마코토는, 임신한 상태였다.

어머니를 따라 산부인과에 갔을 때는 이미 사건으로부터 사흘이 지나려 하고 있었다. 의사는 "긴급 피임하기에는 아슬아슬합니다. 효과를 기대 못 할 수도 있습니다"라며 약을 처방해줬지만 역시 임신은 피할 수 없었다.

"……낳고 싶지 않아."

마코토는 누워 있어도 천장이 빙글빙글 돌 만큼 극심한 입덧에 시달리며 어머니에게 호소했다.

그 자식의 더러운 체액이 아기가 되어, 끝내는 걷거나 말을 한다고 상상하자 미칠 것만 같았다.

그러나 어머니는 진지한 얼굴로 마코토의 눈을 바라봤다,

"아니…… 낳자."

"……뭐?"

마코토는 귀를 의심했다. 낳자고? 엄마, 지금 제정신이야?

"생명이 깃든다는 건 정신이 아득해질 만큼 크나큰 기적이란다. 지금 이 순간에도 기적은 계속 이어지고 있지. 하물며 이 아이는 긴급 피임까지 뛰어넘었잖니. 인간의 의지를 초월하는 뭔가가 느껴지지 않니?

그리고 말이지, 마코토. 아이를 임신하고, 무사히 낳는 건 절대 당연한 일이 아니란다. 전에도 이야기한 적 있었지? 원래는 너한테 세 명의 오빠, 언니가 있었다고. 하지만 결국 세상의 빛을 보지 못했지. 엄마는 그 아이들을 단 한 순간도 잊어버린 적이 없단다. 모두의 얼굴을 보고 싶었고, 함께 즐겁게 살아가고 싶었단다.

엄마는 이 아이는 반드시 너에게서 태어나야 하는 존재이니 이렇게 와주었다고 생각해. 어쩌면 오빠, 언니가 돌아온 걸지도 모르지. 이 세상에 태어나기 위해 배 속에서 온 힘을 다해 애쓰고 있을 거야."

당시를 떠올리는 게 괴로운지 어머니는 이따금 말을 멈추고 눈물을 닦으며 마코토에게 이야기를 들려줬다.

"하지만 낳으면 매일 사건과 그 자식을 떠올리게 될 거라고."

마코토는 울면서 저항했다.

"떠오르게 하지 않을게." 어머니는 딱 잘라 말했다. "엄마가 잊게 해줄게. 환경을 바꾸자. 이사하고 전학을 가서 새 삶을 시작하는 거야. 두 번 다시 우리 딸이 아프지 않도록 할게. 이번에야말로 우리 마코토를 지켜줄게. 그러니 부탁한다. 부디 아이에게, 미래를 선사해주렴."

자신의 몸에 깃든 새 생명과 끝내 세상 빛을 보지 못한 오빠와 언니. 마코토는 그것을 떠올릴 때마다 자신 한 명의 삶을 끝낼 결단을 내리지 못하고 출산까지의 기간을 거의 폐인처럼 보냈다. 낳았을 때 도무지 애정을 느낄 것 같지 않았다. 한시라도 빨리 몸밖으로 꺼내고만 싶었다.

배가 불러 눈에 띄기 전 연고 없는 간사이 지역으로 가 남몰래 출산했다. 처음에는 아기 얼굴을 보는 게 두려웠다. 그 자식과 닮았다면 자신이 어떤 반응을 보일지 가늠할 수 없었다.

그러나 막 세상에 태어난 아이는 누구도 닮지 않은 쪼글쪼글한 얼굴을 하고 있었다. 작고, 부드럽고, 새콤달콤한 냄새가 났다. 눈도 아직 뜨지 못했으면서 마코토를 향해 있는 힘을 다해 손을 뻗었다. 마코토와 떨어지면 곧장 울음을 터뜨리고, 마코토가 안아주면 쌔근쌔근 잠들었다. 방 안에 몇 사람이 있어도 마코토의 목소리를 분간해내고 마코토 쪽을 향해 고개를 돌렸다.

상상한 것 같은 혐오감은 들지 않았다. 그러나 뚜렷한 애정도 없었다.

"괜찮다, 마코토. 너는 아무 걱정하지 않아도 돼." 어머니는 미

261

소 짓고 아기를 달래며 말했다. "앞으로 모든 건 엄마한테 맡기렴. 아아, 예뻐라."

가오루라는 이름을 지어준 사람도 어머니였다. 그 밖에 어머니는 직접 출생 신고를 하거나 특별 양자 결연 절차를 밟는 등 아이와 마코토를 위한 일을 척척 해나갔다. 부모님 호적에 들어간 가오루는 '양자'가 아닌 '자식'으로 기재됐고, 사정을 이야기해 재발급받은 산모 수첩 보호자란에도 부모님의 이름이 들어갔다.

도쿄에 돌아가 보니 집은 이미 인근 도시로 이사해 있었고, 근처 시립 중학교에 전학 수속도 마친 상태였다. 간사이에 있는 동안 다테시나 히데키가 다른 강간 사건으로 기소돼 소년원에 들어갔다는 소식도 어머니에게서 들었다. 앞으로 그와 얼굴을 마주칠 일이 없다고 생각하자 마음속 깊숙이 안심할 수 있었다. 어머니는 마코토의 손목에 난 흉터를 없앨 수 있는 병원을 찾아 데려가 주기도 했다. 그렇게 어머니 덕분에 가오루의 언니로서 마코토는 새로운 삶을 순조롭게 시작할 수 있게 됐다.

안심하고 일상을 보내는 동안 비로소 가오루를 대할 마음의 여유가 생겼다. 껴안고, 분유를 주고, 욕조에 함께 들어가며 서서히 애정이 싹텄다. 어머니보다 마코토가 돌봐줄 때 가오루의 기분도 훨씬 좋아 보였다. 처음 소리 내어 웃은 것도 마코토의 품안에 있을 때였다. 이윽고 네발로 길 수 있게 되자 순진무구한 얼굴로 마코토를 향해 쏜살같이 기어왔다. 아직 말문이 트인 것도 아닌데 가오루는 온몸으로 마코토에게 애정을 드러냈다.

이토록 나를 원하고, 사랑해준다. 그러므로 나도 조금 더 원하고 사랑해주고 싶어졌다. 그것은 지금껏 아버지와 어머니에게도 품어본 적 없는 감정이었다. 이 세상 무엇보다 소중하고, 보호 본능을 자극하는 존재. 이 아이가 사라지면 좋겠다고 생각한 날도 서서히 옛일처럼 느끼게 됐다.

차분한 일상을 되찾기까지 이런저런 우여곡절이 있었다. 그러나 가오루의 존재가 조금씩 과거를 잊게 해주었다. 천천히 마음의 상처를 아물게 해주었다.

마코토는 더는 죽고 싶지 않았다. 내가 가오루에게 미래를 선사한 것이 아니다. 오히려 선사받은 쪽은 나 자신이라는 것을 통감했다. 그러니 가오루를 내 손으로 지켜줄 것이다. 마코토는 그렇게 염원했다.

처음 이가 난 날.

말을 한 날.

네발로 긴 날.

두 다리로 선 날.

걸은 날.

모든 것이 소중한 기념일이 되었다.

이대로 행복한 일상이 계속되리라고 믿었다. 그날이 오기 전까지는.

그날, 마코토는 어린이 검도 교실 시합에 가오루를 데려갔다가 시합장에 설치된 탁아소에서 놀게 했다. 탁아소는 많은 아이로 붐볐다.

시합을 마친 마코토가 가오루를 데리러 갔을 때 아이는 울고 있었다. 마코토가 "왜 그래?" 하고 묻자 가오루는 "다리를 깨물었어"라고 했다. 그러나 바지를 걷고 종아리를 살펴도 깨문 자국은 보이지 않았다.

"저 오빠가 깨물었어."

가오루는 엉엉 울며 남자아이 한 명을 가리켰다. 블록 장난감으로 몸집이 작은 아이를 때리다가 보육 교사에게 혼나고 있었다. 선즈 마트에서도 본 적이 있는 아이였다. 상처가 보이지 않아서 아이의 어머니에게 항의하지 않고 그대로 집에 돌아갔다.

그러나 목욕하려고 가오루의 옷을 벗긴 순간 가슴이 철렁 내려앉았다.

허벅지 안쪽에 또렷하게 잇자국이 나 있고, 벌겋게 부어 있었다. 그것도 하나가 아니었다.

이게 무슨 일이지?

마코토는 떨리는 손으로 잇자국을 손으로 쓸었다. 가오루에게는 바지를 입혔다. 바지 위로 물어봐야 이렇게 자국이 또렷하게 남을 리 없다. 즉 그 남자아이는 가오루의 바지를 한 번 벗기고 있는 힘껏 허벅지를 깨문 것이다. 마코토는 화가 머리끝까지 치밀었다.

"우리 가오루, 많이 아팠지?"

욕실에서 가오루의 허벅지를 몇 번이나 물로 씻었다. 남자아이

의 이가 가오루의 보드라운 허벅지에 박혔다고 생각하자 구역질
이 났다. 비누로 거품을 잔뜩 내 문지르고, 물로 씻고, 다시 한번
비누로 문질렀다.

"엄마, 아파."

가오루의 말에 정신이 번쩍 들었다. 마코토는 자기도 모르는
사이 힘을 세게 주어 허벅지를 박박 문지르고 있었다.

"미안. 금방 괜찮아질 거야."

욕실에서 나와 이번에는 소독약으로 허벅지를 꼼꼼히 닦았다.
그러나 몇 번을 닦아도 남자아이의 침이 흠뻑 묻어 있는 느낌이
들었다.

싫어.

닦을 때마다 솜을 버리고, 또 소독약을 잔뜩 묻혀 닦았다. 그
래도 불결하게 느껴져 견딜 수 없었다.

비슷해. 그때의 느낌과 비슷해…….

순간 가슴이 콱 메었다.

다테시나에게 강간당한 뒤의 느낌이다. 아무리 씻고 소독해도
그 자식의 타액과 체액이 스며들어 있다고 느꼈다.

마코토는 그날 이후 다시 옛일을 떠올리며 괴로워하게 됐다.
또렷하게 남은 잇자국을 볼 때마다 무시무시한 감촉이 온몸 구
석구석에서 되살아났다.

어렸을 적부터 다테시나에게 괴롭힘을 당하던 자신의 모습이 가
오루에게 겹쳐 보였다. 그리고 다테시나의 모습이, 남자아이에게.

딸도 언젠가 나와 같은 일을 겪지 않을까.

마코토는 전율했다.

아이가 또 접촉해올지 모른다고 상상하자 가슴이 두근거렸다.

공포는 마음을 좀먹고 마코토를 계속해서 흔들었다.

절대로 딸이 그런 끔찍한 일을 겪게 해서는 안 돼.

그 아이는, 살아 있어서는 안 돼.

그리고 마침내 그날, 공포에 휩쓸린 채 아이의 가는 목에 손을 갖다 댄 것이다.

이걸로 됐어.

이제는 겁내지 않아도 돼. 그렇게 생각했는데.

"도넛 차다!"

가오루의 들뜬 목소리가 귀에 들렸다.

"엄마. 먹고 싶어."

"아…… 응."

"콩가루가 좋아! 딸기도!"

멍하니 가오루의 손을 잡아끌고 도넛 차가 있는 곳으로 향했다. 대충 골라 다섯 개 정도를 주문했다.

"엄마, 고마워."

가오루가 기뻐하며 도넛이 든 봉지를 꼭 껴안았다.

마코토는 미소 짓고 가오루의 머리를 부드럽게 쓰다듬었다. 가오루가 기분 좋은 듯 눈을 가늘게 떴다.

그 남자아이, 유키오를 저 세상으로 보내면 평온한 일상이 되

돌아올 줄 알았는데, 실제로는 그렇지 않았다.

이번에는 또 다른 아이가 신경 쓰이기 시작했다. 어린이 검도 교실에 다니는 형제가 사는 아파트 단지에서 발견한 남자아이다. 여동생과 다른 여자아이들을 향한 그 아이의 난폭한 행동과 말씨는 다테시나를 방불케 했다. 가오루보다 두 살 많은 것도 자신과 다테시나의 나이 차와 겹쳤다. 그러나 가장 결정적인 건 울음을 터뜨리는 여자아이를 향해 히죽거리는 얼굴로 꼭 입에 담는 한마디였다.

"너만 보면 왠지 괴롭히고 싶어져."

왠지 기시감이 느껴지는 대사에 마코토는 소름이 돋았다. 어린 시절 마코토도 다테시나에게 비슷한 말을 여러 번 들었다. 왜 우는 얼굴을 보고 싶다는 걸까. 그것은 아마 예쁜 얼굴이 일그러지는 게 재밌어서일 것이다.

그 아파트 단지에는 절대로 가오루가 가까이 가지 않도록 했다. 그러나 시내에서 아이가 갈 만한 곳은 한정돼 있다. 마코토는 다른 공원에서 그 아이를 마주쳤을 때 즉시 가오루를 뒤로 숨겼다.

멀어져 가는 남자아이의 뒷모습을 보며 마코토는 속이 갑갑해졌다. 늘 이런 식으로 내가 옆에서 지켜줄 수만은 없다. 그리고 언젠가 갈 초등학교와 중학교에서 비슷한 일이 벌어질지도 모른다. 가오루가 나와 똑같은 운명을 밟지 않을까. 불길한 예감이 마코토의 마음에 또다시 불을 지폈다.

불길은 점차 번졌다. 그것은 마치 마코토를 다 태워버릴 것처럼 점점 커져만 갔다. 그럴 때마다 유키오의 사진과 성기를 꺼내 확인하고 마음을 가라앉혔지만 좀처럼 잦아들지 않았다.

공포가 끊임없이 마코토에게 속삭였다. 가오루에게 무슨 일이 일어났을 때, 너는 너 자신을 용서할 수 있겠느냐고.

그러니, 사토시도······.

"저기, 가오루."

"응?"

"조금 전 그 남자아이가 전에 말한 못된 친구니?"

"아니야. 개는 루이. 앗쿤은 착해. 좋아해."

"그렇구나. 그럼 다음에 루이가 누군지 엄마한테 알려줄래?"

"응!"

가오루에게 자신이 엄마라고 알려준 적은 없다. 그래도 모유를 먹은 기억이 남아 있는지 가오루는 한 살이 될 무렵부터 극히 자연스럽게 마코토를 엄마라고 부르기 시작했다. 아니야, 엄마는 저기 있어, 라고 알려줘도 잘 와 닿지 않는 듯 멍하니 있기만 했다. 세 살이 된 지금은 마코토를 엄마, 마코토의 어머니를 큰 엄마라고 나누어 부른다.

도넛을 받아들고 계산을 마쳤다. 가오루의 손을 잡고 발걸음을 떼려고 할 때 별안간 "다나카 씨" 하는 목소리가 귀에 들어왔다.

돌아보니 횡단보도 너머에 며칠 전 말을 걸어온 남녀 형사가 서 있었다.

심장이 크게 고동쳤다.

어떻게 이곳에?

마코토는 가오루의 손을 잡아끌고 서둘러 그곳을 떠났다. 못 들은 척하자. 얼른 집에 돌아가자.

마코토는 지름길을 통해 집에 갔다. 아파트 입구 홀에 발을 들인 다음 살며시 뒤를 돌아봤다. 아무도 없다. 그저 우연이었다고 안심하고 엘리베이터에 올라탔다.

현관문을 열자 어머니가 청소기를 돌리고 있었다.

"어서 오렴. 데려오느라 고생 많았어." 어머니가 청소기 스위치를 눌러 껐다. "어머? 뭔가 좋은 냄새가 나네."

마코토는 서둘러 문을 닫고 자물쇠를 채웠다. 가오루가 능숙하게 신발을 벗어 다른 신발 옆에 나란히 놨다.

"도넛 사왔니?"

"응."

건성으로 대답하고 안방 베란다로 가 아래를 확인했다. 형사들의 모습은 보이지 않았다. 안심하고 거실로 다시 돌아갔다. 가오루가 TV 어린이 프로그램을 보고 있었다.

그때 인터폰이 울렸다. 황급히 입구 카메라 영상을 확인하자 로비에 조금 전에 본 형사들이 서 있었다.

이 두 사람은 역시 나를 만나러 온 걸까.

경악과 동시에 눈앞이 캄캄해졌다.

"아아, 형사님들이네."

영상을 본 어머니가 태연히 말해서 마코토는 소스라치게 놀랐다.

"……어떻게 형사인 줄 알아?"

"전화가 왔거든. 전에도 오셨어."

"……전에도 왔었다고?"

"응."

"하지만 우리 집에까지 온 적은 없다고……."

"네가 걱정할 것 같아서. 그리고 끔찍한 사건 이야기는 하고 싶지 않았고."

"집 안에 들일 거야?"

"당연하지."

그러고는 어머니는 "잠깐만요" 하더니 마코토의 대답을 듣지도 않고 자물쇠 열림 버튼을 눌렀다. 마코토는 서둘러 자신의 방에 뛰어갔다.

얼른 증거를 처분해야 해.

폴라로이드 사진은 불태우자. 잘라낸 성기도 같이 태우면 될까. 하지만 냄새는 어쩌지? 욕실에서 창문을 열고 태우면 괜찮을까? 그래. 욕실. 욕실의 뒤처리는 완벽했나.

초조한 마음으로 서랍에 열쇠를 찔러 넣었다. 그러나 서랍 자물쇠는 이미 열려 있었다. 마코토는 의문을 품을 새도 없이 부랴부랴 서랍을 열었다.

텅 비어 있었다.

⋯⋯왜?

어젯밤까지만 해도 분명히 있었다. 마코토는 경악하면서도 서랍을 빼내 다시 한번 확인했다. 희미한 표백제 냄새가 코를 찔렀다.

"마코토, 뭐 하니?"

어느새 어머니가 등 뒤에 와 있었다. 가오루를 품에 안은 채 활짝 웃으며 서 있다.

"밝혀냈대." 어머니가 가오루에게 볼을 비비며 입을 열었다. "유아 연쇄 살해 사건 범인."

"⋯⋯뭐?"

마코토의 입안은 바싹 말라 있었다.

"누구일 것 같니? 놀라지 말렴. 글쎄, 범인이 다테시나 히데키라지, 뭐니."

"⋯⋯다테시나?"

다리가 휘청거려 넘어질 것 같았다. 등에 식은땀이 흐르고, 팔다리에서 단숨에 핏기가 가셨다. 왜? 그 의문이 머릿속을 빙글빙글 맴돌았다. 왜 그 자식이? 내가 아니라, 그 자식? 소년원에서 나왔다는 소식조차 처음 들었다. 아아, 하지만 대체 어떻게?

"마코토는 몰랐을 것 같은데, 출소 후 시내로 이사해 와서 한밤중에 이 부근을 어슬렁댔다더구나. 아마도 으슥한 곳에서 너와 마주치려고 기회를 노리지 않았을까? 아아, 섬뜩해라."

어머니는 불쾌한 듯 이맛살을 찌푸리고 고개를 저었다.

"하지만 이제는 괜찮아. 죽었대. 자살이래."

"······자살?"

마코토의 목소리가 떨렸다.

"응. 죄를 뉘우친다고 하면서. 집에서는 남자아이 사진과 시신 일부가 발견됐대. 자업자득이지."

사진? 시신 일부? 대체 무슨 소리지? 설마 서랍 자물쇠를······.

"실은 말이야. 엄마가 그놈을 목격해서 신고한 적이 있어. 대단하지? 그래서 자세한 이야기를 듣고 싶다며 형사님이 찾아오신 거야."

어머니는 가오루의 머리카락을 한 손으로 쓸며 뭔가 대단한 목표를 달성한 것처럼 의기양양하게 말했다.

그 순간, 모든 것이 이어졌다.

누가 성폭행을 가했는지. 아니, 한 것처럼 연출했는지.

누가 손가락을 자르고 처분했는지.

누가 증거를 없애고, 서랍을 표백제로 닦았는지.

바로 이곳에 있다.

딸을 위해서라면, 악마조차 될 수 있는 어머니가.

"이걸로 모든 게 해결됐어."

어머니가 모든 것을 감싸 안는 듯한 인자한 미소를 지었다.

창문으로 저녁놀이 비쳤다. 눈부신 석양 속에서 어린아이를 품에 안은 어머니는 온화한 빛을 발산하며 마치 구원의 여신처럼 서 있다.

"이제는 걱정하지 않아도 돼."

272

두 번 다시 마코토가 다테시나를 떠올리지 않도록, 항상 웃는 얼굴을 잃지 않도록, 매사 밝고 쾌활하게 행동해준 자상하면서도 씩씩한 어머니.

마코토에게는 보이는 듯했다. 당사자에게 들키지 않도록 스물네 시간 마코토의 말과 행동에 안테나를 기울이고, 두 번 다시 자살을 계획하지 않도록 눈을 번득이는 어머니의 모습이.

한밤중에 호구 가방을 들고 나가는 마코토를 보며 어머니는 걱정된 마음에 뒤따라왔을 것이다. 가방에서 남자아이 시신을 꺼내는 것을 보고 경악했을 게 분명하다. 그러나 성기를 잘라냈다는 점에서 마코토의 심정을 깨닫고, 딸의 범행이 밝혀지지 않도록 필사적으로 은폐 공작을 벌여준 것이다.

아군이 되어준 것은 하늘이 아니었다.

그것은 늘……

"범인이 죽었으니 이곳도 이제는 안전하겠지. 그러니 엄마는 앞으로 두 번 다시 상관없는 아이가 희생되지 않을 거라 믿어. 이렇게 슬픈 사건도 이제는 끝이야. 그렇지?"

어머니가 사랑을 가득 담아 마코토의 볼을 쓰다듬었다. 반창고가 붙은 마코토의 볼을.

마코토는 어머니의 손 위에 자신의 손을 얹었다. 따스한 어머니의 손. 닿은 곳에서부터 몸이 부드럽게 이완된다. 지금껏 마코토의 마음을 뒤덮은 혼돈과 어둠이 여명을 맞이한 것처럼 서서히 환해졌다. 어머니의 딸로 태어나서 다행이야. 새삼 그렇게 느꼈다.

"응. 이제는 끝."

마코토는 어머니의 눈을 바라보며 천천히 고개를 끄덕였다.

"엄마. 안아줘."

어머니에게 안겨 있는 가오루가 마코토를 향해 손을 뻗었다.

"응. 이리 오렴."

마코토는 양팔로 가오루를 끌어안았다. 작고 사랑스러운 우리 아이.

두 어머니는 가오루를 가운데에 두고 경애로 가득 찬 거룩한 미소를 지으며 맞거울처럼 서로를 마주 봤다.

현관문에서 초인종 소리가 들렸다.

모든 것으로부터 해방된 마코토는 성스러운 마음으로 가오루를 품에 안은 채 손님을 맞기 위해 문으로 향했다.

聖母

옮긴이의 말

아키요시 리카코는 2017년 현재까지 국내에는 아직 널리 알려지지 않은 작가입니다. 작가는 와세다 대학 제1문학부를 졸업한 뒤 미국에서 영화, TV 제작 분야의 석사학위를 받았고, 영화 관련 회사에서 일하며 시나리오를 쓰고 제작에 참여하기도 했습니다. 초등학교 6학년 때 프란츠 카프카의 『변신』을 읽은 뒤로 줄곧 책을 끼고 살았다는군요. 소설과 영화를 둘 다 사랑해서 소설 쓰기에 대한 열망을 늘 품고 있었지만, 소설은 나이가 들어서도 시작할 수 있다는 생각에 영화에 우선 몰두했다고 합니다.

다양한 영화 제작 현장에 참여하며 이야기 구성 능력을 다져서인지 작가의 작품들은 읽는 즉시 머릿속에서 영상화가 된다는 평가가 많습니다. 물론 본작 『성모聖母』도 마찬가지고요. 쉬운 문장과 독특한 설정 등도 그렇지만, 깔끔한 묘사와 속도감 있는 이야기 전개 능력은 영화에서 꼭 필요한 장면만을 취합하고 쓸데없는

신은 과감하게 편집하는 경험을 통해 배운 것이라고 합니다. 또 시점時點과 시점視點을 자유롭게 오가며 이야기 흐름의 박자를 조절하는 능력도 오랜 영상 제작 경험으로부터 온 것으로 추측할 수 있습니다.

그런 그녀가 소설가로 데뷔하게 된 계기는 순문학 계열 단편 「눈꽃」이 제3회 야후 재팬 문학상을 수상하면서입니다. 그녀는 학교와 회사를 다니며 틈틈이 단편을 써서 잡지에 투고했다고 합니다. 놀라운 것은, 데뷔작으로도 알 수 있듯 작가는 그전까지 미스터리 소설을 읽어본 적이 없고, 미스터리 소설 작가를 목표한 적도 없었다는 사실입니다. 우연히 단편집 『눈꽃』을 읽어본 후타바샤 출판사의 편집자가 '작품에 미스터리 소설다운 요소가 많은데 그쪽을 한번 써보는 게 어떻겠느냐'라고 권했고, 그때부터 본격적으로 국내외 미스터리 소설을 탐독하며 미스터리 작가로서의 소양을 키웠다고 합니다. 우타노 쇼고와 츠지무라 미즈키의 작품처럼 인간의 내면을 세밀하게 그리는 동시에 마지막에 강렬한 반전의 충격을 선사하는 작품을 즐겨 읽으며 나도 이런 작품을 써보고 싶다, 아키요시 리카코만의 미스터리를 내놓겠다고 마음먹고 쓴 작품이 바로 2015년에 발표한 『암흑소녀』입니다.

『암흑소녀』는 명문 사립고 여학생들의 기묘하고 아슬아슬한 암투와 충격적 결말로 아키요시 리카코의 이름을 미스터리 독자들의 뇌리에 깊숙이 새긴 작가의 출세작이 되었습니다. 『암흑소녀』는 우리나라를 비롯해 대만, 말레이시아 등지에 번역 출간되었고, 2017년에는 실사 영화와 만화로도 만들어졌습니다. 그리고 그로부터 2년 뒤, 캐릭터 소설의 범람 등 일본 미스터리 소설 시장의 변혁 물결 속에서 혜성같이 출간돼 마니아들의 열광을 불러일으킨 작품이 나타났습니다. 바로 본작 『성모』입니다. 미스터리 소설을 읽고 쓰기 시작한 지 얼마 안 된 신인 작가가 고작 2년 만에 2017년 현재까지 미스터리 독자들 사이에서 활발하게 입방아에 오르내리며 트릭의 '페어fair, 언페어unfair' 논쟁 등이 이뤄지는 작품을 내놓았다는 점에서 그 성과가 매우 놀랍다고 할 수 있습니다.

본 작품은 반드시 두 번 읽기를 권장합니다. 일단 끝까지 읽고 반전의 충격이 주는 여운을 잠시 음미한 다음, 첫 장으로 돌아가 찬찬히 되읽으면 작가가 얼마나 교묘히 이야기를 직조했는지 절감할 것입니다. 독자의 미스 리드를 유도하기 위해 문장부호 하나에까지 공을 들이며 공정과 불공정 사이를 아슬아슬하게 오간 교묘한 묘사는 혀를 내두를 정도입니다. 처음 읽을 때는 대수롭지 않게 넘어간 장면이, 다시 읽으면 전혀 다른 방향으로 새롭게 읽히는 재미를 맛볼 수 있습니다. 이 작품을 향한 본격 미스터리 마니아들의 열띤 반응도 이해가 됩니다. 캐릭터성이 강해지고 주로 일상 미스터리를 다루는 등 다소 말랑말랑해진 미스터리 소설의 시장 경향 속에서 이런 식의 충격을 주는 작품이 드물어졌기 때문입니다. 마지막 한 줄의 강렬한 반전에 목말라 있던 독자의 갈증을 풀어줄 만한 작품이라고 할 수 있습니다.

『성모』를 관통하는 트릭은 크게 두 가지입니다. 첫 번째 트릭은 미스터리 소설을 많이 읽은 독자라면 자연스레 위화감을 느끼고 일정 부분 눈치챌 수 있으리라 예상합니다. 그러나 작품의 주된 호평 요인이기도 한 두 번째 트릭은 꽤나 정교합니다. 촘촘히 쌓아올린 자연스러운 복선 때문에 저 역시 처음에는 트릭을 눈치채지 못했고, 따라서 '마지막 20페이지에 모든 것이 뒤집힌다'는 일본 원서의 홍보 문구대로 마지막 20페이지를 읽는 내내 한시도 눈을 떼지 못했습니다. 독자 여러분은 어떠실지 궁금하군요.

작품은 세 가지 시점으로 이야기가 진행된다는 점과 충격적인 소재, 트릭의 유의점 등으로 국내에서도 미스터리 마니아들 사이에 유명한 모 작품과 닮았다는 평가를 받습니다. 잔혹한 범행 묘사는 그에 비해 덜한 편이지만 피해자가 어린 아동이라는 점에서 받아들이기에 따라 다소 불쾌하고 충격적일 수 있습니다. 혹시 후기부터 읽고 계신 분들 중에 그런 소재에 거부감을 느끼는 독자분은 미리 주의를 요합니다.

아키요시 리카코는 『암흑소녀』와 『성모』의 성공으로 일본에서 가장 주목받는 신예 미스터리 작가 중 하나로 거듭나 꾸준히 작품을 출간하고 있습니다. 그중에는 『암흑소녀』와 『성모』처럼 어둡고 충격적인 소재의 서스펜스 미스터리가 있는가 하면, 마음이 따뜻해지는 일상 미스터리와 코믹한 작품도 있습니다. 본작 『성모』가 국내 독자들에게 작가의 이름을 뇌리에 새기는 작품이 되기를, 그래서 무궁무진하게 가지를 뻗어갈 아키요시 리카코의 작품 세계를 앞으로도 계속해서 만나볼 수 있기를 바랍니다.

2017년 가을
이연승

성모

1판 1쇄 발행 | 2017년 10월 20일
1판 3쇄 발행 | 2024년 11월 4일

지은이 아키요시 리카코
옮긴이 이연승
펴낸이 김기옥

사업3팀 최한중
영　　업 박진모
경영지원 고광현, 김형식, 임민진, 김주현

인쇄·제본 (주)민언프린텍

펴낸곳 한스미디어(한즈미디어(주))
주소 (04037) 서울시 마포구 양화로11길 13(서교동, 강원빌딩 5층)
전화 02-707-0337 | **팩스** 02-707-0198 | **홈페이지** www.hansmedia.com
출판신고번호 제313-2003-227호 | **신고일자** 2003년 6월 25일

ISBN 979-11-6007-195-5 03830